一粒红尘·昭觉

独家纪念版

独木舟 ◇ 作品

湖南文艺出版社
HUNAN LITERATURE AND ART PUBLISHING HOUSE

博集天卷
CS·BOOKY

◇

在我很年轻的时候，曾以为生命的轨迹是一个饱满的圆
但我最终所得到的，并不是在第一个站台上所放弃的
而后漫长的一生之中，我再也没有机会与我失去的那些事物重逢

目 录 CONTENTS

Chapter ◇3◇

你以为不会离散的那些，终究还是离散了；你以为能够紧握在手中的那些，
原来只是过眼云烟。

Chapter ◇4◇

那些隔在我们之间似有若无的东西是什么，那些把我们从原先密不可分的关系变得如此
小心翼翼而生分的力量来自哪里，我们的未来与当初的设想会严丝合缝还是天差地别？

Chapter ◇5◇

她手中紧握着一把荆棘，每当我稍稍想要松懈一下的时候，便会对准我
贫瘠的背部狠狠地抽下去，每一次，从不迟疑。

Chapter ⟨ *1* ⟩

原来一个人到了最伤心绝望的时候，
是不会顾及尊严这回事的。

◇ 1

　搬家的那天，S城阴沉了许久的天终于放晴了。

　我想，这或许是个好兆头。

　打包行李的过程中，我不能自制地掉了些眼泪，挺矫情的，我自己也知道。

　每次搬家，都不可避免地要放弃一些东西，丢掉一些东西，或者在无意中遗失一些东西。我落泪的原因不在于这些琐碎的物件值多少钱，而在于它们是某些记忆的线索。

　搬一次家就等于失一次火，已逝的年月都成了烈火中的灰烬，我也仿佛渐渐成为一个没有过去的人。

　打包好最后几件零散的东西，简晨烨在房间里给面包车司机打电话，我坐在阳台的栏杆上晃动着双腿，久违的阳光落在我的身上，这一幕令我有些轻微的伤感。

我们在这里住了一整年，三百多个日夜当中，我没有一天发自肺腑地觉得快乐过。

这个被我的首席闺密邵清羽说成"简直跟贫民窟似的"安置小区，停水停电从来不会提前通知，十分随心所欲。

有好几次我正洗着澡，身上的泡泡还没冲干净呢，突然间，水龙头就跟死了似的没反应了，害得我只能包着浴巾像个傻子似的蹲在地上，一边发抖，一边等来水。

隆冬天气，我双脚冻得跟两坨冰似的，想用热得快烧点水泡脚吧，谁知道刚插上电，呵呵，刚插上电就短路了。

水电一起停的夜晚，最适合点上一块钱的白蜡烛，坐在闷热的房间里追忆小半生所有的苦难。

这些也就罢了，咬咬牙，还是能够克服的，最让我无法忍受的是老鼠！

臭不要脸的老鼠们为什么如此丧尽天良，为什么为什么为什么！

骂也骂过了，捕鼠夹也放过了，老鼠药也投过了，这些手段的确有些奏效，它们的同胞死的死，伤的伤，确实安宁了一段日子。

但不久之后，余下的那些便开始了疯狂反扑，它们就像是自己也出了一份房租似的，理直气壮地跟我们一起住在这个四十平方米的小房子里。

它们心安理得地吃我们的饭菜，咬我们的衣服，还变本加厉地在我们的床上撒个尿，拉点屎。

噩梦一般的那天晚上，我正睡得迷迷糊糊的时候，隐隐约约感觉到有个什么东西在我的头上动来动去扯我的头发，我想也没想就拍了一下简晨烨，叫他别闹。

黑暗中，简晨烨十分冤枉地说："闹什么啊，不是我啊。"

这时，我的耳边响起了一声"吱吱"，电光石火之间，我彻底清醒了，紧接着，整栋楼都听见了我直冲云霄的尖叫声。

"欺人太甚！欺人太甚！"整个晚上，我一边哭，一边重复着这句话，不管简晨烨怎么安慰我，怎么哄我，都没用，我真是太难过了。

我他妈活得也太窝囊了，连老鼠都可以肆无忌惮地欺负我。

就是在那天晚上，简晨烨下定决心要搬家。

我眼泪鼻涕糊了一脸，但理智还是恢复了一点儿，我试图跟简晨烨争辩："别啊，我们当初租这里不就是图便宜吗，要是搬去环境好一些的地方肯定又得费钱，那我要何年何月才能攒够钱买房子啊。"

按照 S 城的物价水准来看，要想居住在相对来说比较好的环境里，我们要付出比现在足足高一倍的生活成本。

但简晨烨只是拍拍我的头，用不容置疑的语气说："以后的事情以后再说，你这么哭，我实在看不下去了。"

简晨烨品性纯良，为人随和，不涉及原则的问题都是得过且过，唯有两件事情说什么都不能商量：一是关于他的理想，二是关于我。

从美院毕业之后，他一直立志要做纯粹的艺术工作者，为此不惜拒绝了好几个在我看来可以说是天赐良机的工作机会，然后回到 S 城，花掉了差不多所有的积蓄租下了一间两百平方米的厂房做工作室。

我当然很怄气，有时候我逮着机会也会明嘲暗讽地问他说："哎，简晨烨，你是不是得了一种跟钱有仇的病？"

聪明如简晨烨怎么会听不出弦外之音，但是当他用那双澄澈、明亮的眼睛望着我，认真地问我"难道做自己想做的事情，这也有错？"的时候，我还能说什么？

我不忍心说出尖刻的话语刺伤他的自尊，于是只能变本加厉地委屈自己。

我委屈自己越多，便能苛刻简晨烨越少，这就是叶昭觉的能量守恒定律。

邵清羽在知道我们想要搬家的第一时间，便不遗余力地贡献出了她全部的热忱，我本想拒绝，但她的话说得也有道理——"求你了，我闲得像个废人一样，你让我找点事情发挥点余光余热不行吗？"

简晨烨白天必须画画，找房子的事基本上就全落在我肩上了。

于是，邵家大小姐便开着车载着我满城转，一间不行就换另一间看，比我这个当事人还要积极。

在稍微觉察出我有点儿气馁的时候便给我打气加油："你不能放弃啊！你看你现在住的那里，那是人住的吗？啊？"

虽然是好朋友，但这话说得也有点儿伤人，我讪讪地说："我穷嘛，有什么办法。"

她踩了一脚油门，根本不理会我的难处："不是穷不穷的问题，昭觉，你是对自己太狠了。"

她说这句话的时候，我们正好路过一家百货商店。

我把脸转过去看着窗外，商场外面的巨幅广告上全是本季的新款：

彩妆、女鞋、衣服、包包、手表……广告上的模特化着精致的妆容，照片被修得连毛孔都看不见，身材纤细，气质优雅，很美，很冷，仿佛真的不食人间烟火。

那是离我的生活很遥远很遥远的一个世界。

我沉默与之对峙，心里在默默地计算着抵达它的时间，丈量着我与它之间的距离。

一个星期之后，我跟我满意的公寓终于在这个人间相遇了。

家电齐全，采光良好，有正规的物业管理，停水停电都会提前张贴通知提醒住户。重要的是，它离简晨烨的工作室不远，步行过去只要半个小时，去我上班的公司也有直达的公交车，我再也不用提前一个小时起床转车了。

我仔细地算了算，尽管房租比从前贵了好几百，但交通费用上省下来的这一笔，也不会令我们的生活水平严重下滑。

邵清羽看着我那本密密麻麻的记账本，叹着气摇头，一股子怒我不争的模样。

我看着她，认认真真地对她说："清羽，我跟你的情况不一样。我不为自己打算，这个世界上也不会有人为我打算。"

她怔了怔，似乎没料到我会说出这样的话来，过了片刻，她对我笑笑，说："不是还有简晨烨吗？"

简晨烨吗？

我低下头，摩挲着那本陈旧的记账本，这上面清清楚楚地记录着我们共同生活在一起的每一笔花销，那些简单的数字，就是构成我们生活的全部。

我可以依靠他吗？

像古代的女子，将自己的一生托付给一个男人，无论时代如何动荡，生存环境如何惨烈，只要和这个人在一起，生命便有足够强大的后盾。

我能够这样矢志不渝地去信任他吗？

我并不确定。

新公寓的房东太太是个五十多岁的妇女，姓丁，样貌和穿着都很普通，就是马路上、小区里随处可见的那种中年阿姨。

然而她一开口，我就知道，这不是个普通的中年阿姨。

"这房子我本来是给儿子准备的，我是个很开明的妈妈，以后他结婚了，绝对不缠着他们跟我住。"

她说完这句话之后，停顿了那么一会儿，像是等着我们恭维她的深明大义，只可惜我和简晨烨都没领会到这层深意，我们两个笨蛋的注意力全放在房子上了。

她等了一会儿，见我们没反应，便撇撇嘴继续说："你们看这些，装修啊，家电啊，我都是按最好的来的……"

这次我的反应很快了，小鸡啄米一般地点起头来。

突然之间，她话锋一转："谁知道他交那么个女朋友，连个正经工作都没有。我那个傻儿子还整天给她买高级货，一瓶香水就是一百多……"

其实，那一刻，我的正义感驱使我想为那位素未谋面的姑娘说一句公道话——一百多的香水，真的不算高级货。

但我不想得罪我们的新房东，一秒钟之后，正义感输给了残酷的现实，那句话被我生生地咽了下去。

签合约的时候，我彻底看出来了，遇上这么个婆婆，丁阿姨未来儿媳的日子不会太好过。

丁阿姨给我们制定了严苛的约法三章：首先，在墙上钉钉子这种事，想都不要想！决不允许！

她一边嗑瓜子一边慢悠悠地对简晨烨说："我晓得你是画画的，反正那些鬼画符我也看不懂，就别往我这里挂了，将来你要是混得好，我还能拿着它卖钱，你要是混得不好，我还不晓得怎么处理。"

我拿眼角余光悄悄瞥简晨烨，心里盘算着要是他在这个时候发脾气，我该怎么收拾这个不好看的场面。

但是他完全没有表示出不快，只是对丁阿姨笑了笑，暗地里，悄悄握了一下我的手。

我知道，他是为免节外生枝才没有跟丁阿姨一般见识。

说起来，他原本不必忍受这样的轻慢，大可以甩出一句粗口就走，但大局为重，他忍了。

第二点，不能随意改动任何家具电器的位置，丁阿姨有她自己的道理："我装修的时候特意请风水师来看过的，东西怎么摆，摆在哪里，都是有讲究的，你们年轻人屁都不懂，千万别给我乱动。"

有了第一点儿垫底，这第二点听起来倒没显得多过分。

第三，不许带狐朋狗友来家里鬼混。

说到这个的时候，丁阿姨脸上现出了一副讳莫如深的表情："对面就住着这么个小妖精，我听说，三天两头地就有些乱七八糟的男人来找她。这一点儿我是绝对不允许的，别给我的房子里弄些什么脏东西，以后我自己家里还要住的。"

我看着丁阿姨一张一翕的嘴唇，心里只有一个念头：我将来，绝对，绝对不能变成她这种爱搬弄是非的女人。

七七八八所有的规矩定下来之后，终于可以签租约了。

拿起笔的时候，我的内心，萦绕着一种淡淡的，却不能忽视的悲凉。

如果可以选择的话，我并不愿意跟房东太太这样的人打交道——尖酸、刻薄、小市民、斤斤计较，但我没有办法。

我孤身一人，身处于一个现实而功利的社会，没有殷实的家境，没有显赫的背景，没有能够给我铺就一条光明坦途的父母双亲，我唯一能够攫取的温暖，来自一个同样对未来感到迷茫和困惑的男朋友。

能够拒绝做自己不想做的事情，说自己内心真正想说的话，这种自由，确实是美好的理想。

可是，光靠理想，我填不饱肚子，冬天也洗不上热水澡，更加别提那个扎根在我心里小二十年的目标。

只有拥有应对生活的足够财力，才能够在想拒绝的时候毫不迂回地说出"不"。

能够掷地有声地说出"不"字的人生，才有尊严。

终于，我在那张合同上签下了自己的名字：叶昭觉。

在回安置小区的路上，简晨烨轻声地对我说："以后再也不会有老鼠爬到你头上来了。"

我死死地咬住自己的下嘴唇，没说话。

我没有想到的是，真正到了离开的这天，我的心里竟然会有这么浓重的离愁别绪。

人真的很奇怪不是吗？

以往我所厌恶的那些东西，在这一天看起来都值得原谅，甚至有那么一点儿可爱。

比如路口那家脏兮兮的早餐店，虽然既不卫生又很难吃，但它的存在确保了我每天早上不用空着肚子去挤公交车。

还有那几个总是搬着椅子坐在空地里说是非的老太太，虽然她们的的确确不负长舌妇的美名，但很多时候，只要看到小区里有那么一两张陌生面孔，她们便会立刻发挥出私家侦探般的敏感，将对方盘问个清清楚楚，某种程度上来说，她们也是这个小区安保的一分子。

我最最舍不得的就是下楼只要走五分钟就到了的菜市场，我无数次嫌弃过它的嘈杂和市井气息，甚至痛恨自己有时为了几块钱跟小摊小贩据理力争……

新公寓附近有全市最大的超市，冷冻柜里井井有条地摆放着已经处理好的鸡鸭鱼肉，干干净净，整整齐齐，一副现代文明产物的模样，不像菜市场那么血腥，直接当着顾客的面宰杀家禽，但我知道，我再也买不到那么新鲜的蔬菜水果了，超市里也不会有好心的阿姨顺手送给我几根葱、几颗蒜。

我很清楚，在告别这个曾经令我深恶痛绝的旧房子的时候，我也同时告别了一种家长里短、人与人之间没有距离、没有隔阂的朴实的生活。

我想，只有这样解释，才能够为我坐在驶向新公寓的面包车上突如其来的眼泪找到一个合适的理由。

　　到新公寓楼下时，我们遇到了新的难题，面包车司机突然变卦说有急事不能帮我们一起搬东西上楼，要我赶紧付钱让他走。

　　我一看他那副尖嘴猴腮的样子，也知道这事没什么好商量的，于是从钱包里抽出两张一百和一张十块的票子递到他面前。

　　没想到，他火比我还大："喂，美女，你这样就不好了吧，你男朋友跟我说好了给三百的啊。"

　　我冷笑一声，想讹我，恐怕你还嫩了点："我男朋友人老实，我来跟你算这笔账。运费算一百绝对没让你吃亏，老房子那边是五楼，按规矩一层楼十块钱，你前后两趟算下来总共是一百块，剩下十块是我人大方，请你喝水的，还有什么不清楚的吗？"

　　司机被我呛得半天没说话，过了一会儿他又绕回原地："你男朋友跟我说好是三百的，你不能不讲道理吧。"

　　"你要是没有反悔，跟我们一起搬东西上楼，三百块钱我一分都不会少你。活没干到位，钱还想照拿，天底下没有这样的道理。师傅，这年头谁赚钱都不容易，你别欺负我。反正我下午没别的事，你要想耗呢，我陪你耗就是，反正我的时间，不值钱。"

　　我说完这番话，又晃了晃手里那三张票子。

　　他瞪着我，这次丝毫没有犹豫，一把从我手里把钱夺了过去。

　　我回头冲简晨烨笑笑："卸货。"

　　到了黄昏，所有的物件全都妥当地安置好之后，我站在门口看了一下门牌号：2106。

　　我们的新生活，将从这个数字开始。

简晨烨从背后抱住我，下巴轻轻地磕在我的头顶上说："昭觉，下一次再搬，就是搬去我们自己的房子，在那之前，这里就是我们的家。"

那时候，我是多么单纯地认为，一直以来密布在我头顶的云翳已经微微散开，2106——这个简单的门牌号就像是一条细细的缝隙，令人振奋的阳光正从这条缝中射进来。

谁也没有料想，刚刚搬进来的第二天早上，我和简晨烨就被一阵嘈杂声给吵醒了。

根据我在安置小区住了那么久的经验，在几秒钟之内我就准确地判断出这嘈杂并不是谁家在装修，而是有人在砸我家的门！

我从床上弹起来，迅速地穿上衣服，来不及洗脸刷牙就准备去开门。

我的手刚刚搭在门锁上就被简晨烨一把拉开，他打开门的那一瞬间，下意识地用自己的身体挡在了我的前面，面对着那些来势汹汹的不速之客，疑惑地问："请问你们找谁？"

慌乱之余，我还是有点儿感动。

为首的是一个中年女子，也许是太瘦了的缘故，她的面相看起来十分刻薄，颧骨太高，下巴太尖，顶着一头与实际年龄毫不相称的黄色鬈发，目露凶光。

再看她的衣着，倒都不是便宜货，可穿在她身上，不禁让人有一种暴殄天物的惋惜之感。

要不怎么说相由心生，她的行为马上就印证了我的看法。

··连一句客套话都没有，她双手叉腰，大声叱道："小贱人你滚出来！"

平地一声惊雷，我那点残留的睡意在顷刻间烟消云散。

小贱人！小贱人！她口中所说的小贱人难道是我吗？！我恨不得在这个疑问句后面打上一万个感叹号来表示自己的震惊。

不知道是我情商太低还是心理素质太差，一时间，我竟然不会说话了！

要不怎么说关键时刻还得靠男人呢，跟哑口无言的我形成鲜明对比的是简晨烨，他的起床气还没过，整个人像一个炮弹似的爆炸了，气势汹汹地冲中年妇女吼："你是嘴上长痔疮了吗？！"

他话音未落，我已经在心里崩溃了，你不要这样啊简晨烨，你是文艺青年啊，你不要跟中年三八 PK 谁更嘴贱啊。

中年三八脸色一变，上上下下仔细打量了简晨烨一番，阴阳怪气地说："哟，小贱人又勾引了个小白脸哪，婊子就是闲不住——"边说，她的目光边移到了我身上："也是，小白脸身强力壮啊，在床上肯定比老张强不少吧。"

简晨烨回过头来，用看世界名画般的眼神看着我，仿佛是在说："没想到你还有这种本事！"

不用再困惑了，毫无疑问，她说的小贱人就是我。

可是，她是谁？那个莫名其妙的老张又是谁？身后这一群虎视眈眈盯着我的壮汉是不是打算把我撕成碎片？

举头三尺有神明，我对天发誓，我真的没跟世界上的任何一个老张上过床。

局面正僵持着，中年三八身后的一个长得不去演杀人犯真是可惜了的男人冲了出来，他怒目圆睁，鼻孔里好像马上就要喷出火来了："陈姐，别跟他们废话，你让开，我替你好好收拾这个臭不要脸的婊子。

过去二十多年里，我被骂成"婊子"的总数加起来都没这一个小时多——老张，无论你是谁，请你出来还我一个清白！

"杀人犯"边说着，边把袖子撸了上去，看样子他是真的想当杀人犯。

×的，再不反抗真要被这群人给生吞活剥了，我当机立断，大声喊道："×你妈！冤有头！债有主！你们要杀要剐先把话说清楚！到底找谁！"

"杀人犯"说到做到，真是不跟我们废话了，他直接一记熊掌就扇了过来。

在那 0.01 秒里，风云变，天地陷，我本能地闭上眼睛，脑中只有一个念头——我，死，定，了。

在 0.01 秒之后，我睁开眼睛，惊讶地发现，那个耳光没有落到我的脸上，它在半路被简晨烨给拦截了。

七年了，我从来没见过简晨烨这么凶这么生气的样子，我想如果不是我用尽全身力气拖住他，他肯定要进厨房去拿我们家里唯一的一把菜刀出来砍人了。

在我拉住简晨烨的时候，陈姐也拉住了"杀人犯"，她也看出了我身无二两肉，肯定接不住那一掌，接了势必会吐血身亡。

毕竟，打小三是打小三，赔上一条人命没必要。

陈姐冷静了几秒钟，用手梳理了一下满头黄毛，问我："你是不是乔楚？"

　　我再次震惊得说不出话来，翘楚？我怎么会是翘楚？我在哪个专业算得上是翘楚？

　　如果我当时反应快一点儿，组织语言的能力强一点儿，我一定会说："你来打小三，却连小三是谁都没搞清楚，你的智商是不是随着每个月的大姨妈一起流逝了？"

　　可是上苍没有给我这个展示口才的机会，因为就在她说出乔楚这个名字的时候，对面2107的门，陡然之间，打开了。

　　所有人的目光像被统一控制了的射灯，齐刷刷地朝那个方向看过去。

　　我想我没有听错，的确有那么一两个白痴倒吸了一口冷气。

　　2107的门后，那张面孔平静地接受了所有的注视，她的声音很冷，语气很平静："我是乔楚。"

　　就在突然之间，我觉得我什么都明白了。

　　明白了这些堵在门口喊打喊杀的人为什么要来找碴儿，也突然领悟了陈姐穷凶极恶的背后，除了被丈夫背叛的耻辱之外，还包含了一种只有女性才能感觉到的、微妙的嫉妒。

　　甚至，说句三观不正的话，我甚至都能理解老张为什么要出轨。

　　红颜祸水，大概就是用来形容乔楚这样的女生吧。

　　坦白说，在我们生活的这座城市里，漂亮的女孩子并不罕见，周末去街上走一圈，立刻就能明白什么叫美女如云，应接不暇，有十双眼睛都看不过来。

　　但是，乔楚不是属于她们其中的那一类。

　　她不是漂亮，她是令人过目不忘。

　　我确信我曾经在哪里见到过她，但是我实在想不起来。

　　回过神来之后，我心里有种很复杂的情绪，既悲愤又欣慰还掺杂着一点儿不可思议：我跟乔楚——这其中的区别——自谦一点儿说——是×妈的云泥之别！

　　中年三八居然会把我认成她，眼睛瞎掉了吗？

　　原来随着每个月的大姨妈一起消退的，不只是智商，还有视力。

　　乔楚没有化妆，乌黑的长发在脑后随意地绑成一个马尾，露出了光洁的额头，皮肤白得近乎透明，脸上干净得没有一颗斑一颗痣。

　　谁说造物主是公平的？如果是公平的，怎么不把世界上所有的姑娘都造得像乔楚那样呢？

　　事实证明，她不仅有美貌，还有胆色，面对满楼道口的不速之客，脸上没有露出一丝惊慌："有什么冲我来，别骚扰我邻居。"

　　我再次三观不正地在心里为她的从容淡定轻轻地点了个赞。

　　陈姐这次可是真真正正地找到她的仇家了。

　　仇人相见，分外眼红，顷刻之间，她仿佛超级赛亚人附体，一个箭步就冲了过去，她狰狞的面孔、敏捷的身手，都让我想起了曾经在纪录片里看到的饿虎扑食的场景。

　　好凶残好暴力好血腥好可怕！这种视觉冲击可比 3D 电影画面要震撼多了！我简直看不下去了！

　　在这剑拔弩张的气氛中，我不自觉地屏住了呼吸，双手死死地掐住了简晨烨的手臂，一颗心紧张得要从胸腔里跳出来，怎么办怎么办？谁来制止我随时要拿起电话报警的冲动！

　　然而，我的担忧是多余的，乔楚用她的实际行动证明了什么叫处变不惊，什么叫新时代女性的基本素养。

　　在陈姐冲向她的那一刻，她以迅雷不及掩耳之势，亮出了早已拿在手中的一个小喷品，对准了距离她仅有十厘米的陈姐的脸。

　　那个喷瓶里不是雅漾不是依云也不是曼秀雷敦止汗露，我差一点儿就要叫出来了：防狼喷雾剂！

　　想不到啊，这个看起来弱不禁风的乔楚，居然是个小三中的战斗机。

　　像她这种有勇有谋有长相的小三，简直是所有正房的公敌。

　　从道德层面上来说，我其实应该站在陈姐这一方阵营，毕竟，小三的确可耻，尤其这个小三的态度还如此嚣张。

　　但不知道为什么，隔着人堆，我冷静地看着乔楚——这个我第一次打照面的邻居，心里无端地觉得，她不像是那么坏的人。

　　这种隐隐约约的猜测没有任何凭据，它来源于我的直觉。

　　说不清楚是因为防狼喷雾的威慑力，还是因为乔楚强大的气场，总之中年三八被迫停了下来，场面一时间有些滑稽。

　　原本掌握着主动权的一方一下子变得被动了，而乔楚立刻敏锐地抓住了这个机会。

　　她冷笑着，不卑不亢地缓缓说道："你第一次打电话辱骂我的时候，我已经把一切事实都告诉你了。是你丈夫纠缠我，但我一直拒绝。你不仅不相信，还找人跟踪我，现在直接闹到我的住所，还在我的邻居面前毁坏我的名誉……”

她边说着，边拿出了手机："原本想给你们夫妻都留点面子，既然你不领情，我也懒得做好人了。"

她解开手机密码，翻到短信页面，然后递给离她最近的一个男人："这里面有她老公认识我之后发给我的所有短信，请你们自己睁大眼睛，一个字一个字看清楚，到底是谁不要脸，到底是谁，不，知，廉，耻！"

最后四个字被她说得掷地有声，霎时间，整个楼道都安静了，除了满脸通红的中年女人之外，其他人都争先恐后地把头凑了过去。

八卦的热血在我身体里沸腾，要不是简晨烨英明地拦住了我，恐怕我也挤进人堆里去共襄盛举了。

过了好一会儿，那个拿着手机的男人，抬起头来，嗫嚅地说："陈姐，要不你自己看看……"

陈姐犹豫了一下，以壮士断腕的决心从那人手里接过了手机，慢慢地，她逐字逐句地翻看着那些令自己难以承受的短信，脸色从通红渐渐转为惨白。

我都不忍心看她了，何必呢？亲眼看到丈夫在短信里对一个年轻貌美的女孩子百般示好，这无异于在自己的胸口上捅刀子，以后，无论什么时候，哪怕在街上看到一句相似的广告语，这种痛苦和耻辱都会被反复地加温加剧。

余生里的每一天，短信里的每一个字，都会成为深深扎在心脏里的小刺，永远不会遗忘，也不会消失。

真的不用考证了，就连我这个旁观者都已经明了了事情的真相。

真相就是，乔楚所说的全都是真的，不要脸的人，不知廉耻的人，不是她。

胜负已分，没有人再说话了，没有人再叫嚷着要讨个公道了，陈姐之前大张挞伐的威风已经全然不见了，此时，她形同败家之犬，仿佛被抽走了脊梁骨，一瞬间苍老了十几岁。

乔楚乘胜追击："今天就请你们大家给我做证，我乔楚虽然不是什么大家闺秀，但为人处世绝对问心无愧，将来他们夫妻之间再有任何矛盾冲突，通通与我无关。如果再有人来这里闹事，就不是防狼喷雾这么简单了。"

说到这里时，她顿了顿，又补上了最后一句："三教九流的朋友我都不缺，你们真要想怎么样，我奉陪到底。"

那群人走的时候灰溜溜的，也许是自知理亏，其中有那么一两个人还点头哈腰地向她道了歉。

等人走光了之后，乔楚这才收起她那不可侵犯的倨傲，走过来，半是惭愧半是歉疚地对我们连声说对不起。

"不用道歉了，请回吧。"简晨烨的情绪全写在了脸上，他对这个第一次见面的邻居印象糟透了。

乔楚假装没意识到简晨烨的敌意，转过来问我："你们刚搬来吧？有空过来坐，我一个人住，没什么不方便的，对了，你叫什么名字？"

我呆呆地看着她，这么短的时间里，她已经变换了好几张面孔。

过了片刻，我才回过神来回答她："我叫叶昭觉，这是简晨烨。"

她点点头："你应该已经知道我的名字了，但还是正式自我介绍一下，我是乔楚。"

直到很久很久以后，我们的生活都被折腾得一团糟的时候，我仿佛还是能够很清楚地看见，她在那天的喧嚣过后，展露出来的笑靥。

我想，任何人都难以不被她的笑所打动吧。

我的意识，在那个瞬间，有片刻的空白。

是的，一切都源于那个清早，我们被命运以恶作剧般的方式带到了彼此面前，尔后我们的悲欢离合，便被这股力量紧密地交织在一起。

之后，漫长的岁月里，我一直都在想，那个早晨对我们来说，究竟意味着什么。

◇2◇

风平浪静的生活只维持了两天，在我原本打算好好庆祝一下乔迁之喜的周末，邵清羽又给了我一份巨大的惊喜。

星期六那天我一改邋遢本色，早早地就起床，准备开始挑衣服。

在拉开简易衣橱的拉链的那一瞬间，我突然觉得自己挺可笑的。

本来就没多大的衣橱里还有很多的空间，藏个奸夫在里面都没问题，一年四季就那么几身换洗衣服，无非就是Ａ衣配Ｂ裙，Ｂ衣配Ｃ裙，Ｃ衣又配Ａ裙，配来配去也配不出一朵花来。

想起邵清羽卧室里那个连女明星都会嫉妒的巨大的衣柜，里面满满当当的衣服，谁要是躲在里面五分钟，保准会窒息。

我有点儿心酸。

确定好要穿的衣服之后，我便去洗了个澡。

刚刚还有点儿沮丧的情绪，在花洒里喷出热水的那一刻立刻转为了感恩。

人哪，一定要懂得知足啊，比起当初满身沐浴露的泡泡，只能裹着浴巾等来水的时候，现在我几乎可以说是生活在天堂里了。

然而，这种感恩的心情，在我拿出那个超市打折时二十多块钱买的吹风机准备吹头发时，又无情地破灭了。

摁下开关，它一点儿反应都没有，莫非是停电了？还是接触不良？我傻不啦叽地用湿漉漉的手指头去摁插头……妈的！差点电死我！

便宜货就是靠不住！我咬牙切齿，恨不得拿个大铁锤来锤瘪这个破吹风机。

水还在顺着发梢往下滴，床上睡得像猪一样的简晨烨根本没意识到自己刚刚差点失去了女朋友，我站在原地想了几分钟，决定去找对面的美女借吹风机。

乔楚打开门时已经化好了妆，我再一次被惊艳了。

与前两天素面朝天完全不同的风格，眉毛是时下最流行的黑直平，眼睛只画了简单的眼线，嘴上涂着浓艳的大红色唇膏。

她穿着一件丝绒质地的上衣，领口很大，两根笔直的锁骨特别明显，目光稍微往下移几厘米就能隐隐约约看到一点儿沟，最重要的是那件上衣是深紫色的！

深紫色，又名天堂地狱色，驾驭得了那是女神，弄巧成拙就是村姑。

"怎么了？"乔楚好像是在问第二遍了。

我回过神来，为自己感到羞愧："噢！没什么！我的吹风机坏了，想找你借用一下，待会儿就给你送回来。"

她笑了笑，转身去房间里把吹风机拿出来给我："你先拿去用吧，下次有空再还。我等下要出门，刚刚给你开门太着急了，裙子还没穿。"

我这才注意到她两条腿的确是光着的，上衣的下摆刚好遮到臀部，这样若隐若现的性感弄得我一个同性都差点要喷鼻血了。

吹风机拿到手里时，我又小小地惊讶了一下。

这款吹风机我曾在网上看到过，标价两千多，不记得是能吹出什么离子……我猜可能是钱离子吧。

唉，周围都是有钱人，这可让我怎么活啊。

等我基本梳妆打扮完毕了，简晨烨终于从床上爬起来，飞快地刷牙，飞快地洗脸，飞快地穿上衣服，整个过程不超过二十分钟，然后他理直气壮地问我："你弄那么好看去相亲啊，可以出发了吗？"

出发你大爷！

为什么这个世界充满了这么多的不公平？

男生只要洗把脸就能出门了，女生不在脸上涂个好几层就不敢见人，有些人一顿吃三四碗都不会发胖，有些人喝杯水都能转化为脂肪，有些人拥有一个跟我的卧室差不多大的衣柜，有些人的吹风机比我的贵一百倍……对不起，我好像有点儿失控。

拉开梳妆台右边的抽屉，有一个黑色的丝绒袋子，拉开拉绳，两个耳钉落在了我的掌心里。

经典的双 C 标志下面缀着珍珠，这是我唯一的一对耳钉，香奈儿正品。

我平时轻易不会戴它，因为我怕弄丢，如果弄丢了它我说不定会去死。

买它的时候，我在公司里还没过试用期，它的价格相当于我当时一个月的工资，但我一咬牙，刷了卡，输密码的时候我清楚地听见自己内心滴血的声音。

没有办法，这是我的虚荣，也可以说是我的底线。

我可以只有一件名牌单品，但它不能是山寨货。

出门之前我给邵清羽打了个电话，叫她快点出门别磨蹭，她在电话那头很跩地对我说："放心吧，我开车过去，很快的。"

妈的，跩个毛啊，有钱了不起吗？

不好意思，我又仇富了，事实上，有钱就是了不起啊！

不知道别的有钱人是不是也像邵清羽这么不守时，反正当我和简晨烨在餐厅的位子上坐了半个小时之后，她还是没有出现。

在服务员给我们添了六次柠檬水之后，连我这么厚脸皮的人都觉得不好意思了，我很想用华妃娘娘的那句话来问邵清羽：你知道从天黑等到天亮的滋味吗？

电话刚拨通，邵清羽就在那头歇斯底里地喊："昭觉，我要杀了蒋毅，你信不信！"

我还没来得及问一句什么情况，又听见她的吼声："摁你妈 × 的喇叭，没看见红灯啊，我赶着去杀人都没你急，你是赶着去投胎啊……"

真是听不下去了，邵清羽她爸要是知道自己家的千金在外面是这么个德行，肯定会停掉她所有的信用卡。

我挂断电话，很严肃地看着对面跟我一样饥肠辘辘的简晨烨说："喝光你的柠檬水吧，饭吃不成了。"

几分钟之后，邵清羽的车停在了路边，我和简晨烨已经饿得只能互相搀扶着走到车前。

车窗降了下来，她的脸上没有歉意，也没有眼泪，只有一种骇人的冰冷，就连说话的语气里都听不出一丝情感的波动："简晨烨，我要带昭觉去办点事，你去不方便。改天我再请你们吃饭，向你们赔罪。"

完全没有商量的余地，我有些为难地看着简晨烨，原本是打算庆祝乔迁之喜的，这下可真的泡汤了。

简晨烨轻轻地拍了拍我的头，说："你陪她去吧，我去买些好吃的，等你回来一起吃。"

我觉得自己越来越没用了，不就是一点儿零食吗？我看着简晨烨的脸，居然感动得有点儿鼻酸。

这么多年来，我一事无成，灰白的人生涂满了潦倒的笔画，有时候回望这一路的艰辛和坎坷，缺失从未被弥补，丧失也未带来任何获得，我想我可能一辈子就只会这么失败下去了。

但是每个静谧的夜里，我听见枕边均匀的鼻息，只要我想起多年前，校园里那个鼻青脸肿对着我笑的少年，我便知道，命运终究是不算太亏待我。

上车之前，我特意把耳钉摘下来交给简晨烨，让他带回去，虽然我还不知道邵清羽要带我去干什么，但感觉一定是大场面，我就这么点值钱货，不谨慎点不行。

我刚上车，车门还没关死，邵清羽就一脚油门猛踩下去。

还没坐稳，我吓得赶紧系上安全带，只差几天就要发这个月的工资了，我一定要好好活下去，不能便宜了老板。

一路狂飙，邵清羽一句话都没说，我看着她脸色那么差也不好问什么，虽然她跟蒋毅之间分分合合的戏码隔三岔五地就要上演一次，但我敢断定，这次不同于往昔。

我跟邵清羽相亲相爱多年，一起睡过觉，一起洗过澡，她屁股上那块胎记都给我看过，彼此之间可以说根本没有秘密，要不是有蒋毅和简晨烨这两个活生生的人证，不知道多少人会误会我们是一对 les（女同性恋者）。

但纵使是我，也从来没有见过她这个样子，不仅仅是生气，不仅仅是震怒，我想应该没有看错，她的眼睛里有一种类似于绝望的东西。

一定是出大事了。

在一家酒店的门口，她把车停了下来。

这一路上我心里不断积攒的不祥的预感，在这个时候几乎全部得到了证实，没等我说话，邵清羽便一把抓住我的手，力气大得我无法挣脱。

她一双眼睛死死地盯着我，从牙缝里挤出这句话："昭觉，你是我最好的朋友，你必须陪我去。"

我本能的反应是想拒绝。

我知道自己也有足够的理由拒绝，毕竟这是她和蒋毅两个人之间的事，就算事情牵扯到第三个人，也应该是楼上某个房间里的某个人，而不应该是我。

"这样不好吧……我毕竟是外人啊，万一……场面难看不说……蒋毅会恨死我吧……"我结结巴巴，胡言乱语，连句通顺的话都说不完整。

邵清羽的手更用力了："昭觉，我从小到大没有求过任何人——今天，我求你。"

说完，她的眼睛里泛起了泪光。

我不知道她用了多大的勇气，或者说是害怕到了什么程度，才会说出这么卑微的话来，我听得都想哭了。

她是邵清羽啊！

那个整天跩得跟二五八万似的邵清羽，那个衣柜跟我的卧室一样大的千金小姐，那个顶着烈日陪我到处找中介、看房子的活雷锋，那个在我差点饿死的时候偷偷往我钱包里塞钱的好姐妹……我心里骂了自己一句：叶昭觉，你连这么点事都不肯干，你还是人吗？

我抽出手来拍拍她的脸："我陪你去，别怕，有我呢。"

我们走进酒店大厅，邵清羽连前台都没去，径直走向了电梯，看样子她是早已经知道房间号了。

不知道她的消息来源于何处，我也没问，既然决定陪她一起面对接下来的场面，那不管多尴尬、多难堪，我都会扛住。

反正我是无名小卒，闹得天塌下来也没人认识我，而邵清羽……这么多年了，只要事情涉及到蒋毅的忠贞，她从来都不在乎会不会丢脸。

高中时，有一天蒋毅班上的一个新转来的女同学胃痛，蒋毅便去帮她买了份早餐，说起来实在是件微不足道的小事，但早自习刚过，这事就传到了隔壁班的邵清羽耳朵里。

仔细想想，传递这些八卦是非的人，并不见得是真的把邵清羽当朋友。

只是她那时太过引人注目，锋芒毕露，明里暗里很多人都是抱着看好戏的心态，才会有意无意地在她面前说起关于蒋毅的事情。

在那所高中里，似乎所有人都知道，嚣张跋扈不可一世的邵清羽，唯一的弱点就是蒋毅。

第一节课刚下课，邵清羽就冲到蒋毅他们班上，拿着一盒酸奶，站在那个女生的面前。

那个女生刚转来没几天，还没领教过邵清羽的厉害。

她起先有点儿惊慌，但迅速镇定下来，问邵清羽："你是谁？有什么事？"

邵清羽不喜欢啰唆，只喜欢用行动回答问题，她打开盒子，对准了那个女生的脸，干脆果断地泼了过去。

让人震惊的是，那个女生没有还手，也没有躲，甚至连拿本书挡一下都没有。

她很冷静地承受了这场一份早餐引发的灾难。

只是在场的所有人都看到，酸奶顺着她的面颊往下流，她拨开额前的碎发，她的眼睛像两口幽深暗黑的井，静静地散发着令人毛骨悚然的寒意。

这一幕，我是后来听在场的人说的，当我从教室里跑到走廊上看热闹时，事情已经发展至高潮。

邵清羽追着蒋毅打，他们在走廊上不知疲倦地跑了无数个来回，整层楼都轰动了，大家纷纷抢占有利位置进行围观，一部分别有用心的同学还火上浇油地为他们呐喊助威，声势浩大得甩出开学典礼十条街，把楼上楼下的人都给吸引过来了。

上课铃响起的时候，蒋毅终于忍无可忍了，他头也不回地推了邵清羽一下，然后灰头土脸地跑进了教室。

邵清羽可能是早已经习惯了扮演胜利者的角色，做梦也没想到蒋毅会还手，脚下一滑，身体一倾，整个人竟然从楼梯上滚了下去。

助威声一瞬间变成了惊呼声，邵清羽的头重重地磕在了台阶上，在那一两秒的停顿中，我们，所有人，清清楚楚地听见她说："蒋毅，我×你妈。"

脑震荡之后的邵清羽要留院观察一段时间，可以每天睡懒觉，还不用上课，好爽！

我挑了一个阳光明媚的下午去医院看她，本来想在路边随便摘几朵月季，终究还是觉得拿不出手，只好含泪去花店买了一束马蹄莲。

站在病房门口时，我看见她一个人躺在床上望着窗外发呆，侧影中透着几分寂寥，这个画面里的她，跟那个泼辣彪悍的邵清羽，简直有着天壤之别。

我轻轻地叹了口气，要不是她家里太有钱了，也许不会养出这么骄纵专横的脾气来吧。

床头放着一个大柚子，我拿起来就开始剥，不管邵清羽想不想吃，反正我想吃。

看得出她心情非常差，我也就懒得跟她寒暄了："你干吗这么小气，只是一份早餐而已，有必要那么赶尽杀绝吗？"

她从鼻孔里冷笑一声："头一次只是带早餐，以后慢慢地就是帮着打扫卫生，上课换位置坐在一起，放学顺路一起走，再往后，谁知道会发展成什么样。"

柚子的清香弥漫在原本充斥着消毒水气味的房间里，我掰下一块果肉送到她嘴边，她轻轻地躲开了："叶昭觉，你不明白。"

我静静地看着她，我知道重要的话在后面。

"我被抢走的东西太多了，我怕了，我不想连蒋毅都被人抢走。"

回想起来，那是邵清羽第一次那么开诚布公地面对我。

我跟她初中同班，升入高中之后虽然在不同的班级，关系一直都还算不错，但因为家境的差距，我一直觉得有些什么东西隔在我们之间。

通俗易懂地来说，就是——我一直认为我们不属于同一个阶层。

她父亲是有名的生意人，经常会在电视新闻里露露脸，剪个彩啊，开个会啊，跟市长什么的一起合个照啊，据学校里的那些八婆所说，她爸跟一些领导私下里都有交情。

而她妈妈，年轻漂亮，性感妖娆，简直就是成人漫画里的女主角的真人版。

每到周末，校门口会停很多来接学生的车，其中以邵家的车最为名贵，驾驶座上的人是她父亲的专职司机。

从小到大，邵清羽一直都是我们这些普通女生眼里的名牌货百科全书，她穿一套新衣服来学校，我们就多认识一个牌子。她犹如春风化雨，不计回报地为我们普及关于各种奢侈品的常识。

若干年后，我们之中有些人也成为了各大名牌倒背如流的白富美，但追根溯源，仍然要尊邵清羽为祖师奶奶。

　　小学时，我还没吃过肯德基，她已经坐过了飞机；初中时，我连中国有多少个省都还没搞清楚，她已经去过了欧洲。

　　十六岁生日的时候，她父亲在一家酒店给她举办了草坪 party（派对），桌上放着一个豪华的生日蛋糕，五层，比我都高。

　　她母亲带着她四岁的妹妹领头给她唱《生日快乐》歌，我们一群穿着 T 恤牛仔裤的同学都用羡慕的眼神看着身穿纪梵希小礼服裙的她。

　　欧洲的皇室离我们太远了，在一群土鳖的眼里，邵清羽就是公主。

　　她成绩不好，长得也不是特别漂亮，脾气更是差劲，没有几个女生是真的喜欢和她做朋友的，但我敢打赌，我们之中没有任何一个人，不希望自己变成她。

　　在那个下午之前，我跟那些女孩子的想法，没什么区别。

　　也许是那天的光线分外柔和，也许是那天的空气分外清新，也许是冥冥之中有种善意的催化剂，又或许，是她孤单得太久了。

　　她忽然没前没后地说出一句"那个女人，不是我妈妈"。

　　我原本还在剥柚子的手，彻底停止了动作。

　　"那个女人，不是我妈妈，我的生母……在我十岁的时候去世了。"

　　"她是死在牌桌上的，听说最后那把牌是清一色自摸。我不会打麻将，不知道那一把她能赢多少钱，但她明明就不缺钱花，不知道为什么会激动得脑出血，真是没见过世面……"

　　邵清羽说这些话的时候，脸上的表情很平和，不带一点儿感情，似乎那些难过、悲痛、不舍、无奈、声嘶力竭，早在她十岁的时候就已经用完了。

"那个年代，我还没有手机，放学时看到我爸的车在门口等着，还觉得奇怪。那时候我爸的生意没现在做得大，也没有专门的司机，来接我的是我舅舅，去医院的路上一路都是红灯，我不知道怎么会那么不顺利，真的，全是红灯，好像就是为了阻止我去见我妈最后一面似的。"

"我那时才念四年级，就没有妈妈了。"

我彻底放下了手中的柚子，这么沉重的气氛，换了谁都吃不下。

"我妈去世后不到两年，我爸就娶了那个女人，她大着肚子嫁过来的，那时候我已经十二岁了，男女之间的那些事，也都明白了。我想也行，只要她是真心对我爸好，不是算计他的钱，我也没什么要多说的。"

"但是一直到现在，我也只肯叫她阿姨，她才比我大十岁啊，要我叫妈？给我一亿都叫不出口啊。"

我一直很沉默。

那个时候，我还很年轻很年轻，对于人生真正的疾苦所知毕竟不多。

我并不比我的同龄人聪明或者成熟，我从来也没想过，邵清羽光鲜奢华的生活背后，也许隐藏着一些我们体会不了也想象不到的痛楚。

她所有的，我们都能看到，她所没有的，我们都不知道。

我轻声地问："那她对你好吗？"

邵清羽像是没听见我问的问题，又或者是，她用了一个事例来回答我。

"你记得我十六岁生日的时候，穿着一件白色的小礼服裙，你们都说很好看吗？"

我点点头，当然，只要当天在场的女生，应该没有人会忘记。

她扯了扯嘴角，那是一个轻蔑的笑，从她的眼睛里，我看到了往日的浮光掠影："但是我一点儿都不喜欢。

"去买小礼服的时候，她非要跟着我一起去。我喜欢的那条是柠檬黄，可她偏偏要我试一下那条白色的。我说，我觉得白色没有柠檬黄好看，她就说，你试试看嘛，不喜欢再说呀。

"我试了那条白色的之后，她就一个劲儿地跟我爸说，清羽还是穿白色好看，白色多纯洁啊，只有她这个年纪才能把这么纯洁的颜色穿得这么美。她这么一说，我爸立刻决定给我买白色那条。

"她其实根本就不是好心，她就是要确定我到底喜欢哪条，我也真是蠢，给她一试就试出来了。生日那天，我根本没笑过，那条裙子我就穿过那么一次，后来被我扔在杂物间了。

"我知道，她是故意的，她就是不想让我开心。"

邵清羽说最后这句话的时候，脸上的表情简直可以用凌厉来形容了。

我想了半天，也不知道说什么好，只能伸出手，握住她冰冷的手，想给她一点儿安慰。

她接着说："我知道大家是怎么看我的，不就是家里有钱嘛，呵呵，没人晓得，我的日子并不好过。"

她说："所以对我来说，重要的东西和重要的人，我必须牢牢地看好，再也不能被抢走，昭觉，你明白吗？"

我庄重地点点头，我明白。

我想我真的能够理解，她对于一无所有的恐惧。

没过多久，她就回学校上课了，蒋毅也知道自己错得有点儿严重，从那之后更是对她千依百顺。

而那个被泼了一脸酸奶的女生，在邵清羽住院期间，又办理了转学手续去了别的学校，年份久远，我连她的长相和姓名都给忘了。

被打乱的一切以极快的速度恢复了秩序，看起来，好像什么都没发生过。

只是，邵清羽的后脑勺上，留下了一块永远的伤疤。

电梯门"叮"的一声打开了，我从往事中回过神来，邵清羽一脸悲壮地牵着我的手走出电梯。

酒店的走廊真是漫长得看不到尽头，我多希望它真的没有尽头啊。

那样的话我们就可以一直走下去，不必直面惨淡的人生，不必正视淋漓的鲜血，不必扮演我们根本不想扮演的猛士。

然而，我还没来得及收回思绪，还没来得及开启战斗模式，邵清羽已经停下了脚步，叩响了一个房间的门。

那是多么短暂而又漫长的十秒钟啊，当那扇门打开，那张脸出现在我们眼前时，我必须纠正自己之前说过的一句话。

年份久远，我连她的长相和姓名都给忘了——但在这一刻，我无比清晰地记起来了。

她是何田田。

◇3◇

　　我不知道一份仇恨最久可以在一个人的心里埋藏多长时间，直到这么多年以后，何田田活生生地站在我们面前，她的发型变了，穿着打扮变了，但是她看邵清羽的眼神，一点儿都没有变。

　　当年我不在现场，只是听同学们形容过当时的情形，他们的表达能力不怎么样，只是一个劲儿地说"何田田的眼神好凶，她好像想吃了邵清羽"。

　　我相信在过去的这些年里，何田田对眼前这个场景有过无数次的设想，在脑海中无数次地想象过邵清羽看到这一幕时的反应，她在没有知会对手的情况下，已经一个人排练了不知道多少遍。

　　但一杯酸奶，至于吗？我心里隐隐约约有这样的疑问——多少年前的一点儿小事，为此处心积虑地寻找报复的机会，何田田，你值得吗？

　　我曾经在网上看过一个视频，一只猫抓到了一只老鼠，它没有马上吃掉它，而是反反复复地折腾它，戏弄它，可怜的老鼠被折磨得精疲力竭，画面里透着一种残酷的幽默。

　　如果要给那只猫配上人类的表情，我再也想不出比此时此刻何田田脸上那种表情更恰当的了。

　　她漫不经心地回过头去，对着房间里面说："不是服务员。"

　　然后，一个人从房间里走出来，在与我们对视的那一瞬间，他的脸上呈现出从未有过的震惊和错愕。

　　我脱口而出："蒋毅！"

　　或许，十岁那年，在听到母亲去世的消息时，邵清羽也是现在这个样子吧。

035 *Collapse of Mundane Life*

她完全僵住了，像是刚刚被从冷冻室里拿出来似的，双手紧紧地贴着身体，用力地攥着拳头，她太用力了，以至于我站在她旁边清清楚楚地听见了牙齿打战的声音。

只要再用一点儿力，她整个人就会碎掉。

笨蛋！这分明就是个圈套！我们上当了！

如果人一生中只有一次能够使用时间倒流的技能，我会毫不犹豫地用在这一刻。

我会在邵清羽把车停在我面前时，联合简晨烨一起把她从车里拖出来，用铁链绑在餐厅的座位上陪我们一起吃饭，哪怕吃得我倾家荡产都行。

是的，我宁可她永远不要来这个酒店，永远也不要知道这个房间里到底发生了什么事情。

我宁可她做一辈子笨蛋，一辈子被蒋毅欺瞒，也不要目睹这肮脏的真相。

局面没有僵持太久，邵清羽毕竟不再是十岁的小女孩了。

只听见整个走廊里忽然响起一声撕心裂肺的尖叫，别的住了客人的房间陆续打开了门，与此同时，邵清羽像一头野兽一般扑向了蒋毅。

就像快进的电影画面一样，他们扭打在一起，两个人都因为失去平衡而倒在了地上，邵清羽的头发不知道是被蒋毅抓散的，还是被她自己大幅度的动作给弄散的，看起来就像是含冤而死的女鬼。

尽管房间里铺着地毯，但还是能很清晰地听见蒋毅的头撞击在地面上的声音，"咚咚咚"，还挺有节奏感的。

我从来不知道邵清羽有这么大的力气，她平时可是连矿泉水瓶盖都拧不开的人，这下她抓着蒋毅的头一次次往地板上撞，轻松得就像抓着一个大号的萝卜似的。

怎么办怎么办？我真是个废物，这么紧要的关头，我居然急着想上厕所了！

何田田瞪了我一眼，说："还不帮忙关门，丢人现眼呢！"

我大怒，你个不要脸的小三居然还好意思对我指手画脚，你以为你是谁啊！

但是，她说得对，情况的确紧急。

事情发展到这里，住在这一层楼的人都从自己的房间里跑出来看热闹了，这场面比起当年在学校时有过之而无不及。

那时候虽然有人欢呼有人助威，但好歹年代久远，科技远远没有现在发达，谁也想不到拿手机拍下来发到网上去博点击率，况且，以那时候的手机的渣像素，即使拍下来又能威胁到谁啊。

现在可不一样了，读图时代，谁要没有个能拍照能录视频的手机都不好意思出来见人，不然为什么满大街人手一台 iPhone 呢！

围观的群众情绪十分高亢，神情比莫言拿了诺贝尔文学奖还激动，比奥巴马连任了美利坚总统还兴奋，平日里只能拍拍吃了什么菜、穿了什么衣服，还有自己浓妆后的脸的手机在这个时候派上大用场了！

大家纷纷拿出了角逐普利策新闻摄影奖的热情，认真地贯彻着罗伯特·卡帕的名言——"如果你拍得不够好，那是因为你离得不够近"，他们使出了自己浑身的力气，拨开层层人群，拼了命地往里挤，有个男人只差没贴着邵清羽拍了，那距离近得我都怀疑还能不能对上焦。

更严酷的事实是，我因为饿得快站不稳了，一不留神，居然被这些疯狂的人给挤出了房间！

　　如果我不拼命杀入重围，那我就只能等到过不了多久之后，在热门微博上一睹邵清羽的风采了。

　　此时只有马景涛那句脍炙人口的台词能够表达我的感受——我觉得自己快要窒息了！

　　我没法计算自己透支了多少力量，才重新回到房间，并且把那些好事之徒推出门外，我觉得我牛 × 得简直能够拯救地球。

　　就在关门那个瞬间，我想起两天前的那个早晨，面对着那些凶神恶煞般的不速之客，我紧张得连话都说不出来，为什么当时我没有这个魄力！

　　为什么我最近总跟这一类事情沾上边？举头三尺有神明，谁能告诉我，我到底是得罪了头顶上哪一位神仙？

　　没有时间给我考虑这些问题了，因为，我看到，何田田这个三八也开始动手了！

　　邵清羽真是女中豪杰啊！她整个人压在蒋毅身上的同时，居然还能抽出手来跟何田田过上两招，并且嘴里还在召唤我："昭觉，你来帮我抓住这个骚货！我先弄死这个姓蒋的贱人再说！"

　　我有的选择吗？

　　我用了两秒钟的时间把头发全部拢上去扎成了一个团子，一咬牙，闭眼，怀着壮士一去不复返的心情，加入了这场混战。

　　啊啊啊！痛死我了啊！是谁不讲卫生平时不剪指甲啊！我手臂那几道鲜红的东西可是货真价实的人血啊！

　　啊啊啊！又是谁的手肘撞到了我的眼睛啊！我什么都看不见了！以

后只能去盲人按摩院工作了啊！！

局面真的太混乱了，她打他，她打她，她也打她，他们也打我！

这三个人一定是吃激素长大的，一个个力气都大得像是绿巨人附体，死揪着一整天只喝了六杯柠檬水的我，他 × 的，你们好意思吗？

就在我的神志渐渐模糊的时候，蒋毅终于找到了一个脱身的机会，他甩开邵清羽的动作比当年流畅多了，姿势也潇洒多了，在他腾空而起的那一瞬间，我感觉到自己的肚子被狠狠地踩了一脚。

就算是，铁打的肠子，也应该，断了吧……

这一次，轮到我说这句话了——"蒋毅，我 × 你妈！"

门被打开了，蒋毅落荒而逃，邵清羽紧随其后，何田田也不甘示弱地挣脱了我，果断地追了上去。

你看过《阿甘正传》吗？将近二十年过去之后，电影里的画面在这个酒店走廊里被真实地还原了，蒋毅在这一刻仿佛阿甘附体：run（跑）！run！run！

而他的身后，就如同电影里演的一样，也跟着一大群不明所以却被他的激情感染了的群众。

等我狼狈地从地上爬起来追出去的时候，摄影爱好者已经集体达到了高潮，他们连我都拍，有些白痴还开着闪光灯拍，我那刚刚恢复了一点儿视力的眼睛瞬间又被一片白光给闪瞎了。

× 的！你们的素质呢！

柠檬水赐我神力，当我终于顺着酒店里的消防楼梯跑到了一楼，好不容易跟上了大部队的时候，我整个人已经彻底虚脱了。

隔着酒店的玻璃旋转门，隔着攒动的人群，我看见邵清羽，她站在大街上，哭了。

这是我这辈子，第一次听到邵清羽那种，怎么都压抑不住的哭声。

我一直以为，人长大了之后就不可能再像小时候那样没脸没皮地大声号哭，因为人人都要面子，谁没有点儿羞耻心呢？成年人就算再悲伤再难过再痛苦，也只能晚上缩在关了灯的房间里，用被子蒙着头，默默地呜咽。

但今天我知道了，不是这样的。

原来一个人到了最伤心最绝望的时候，是不会顾及尊严这回事的。

我忽然像疯了一样推开周围那些交头接耳、不顾别人死活的看客，冲进去一把抱住邵清羽，那个瞬间我有种很奇怪的感觉，我觉得她像是我的女儿，我必须要保护她。

她哭得我心都碎了，她哭得我都恨不得杀了蒋毅，她哭得我都忍不住跟她一起哭了。

蒋毅站在路边，一边慌乱地整理被撕扯得乱七八糟的衣服，一边伸手想拦辆出租车。

何田田站在蒋毅的旁边，脸上有几道抓痕，虽然样子有些狼狈，但看得出她对眼下这个效果非常满意。

我抱着邵清羽，她的头埋在我的肩膀上，我能感觉到衣服上那一片潮湿由温热渐渐转为冰凉，在用手指给她梳理已经乱得像一团麻的头发时，无意之中，我碰到了她后脑勺上的那块伤疤……如果你真正在一个人身上倾注了感情，那么，当你触摸到她的伤痕时，你自己也会觉得疼。

就像是记忆的阀门被拧开了，往事的惊涛骇浪迎面扑来，遽然之间，我心里升起熊熊怒火。

×的！我叶昭觉的姐妹，就是这么给你们欺负、给你们糟蹋的吗？

"蒋毅，你有种就别走！"我放开邵清羽，一把抓住蒋毅。

他看着我，眉头皱成一个川字，我在他的眼睛里看到了很多东西，有愤怒，有羞耻，有厌恶，有悲哀，也有忧伤和恨。

我怔住了。

抛开他和邵清羽的关系不说，我们曾经也是关系不错的朋友。

校园时代，我在课间十分钟卖小零食赚零花钱，他自发地带着哥们儿来捧场，每次都买走一大包，其实我知道，他们男生是不爱吃那些玩意的。

还有放学之后，他经常舍弃跟哥们儿一起踢球的机会，跟邵清羽一起陪着我去小食品批发市场进货，任劳任怨地帮我把整箱整箱的矿泉水从一楼搬去五楼的教室。

是的，我仍然记得他当初的样子，穿一件白T恤，背上被汗水洇出一大片潮湿，短短的头发，笑起来特别敦厚耿直，当我连声道谢时，用力拍着我的肩膀说："客气什么啊，都是朋友。"

这些事情我一直都记得，哪怕到了撕破脸的这个时刻，我还是觉得那些过往很感动。

对，都是朋友，可是为什么，为什么会变成今天这个样子？

一只手伸过来把我拉开，我回头一看，是邵清羽。

她不哭了，也不尖叫了，眼睛里像是盛满了大火燃烧完之后的灰烬。

她看起来很平静，但稍微有一点儿生活经验的人就会知道，这种平静是狂风暴雨即将来袭的前奏，沉闷，压抑，蓄势待发。

她说："蒋毅，你要走，可以，把我送给你的东西还给我再走。"

　　这句话说出来之后，蒋毅立刻面无人色，路人们也纷纷侧目，人群里传来意味深长的"啧啧"声，坦白说，就连我，都没想到邵清羽会这么狠。

　　只有何田田，她似乎一点儿也不吃惊，她的脸上甚至露出了早已料到这一幕的、笃定的笑容。

　　古龙说得对，最了解你的人，往往不是你的朋友，而是你的对手。

　　很久以后，在没有第三个人在场的情况下，何田田对我说了一番话。

　　"邵清羽根本就不是你们想象中那么单纯、那么无害的一个人。认真想想吧，她从十二岁开始，就生活在一个必须每天跟后妈斗智斗勇的氛围中，当着她爸爸的面，要装作乖巧听话，背着她爸爸，得算计后妈和妹妹分走了她多少宠爱，长大了还得提防她们分走原本属于自己的财产……叶昭觉，你真的认为那么复杂的环境里，会生长出一个心思简单的女孩子？"

　　末了，何田田给出了她自己的结论："你以为邵清羽真的有多爱蒋毅吗？你错了，全世界她只爱她自己。"

　　但我从来没有这样想过邵清羽，在我的心里，她一直都是多年前那个幽幽地说出"我只是不想再失去什么了"的孤单无助的小姑娘。

　　即使她当着这么多陌生人的面，把蒋毅作为一个男人的自尊踩在脚底下，踩成了烂泥的时候，我仍然只认为，她是被伤害得太深了。

　　我想劝劝她，不要做得这么绝，这个人不是阿猫阿狗，张三李四，可以得罪了就删掉电话号码，看不顺眼了就取消关注，大不了一拍两散老死不相往来。

　　这个人，是跟她交往了六七年的男朋友，相爱过，彼此温暖过，赌气时说分手，气消了就当那句分手是放屁，从高中开始就计划着将来要跟这个人结婚，给他生孩子，组建一个完完全全属于自己的家庭。

　　我想用力地摇醒沉浸在悲痛中的邵清羽，你到底知不知道你这样做的后果？

　　她推开我，径直走向蒋毅："没听清楚吗？把我送给你的东西还给我，再走。"

　　我知道邵清羽不会听我的劝告了，她是铁了心要让蒋毅在这么多人面前颜面尽失，从此以后，路过这条街必须绕着走，别人提起这条街的名字就等于戳着他的脊梁骨骂。

　　我实在不忍心看下去了，只好转过头去，看着别的地方。

　　夜幕降临，华灯初上，围着看戏的人越来越多了，有些稍微善良一点儿的人动了恻隐之心，在旁边小声地说："美女，算了，别搞得你男朋友下不了台，你们回去再解决吧……"

　　邵清羽充耳不闻，她冷笑一声："别拖拖拉拉的，从手表开始吧。"

　　我没回头，只听见一声响，我猜应该是手表被蒋毅扔在地上了，接着，便是邵清羽大力地一脚踏上去的声音，在车水马龙的大街上，表面玻璃碎裂的声音应该是轻不可闻的，但是，在场的每一个人都听见了。

　　随着玻璃一起被踩为齑粉的，大概还有些别的东西。

　　邵清羽又开口了："鞋也是我送你的，脱了吧。"

　　又是一阵窸窸窣窣的声音。

　　"接下来——"她停顿了一会儿，"你自己看看吧，全身上下有什么不是我送的。"

　　我忍无可忍了，回过身去想阻止邵清羽继续发疯，然而我转过去的瞬间，看到蒋毅注视着邵清羽的那一幕，忽然之间，我伤感得无以复加。

　　没有爱了，没有一丁点爱了，他的眼神、表情、身上每一个毛孔散发出来的气息，难以言说，不可名状，但是——就是那么清清楚楚地宣告着：我，不，爱，你，了。

　　出乎所有人意料，蒋毅忽然笑了。

　　用尽我平生掌握的所有词汇，也没法准确地形容出那种笑，是悲哀到了极致的笑，是哀莫大于心死的笑，是我欠你的都还给你，从今往后生死两讫的笑。

　　那种笑容，后来也在简晨烨的脸上出现过，但那已经是很久很久之后的事情了。

　　蒋毅笑着问邵清羽："你是要我今天死在这里，才满意吗？"

　　她呆了一秒钟，忽然哭着冲上去跟蒋毅厮打起来，不，不是厮打，蒋毅根本就没还手，他就那么直挺挺地站着，像一棵沉默的树，对于邵清羽所做的一切都选择了承受，不反抗，我从来不觉得蒋毅身上有什么文艺气质，但在这个夜晚，他是那样沉静和哀愁。

　　我对着何田田喊："别发呆了，一个拉一个，你跟蒋毅先走。"

　　四个人再度纠缠在一起时，又重复了之前在房间里的混乱，但这次好一点儿，蒋毅和何田田都比较理智，也不愿意再继续出丑，只有邵清羽，她彻底疯狂了。

　　事情发生得太过突然，我真的不知道那股力量来自他们三人之中哪一个，恐怕他们自己也不知道是怎么回事，我就从人行道上飞出去了。

在身体往后倾倒的那个瞬间里，我的脑海中"唰唰唰"地闪过很多念头。

这个月的工资还没发。

简晨烨买了零食在家里等我。

乔楚的吹风机还没还。

周末我应该给我妈打个电话，可是我还没打。

我没有医保。

……

当那辆躲避不及的摩托车重重地撞上我的小腿时，我听见了很多声音，有人在惊呼，有人在摁快门，摩托车在我耳边轰响……

我有一种很奇妙的体验，像是灵魂从笨重的身体里飘了出来，悠悠晃晃地飘到了半空中，俯视着芸芸众生。

骑摩托车的男生慌慌张张地从车上下来，摘掉了他的头盔。

邵清羽放开了蒋毅，扑上去抱住了我。

蒋毅跟何田田呆若木鸡地站在原地。

围观的人群如同潮水一般涌过去，以我为圆心，围成了一个规整的圆。

谁的脸我都看不清楚，谁的声音我都听不真切。

小腿处传来钻心的剧痛，眼泪无法抑制地流了下来，我所有的念头和意识在那个瞬间全部化为云烟。

如果说我在昏迷之前还想到了一件事，那就是——今天，我没有吃饭。

Chapter 2

他是如此美好，我只有在看见他的时候，
才会相信苦难的人生中还有美好。

◇

　　我没有昏睡太长时间，掐指一算最多就半个小时吧，贱命一条果然好养活。

　　其实……我真的不好意思说出来，我是饿醒的。

　　算那些王八蛋还有点儿人性，知道送我就医，彻底清醒过来的时候我已经在医院里了，睁开眼睛就看见如丧考妣的邵清羽，这个白痴应该是被吓傻了，都不会说人话了："呜呜呜……昭觉，对不起……呜呜呜……我是傻子，简晨烨会杀了我的……"

　　一般电视剧演到这样的情节时，圣母就会安慰闯了祸的人说"不关你的事，只是个意外，别太自责了，别放在心上"这一类的台词。

　　不好意思，我不是玛利亚。

　　我就是要顺着邵清羽的话说下去，当着在场所有人的面，用尽全身力气，我大声地告诉她："对，你就是个傻子，被杀了也活该！"

她完全傻了，像是根本没预料到我会说出这么一句话来，呆了一会儿之后，她又开始哭："呜呜呜……昭觉……这就是你不对了……你怎么能这样说我呢……呜呜呜呜。"

……

真不要脸。

正在这么尴尬的时刻，一张陌生的青年男子的脸出现在我眼前，皱着眉头看我，带着一点儿怀疑的语气问："她真的受伤了吗？我看她精神好像还挺好的。"

医生连眼皮都懒得抬一下，伸手摸了摸我那条肿得跟象腿似的小腿，言简意赅地回答了男青年的疑问："骨裂了。"

最后的诊断为：身上多处软组织挫伤，右胫腓骨骨裂，6到8周之后可以扶拐下地。

我听到最后一个字时，正好看到男青年手里拿着的摩托车头盔，就在那一刹那我知道这个人是谁了！

我身残志坚地从病床上跳起来揪住他："你赔我的腿！"

打石膏的时候我简直伤心欲绝，苍天，我拿不到全勤奖了你知道吗？刚交完房租和押金，我的卡里活期存款只有三百块钱了你知道吗？为什么要这样对我？

想到自己一两个月不能工作，我又饿又痛又伤心绝望，所有的负面情绪如同火山爆发时的岩浆一般喷薄而出，在捉奸现场努力维持的那份镇定此刻全然不在了，我就像那些专业哭丧的大妈大婶一样，一口一句老天爷，你要给我做主啊，你睁开眼睛看看我啊……

名叫汪舸的机车青年脸上挂着一层冰霜，这场面太难堪了，他觉得自己很尴尬，明明只是普通的交通事故，被我渲染得好像他杀人放火、淫人妻女了似的。

又过了片刻，他见我还不打算收敛，按捺不住自己的怒气了："你别鬼喊鬼叫的，是谁的责任还不一定，我看你是故意装得很严重的样子想讹钱吧！"

被人说中了心事的我一瞬间有点儿心虚，幸好我的演技不错，并没有因为他的质疑而露出破绽："你胡说八道什么！我像是碰瓷的人吗！我有手有脚，自力更生，穷也穷得有志气！"

这番冠冕堂皇的话顿时为我赢得了周围不少人的赞许，大家纷纷向汪舸投去了鄙视的眼神。

他的表情看起来像是被人掐住了脖子，呼吸都不顺畅了，又过了一会儿，他表示好男不跟女斗："行了，我一定会赔偿你的医药费，放心吧。"

"那我这段时间因伤不能工作的损失怎么办？"我穷追不舍，能多捞一点儿算一点儿。

"你是做什么工作的，我按你的收入水平，赔你半个月的工资。"他实在懒得跟我废话了。

不能轻易放过这个机会，我暗自盘算着，有什么工作是必须用到腿的……就像是有一道光在我的脑中闪过，我心一横，决定赌一把，撒一个我自己都觉得太不要脸的谎："我，是芭蕾舞演员！"

话音刚落，我就听见门口传来一连串刺耳的笑声："哈哈哈哈哈。"

拆台的不是别人，是我亲爱的男朋友，简晨烨。

一连两天我都没跟简晨烨说话，任凭他百般认错，千般讨好，我都视他如无物。

到了第三天，他装出来的好脾气用光了，也懒得装模作样炖骨头汤了，在小区门口买了一份青菜瘦肉粥扔在我面前，一副你爱喝不喝的样子。

反了天了！

我大怒："简晨烨，你是人吗？"

他面对着电视背对着我，换台换得飞快，对我的话充耳不闻。

好没面子，我好想哭……然后我就真的哭起来了："你让着我一点儿会死吗？"

他仍然是一动不动地坐着，背影里透着一股赌气的成分。

我有点儿绝望。

脆弱是一把多米诺骨牌，推下去第一张，之后所有的牌都会依次有序地翻倒。就像是有一只无形的小拳头，对准心脏最柔软的那个地方，狠狠地捶下去，一拳，一拳，又一拳。

原本是生理上的疼痛，引发的却是心里翻江倒海的悲伤和忧愁，我忽然有种感觉，万念俱灰。

我不知道为什么自己会活成这个样子。

拿着一个月不到三千块钱的工资，住在一套每个月房租就得两千的房子里，老板和房东不高兴了，赔你点违约金，随时就能让你滚。

去商场买件衣服得先看标签，太贵了就趁早死心，稍微便宜点的就在试衣间里拍下款号，回家上淘宝找代购，还得厚着脸皮问卖家，能包邮吗？

护肤品只能用最基础的保湿乳液，化妆品只有国产的睫毛膏和眼线笔，稍微像样一点儿，敢拿出去见人的迪奥粉饼还是两年前邵清羽送的，大半已经见底。

那些说衣服价格贵不贵并不重要，只要身材好，会搭配，照样能穿出气质来的话，都是土鳖们自己安慰自己的。

我看过邵清羽衣柜里那些衣服，即使是二三线的牌子，质地、剪裁、版型，就连扣子、针脚这些细节，都显露出与地摊货天差地别的悬殊。

是的，一个人虚荣，但有满足自己虚荣的能力，就不可怕。

或者，一个人贫穷，但他安贫乐道，并不奢望那些自己能力无法企及的事物，也能够过得幸福快乐。

对邵清羽那样的女生来说，最惨的状况，是男朋友被捉奸在床，而对我来说，是在相当漫长的时光里，扎根于贫瘠的土壤里仰望着物质天堂。

我很迷茫，不知道人生会不会出现转机，只确信未来会愈加艰难，前面的路还很远，也很暗，在这样糟糕的生活中，简晨烨就是我唯一的安慰。

他是如此美好，我只有在看见他的时候，才会相信苦难的人生中还有美好。

我不知道自己哭了多久，反正哭着哭着我就睡着了，醒来的时候已经是黄昏，柔和的光线投射在墙壁上，这是一天当中这个城市最温柔的时刻。

那碗青菜瘦肉粥还摆在床边的小桌子上，里面的青菜已经发黄了，水也干了，看起来像一碗惹人嫌弃的剩饭，我实在没半点胃口。

简晨烨，你他 × 的以为自己是喂猪的吗？

我的怒气刚刚冒出一点儿苗头，忽然，看到右腿雪白的石膏上多了些歪七扭八的图画，虽然一时间难以辨认清楚，但我心里已经猜到了个大概。

就像是小时候练完书法，把毛笔放进笔洗里的那一瞬间，笔尖刚刚触碰到水面，黑色的墨汁便一圈一圈地荡漾开来，由浓转淡，却绵绵不绝。

在看到雪白的绷带上的图画和字符时，我的内心也激荡起一圈一圈的、绵绵不断的温柔。

我忽然一点儿脾气都没了。

从认识的那天开始他就是这样的，稍微动点感情的话就不肯直说，示爱也好，歉意也好，都非要选择最迂回的那种方式来表达，幸亏我冰雪聪明，总是能够准确地理解他的意思，否则我们俩早玩完了。

冰雪聪明的我很想认真看清楚石膏上的图画和字，可是……好艰难，我的脖子都快扭断了，头都快掉下来了，还是只能看到一半。

我都不知道说他蠢好还是说他贱好，那些图画和字的方向都反朝着我，正对着墙壁，也就是说每一个来探望我的人都能看清楚，就我一个人看不清楚。

我唯一能看见的，就是脚背上那个大大的卡通笑脸。

卧室里不见简晨烨，客厅里也没有，我只听见一些混乱的声响，都是由厨房里传来的。

锅碗瓢盆碰撞在一起的声音，水龙头开得太大，水柱冲击着不锈钢水池的声音，冰箱门开开合合的声音，抽油烟机排气的声音，油倒进水还没彻底烧干的锅里，溅起噼里啪啦的油星的声音，菜被扔进烧红的锅里，犹如地震的声音。

还有一些气味，米饭煮熟的气味，玉米炖骨头汤的气味，炒菜的气味。

说实话，我非常惊讶。

这一两年来，简晨烨被我照顾得跟残废似的，除了切大西瓜这种活儿需要他之外，其他时间里他根本不用进厨房。在他偶尔心血来潮想要帮我打打下手，跟我秀秀恩爱的时候，也会被我毫不留情地拒绝。

我的想法其实很简单，君子远庖厨。

有时候我觉得我就跟个迂腐的老母亲似的，一门心思盼着儿子出人头地，自己则用布满粗糙老茧的手替他揽下生活中所有的琐事。

买菜做饭，我来！洗衣服，我来！打扫卫生，我来！晒被子、换床单、缴纳煤气水电物业等各种费用，通通我来！

我近乎偏执地认为，所有会耽误简晨烨搞创作的事，都不是什么好事，除了画画之外的任何喜好，都是不务正业。

我跟老母亲唯一的区别就是，我从来没有在烛光中语重心长地对他说过，我这辈子，就指望你了！

虽然我死也不会承认，在我的内心深处，的确隐隐约约地有过这么一丁点儿念头。

时间大概过去了一刻钟，简晨烨从厨房里出来了，身上系着我平日里天天系着的那条黑色围裙，端着炖好的玉米骨头汤，完全就是中华小当家嘛。

他好像不记得中午把我气哭了这件事，很冷静地对我说："我都是按照 App 里的菜谱做的，不好吃不要怪我。"

我心里想的是，大哥，我哪儿敢嫌弃，你不让我吃猪食，我已经感激涕零了。

但我说的是："哦。"

他又说："你自己吃还是我喂你？"

我抬起头来看着他："我是腿断了，不是瘫痪了。"

吃饭时的气氛怪怪的。

平心而论，作为一个十指不沾阳春水的厨房新人，简晨烨在这顿饭里所表现出来的水平值得五星好评，但我就是憋着，不发表任何意见，一副逆来顺受的样子。

我当时并没有想到，从那之后，他便不再心安理得地享受我竭尽所能地为他创造出来的安逸生活，当他自己亲身经历过了买菜、洗菜、煮饭、熬汤这些日常琐碎之后，才知道我日复一日所经受着的生活是多么枯燥和无味。

吃完饭之后，他没急着收拾碗筷，而是神情凝重地看着我，过了会儿才说："有件事，我想跟你讲一下。"

完了！我做过头了，他忍无可忍，要向我提出分手了。

我一着急就忍不住讲粗口："我 ×！你居然打算在我行动不能自理的时候抛弃我，你他 × 有点儿人性吗？"

他被我的强烈反应吓了一跳："我 ×！你是傻子啊！听我说完再发神经行不行。"

虽然名义上他是一个青年艺术家，而我只是一个汽车用品公司的客服人员，但说到个人修养，我觉得我们之间并没有多大的差别。

"昭觉，其实前两天就想告诉你的，有家画廊来找我了，他们好像对我的作品很感兴趣，想找我合作。"

按理说，这其实是个好消息，但我不太明白的是为什么简晨烨这么平静，甚至眼神里有些许的犹虑。

我努力地挪了挪僵硬的身体，心里计算着自己说话的分寸，平日里怎么吵架怎么争执都不要紧，但涉及到他的前途，我不得不慎重对待："你自己怎么想？"

他挑了挑眉毛："我暂时没有给他们明确的答复，到时候见面再详谈吧。"

模棱两可的回答，我有点儿不甘心，冒险地前进了一点儿："我看你并不是很愿意的样子，对吗？"

他面无表情地说："我觉得我的作品风格，不太适合他们。"

我有点儿沉不住气了，搞什么鬼啊简晨烨，你知道跟他们合作意味着什么吗？

意味着money（金钱），意味着我们的生活会得到极大的改善，意味着我再也不必到了每个季度末尾就提心吊胆地做人，意味着我离我的梦想前进了一大步，你懂不懂啊？

我差一点儿就想问他了——"简晨烨，你能不能也为我想一想？"

但是，这些话我不能宣之于口，这些想法在心里哪怕爆炸了都没关系，但说出来就不对了，说出来，就等于我自己承认了自己市侩、现实、庸俗的本质。

这么多年了，他不是不知道我是什么样的人，我自己怎么自嘲，怎么拿自己贪财爱钱这一点儿开玩笑都没关系，但我绝对忍受不了他这样看我。

一时间，我们都陷入了沉默。

但这沉默背后有无形的万箭齐发、剑拔弩张，我们都没动，没开口，但当我们注视对方的双眼，却已经把自己心里所有想说的话都说完了。

很悲哀，我有一种深沉而黑暗的沮丧，这就是成年人应该掌握的谈话方式吗？不只是面对外面尔虞我诈的现实世界，就连面对生命中的至爱至亲，有时候也不得不这么虚伪。

我相信在那一刻，简晨烨的内心与我同样伤感。

结束尴尬的唯一方式就是转移话题。

简晨烨清了清喉咙，假装刚刚什么事也没发生："对了，下午你睡觉的时候，邵清羽给我打电话了，说待会儿来看你。"

我一听到这个名字就来气，要不是她脑残非要跟蒋毅在大街上打架，要不是我怕她再闹下去会不可收拾，我至于被人撞断腿吗？我至于现在像个伤残人士似的受制于简晨烨吗？最重要的是——我至于损失两个月的收入吗？

世界上所有的富家女都是害人精！

害人精还知道不好意思，进了门十分钟之内都不敢跟我说话，畏畏缩缩地躲在简晨烨后面。

我装模作样地拿了本两块钱的时尚杂志在手里翻，其实暗地里一直拿眼角余光在观察她的反应，我承认，看到邵清羽这副战战兢兢的样子，我心里真是爽翻了好吗！

十分钟过后，我估摸着架子也摆得差不多了，就放下了那本早已经过期不知道多久了的旧杂志，用一种太皇太后般的语气，缓缓地问："你，吃饭了吗？"

邵清羽也非常配合地做出了被赦免后的表情："我吃过了，昭觉，我给你买了很多水果和补品，你让简晨烨弄给你吃。"

我一改往日看到什么好东西就两眼放光的个人风格，装作一点儿也不在乎的样子看了看她买过来的那些东西……我×！我立刻就不淡定了！

车厘子哎！释迦哎！还有山竹和进口红提哎！

我顿时心花怒放，但这还不算完。

再看另一包，我简直要崩溃了！

燕窝就罢了，居然还有人参！人参我也不说什么了，居然还有阿胶……但这还不是最令人崩溃的，最里面那盒是什么啊？苍天啊！我是不是瞎掉了啊……我看到了一盒惊世骇俗的胶！原！蛋！白！口！服！液！

我和简晨烨被震撼得下巴都要掉下来了，我想就算是刚生了孩子的产妇，也没必要吃这么多补品吧？

简晨烨目瞪口呆："昭觉，你全吃完会不会长出络腮胡子啊？"

邵清羽瞪了他一眼，转过来一脸讨好地对我说："我不太懂养生——"我立刻纠正她："是养伤。"她接过话头去："好，我不懂养伤该吃什么，都是按最好的来，不过你别担心，那支人参不要钱，是从我们家拿的，应该是别人送给我爸的，胶原蛋白也不要钱，我偷的姚姨的……"

……

这个白痴，我被她气笑了。

"我一直没机会问你，那天到底是怎么回事？你为什么会突然去酒店，你怎么知道房间号的？"尽管重新提起这件事大家心里都会不舒服，但是我想到自己为此付出了这么大的代价，邵清羽也应该让我搞清楚来龙去脉吧。

她低着头，搓了好久的手，快要搓掉一层皮了才开口："我出门之前突然收到一条陌生号码的彩信，是一张照片，拍的是蒋毅钱包里那张我和他的合影，彩信里还有一句话——'你依然跟我记忆中的你一样丑，你家那么有钱，为什么不去整整容呢？'——我一下子就气疯了，直接打了个电话过去，结果被对方挂掉了。"

虽然我没露出任何异样的表情，但打心底里，我觉得何田田太有种了，真的。

邵清羽一脸便秘的表情接着说："我从来没那么气过，姚姨都不敢这样说我，然后那个号码又发了条短信过来，把酒店名字和房间号都给我了。"

果然如我所预料的一样，是圈套，我重重地叹了一口气。

她说完这件事，眼睛里泛起了潮湿："这么多年了，我没想到她还恨着我，我更没想到，蒋毅会这样对我。"

邵清羽临走之前，我叮嘱了她两件事："一、把人参和胶原蛋白拿回去，我不想坐牢。二、千万不要告诉我妈我受伤的事情。"

第二件事她很爽快地答应了，心领神会的样子："放心，我又不是笨蛋。"

我翻了个白眼，这家伙一点儿自知之明都没有。

她还不死心，企图拉上我跟她一起犯罪："但是人参和胶原蛋白，真的没关系的。"

"别别别，求你别刮自己家的油水补贴外人了。"我说这话的时候，确实没经过大脑思考，无意之中竟然戳到了她的痛处。

她愣了一下，脸上露出了一种让人莫名心疼的微笑："你又不是不知道，我一直都是个赔钱货。"

我知道自己说错话了，但我不知道该怎么补救，我就那么愚蠢地张着嘴，呆呆地看着邵清羽，好像能把自己说出口的话给吸回来似的。

她笑了笑，拍拍我的手："没事，昭觉，真没事。"

她走了之后我后悔不已，恨不得抽自己几个耳光，我怎么就那么口无遮拦呢？明知道她现在正处于人生中最低谷的时期，我怎么能拿刀往她心窝上捅呢！

尤其是当简晨烨把洗干净的车厘子送到我面前时，这种悔意和歉疚更是折磨得我不知如何是好，如果能收回我那句话，哪怕让我的小腿再骨裂一次，我也认了。

怀着愧疚的心情睡了一晚上，睡得很不踏实，我觉得这充分说明了我的确是一个宅心仁厚的姑娘。

第二天上午我醒来的时候简晨烨还在睡，真令人气愤，他真的是猪变的吗？

我毫不客气地推了推他："喂，起来了！"

他翻了个身，滚到了我的手碰不到的地方，迷迷糊糊地问我："你饿了？"

"不是。"

"那……你想……干什么？"

"我的头痒得要爆炸了，你打点水来帮我洗洗头吧。"

这可能是我有生以来最艰难、最坎坷、最悲壮的一次洗头，我整个人是仰着的，头悬在空中，任由简晨烨拿着我那把枯草一般的头发乱抓。

一开始我还想指导他一下："力度可以再重一点儿……洗发水少挤一点儿好吗？不要钱买的啊？你个败家子！耳朵！注意耳朵不要进水，会发炎的啊……"

在我喋喋不休地指导了五分钟后，简晨烨发飙了："你废话怎么那么多啊，你牛×，你自己洗啊！"

然后我就不敢说话了。

然后我就默默地忍受了他对我的肆意摧残。

然后我就假装很感激的样子，其实在心里把他凌迟了无数遍。

因为嫌麻烦，连护发素都没给我用的简晨烨同学草草结束了这次充满纪念意义的洗头活动，他很满意地用浴巾把我整个头都给包起来了，问我："我是不是很专业？"

我觉得我快不能呼吸了："快帮我把吹风机拿来，我自己吹！"

是的，我是在简晨烨把那个高端吹风机交到我手里的那一刻，才想起来这件事的——乔楚大美女！我对不起你！

◇2◇

在我再三恳求之下，简晨烨才勉强同意帮我把吹风机送到对面还给乔楚。

临别之际，我强忍着内心的悲痛："你知道我真的很喜欢你吗？从第一次见到你的时候开始，我就知道，以后我的人生中不会再有如此美好的邂逅了……"

我依依不舍地看着两千多块钱的吹风机，它是这么可爱，这么珍贵，可残酷的是，它是乔楚的吹风机啊……

简晨烨冷冷地看着我，说："你再不松手就自己去还吧。"

我真不明白为什么简晨烨对乔楚会有那么大的敌意，事实证明她是被人冤枉成小三的啊，莫非……我侦探般的大脑飞速运转起来："莫非你是看上人家了，才故意装作很厌恶她的样子？"

简晨烨冷笑了两声："呵呵，我不喜欢美女。"

直到他走了一分多钟之后，我才反应过来，简晨烨你个畜生啊！！

几分钟之后，大美女跟着简晨烨一起过来了，明眸皓齿，光鲜照人，往床边一坐，简直是皇后娘娘探望宫女的架势。

她笑着说："听说你受伤了，我过来看看你，不碍事吧？"

我很惭愧："不好意思，一直没去还东西给你。"

她又笑了笑："不足挂齿的小事情……对了，我把吹风机又给你拿过来了，想着你这段时间不好下床走动，估计你男朋友也不会买这种东西，你先拿这个用，我还有一个，你康复了再还我好了。"

我知道此刻用失而复得这个成语不够恰当，但是我还是必须要说，看到失而复得的吹风机，我百感交集——人间自有真情在啊。

我由衷地觉得，乔楚她人真好，我快要爱上她了。

而简晨烨明显不太喜欢这种场面，他用微波炉热了个昨天买的面包，站在卧室门口一边啃一边对我说："那你跟美女玩，我去工作室了，想吃什么打电话告诉我，晚上我给你带。"

他走了之后只剩下我和乔楚两个人，但有点儿奇怪的是，我并不觉得尴尬。

过去在生活中大多数时候，我不是一个巧言健谈的人，也许是因为阅历并不丰富，也许是因为没见过多少世面，也许是出于一种本能的自我保护，或者说直接点就是不够自信吧，面对陌生人时，我总像一根绷得很紧的琴弦，如非必要，我尽量不开口说话。

我知道自己不算太聪明，但我希望别人晚一点儿才发现这件事。

但对着这个仅仅见过两三次面的乔楚，不知道为什么，我觉得非常放松，她就像是一个暌违多年的老朋友，在这个阳光和煦的下午，跟我有一句没一句地聊着天，时间就伴随着这些废话，宁静而缓慢地流淌过去。

"我刚听你男朋友说去工作室，他是做什么的？"

成年人之间总是从这样的话题开始慢慢熟悉，你是做什么的，大学读的什么专业，满意现在的工作吗？月薪多少……

我和乔楚也没能免俗，我说："他啊，他是画画的，工作室离这里步行过去大概半个小时吧。"

"噢……搞艺术的——"乔楚点了点头，"那你也是？"

我？我可不是什么艺术家，我对艺术一窍不通，我在这方面最高的造诣就是知道一点儿关于凡·高的耳朵的八卦。

我老老实实地说："我是个普通的打工妹，在一家汽车用品公司做客服，没受伤之前，两天上一次夜班，现在受伤了，就只能在床上当废人咯。"

乔楚终于克制不住好奇，问我："你的腿是交通事故造成的吗？"

是，是交通事故，这没错，但是是原本完全不必要发生的交通事故。

我想起当时的场面内心就有一种深深的悲伤，为什么偏偏是我呢？我既不是负心汉，也不是小三，我只是一个热心的好人罢了，谁知道好人却没好报。

于是我悲愤交加地把当天事情的经过全部复述了一遍，乔楚一边听一边很不厚道地配合着哈哈大笑，太没有同情心了，尤其是听到在医院时，简晨烨那个白痴戳穿我不是芭蕾舞演员的那一段，她简直笑疯了。

"对啊，就是因为他笑得太直白太夸张了，那个摩托车青年一下就识破了我的计谋，后来就只按照这个城市的月平均收入赔偿我。"

到现在想起这件事我还觉得很生气，我发誓，将来如果我还会再在这个城市碰到汪舸，如果他还骑着那辆撞断我的腿的摩托车，我一定要扎爆它的轮胎！

乔楚笑完了之后，有点儿遗憾地说："唉，可惜当时我不在，不然我一定帮你多弄点钱，你不知道，我最擅长的就是赚昧心钱。"

"怎么，你是学法律的？是律师？"

"我靠，叶昭觉你的价值观有问题啊，为什么律师赚的就是昧心钱啊？"

我不好意思说，电视剧里不都是这么演的吗？

她纠正了我的想法："不，我是学语言的，不过也没能学以致用，我生活中大多数时间里都是玩乐。"

一阵风吹过来，她身上隐隐约约发散着一股淡淡的香味。

我在第一时间就准确地判断出了这香味出自香奈儿的COCO小姐，这个牌子的香水总是那么招摇，带着强烈的辨识度，刺激着每一个人的嗅觉。

　　她的眼神很飘忽，像是陷入了某种我无法理解的情景，而且，她的话也或多或少地引起了我的好奇，只是不方便追问下去。

　　眼前的这个女生，美貌，富足，跟我差不多的年纪，没有固定的工作，用的东西却都不便宜，由上次那件事，加上最初时从我的房东那里听来的几句闲言碎语，基本上可以断定，她在外面一定很受异性的欢迎和追捧。

　　但是——容许我矫情一点儿，文艺腔一次——但是，我觉得，她并不快乐。

　　那天直到傍晚，简晨烨回来的时候，乔楚才起身离开。

　　关上门之后简晨烨很意外地问我："她在这里坐了这么久，你们聊些什么啊？"

　　怎么说呢，我们聊了很多话题，从美容护肤到民生八卦，好像什么都聊了，但又好像什么都没聊，这种感觉已经很奇妙，完全不同于我和邵清羽之间的那种友谊。

　　我和邵清羽之间有太多共同的记忆，从高中同学的八卦是非说起都能说上一天一夜，但我和乔楚，素昧平生，萍水相逢，在那么戏剧化的场景下第一次见到对方，后来维系着我们往来的工具不过是一个吹风机。

　　然而我们之间却没有一丁点儿生分和疏离，我很喜欢她，自恋一点儿说，从她的眼神中我能看得出，她也挺喜欢我。

　　如果说我的人生是一本早已经写好了的书籍，那么现在不过是刚好翻到了乔楚这一页而已。

我挑了挑眉头对简晨烨说："我们蛮投缘的，你以后也别总板着脸对她啦。"

简晨烨打开外卖的盒盖，鸡腿饭的香味顿时飘溢出来，掩盖住了乔楚留下的香水味。

顿了顿，他才说："昭觉，我不是要干涉你交朋友的自由，但是……可能你不会同意我的看法，我只是觉得，这个乔楚，不简单。"

当时我只顾着啃鸡腿，虽然听清楚了他的话，心里却仍然不以为然，再说了，连邵清羽那么麻烦的人我都容忍了这么多年，乔楚可比邵清羽要知书达理得多啊。

时间会证明，在看人这方面，简晨烨的眼光要比我准多了。

用尽我所有的智慧都没法形容出下床前这一个多月的生活有多无聊，从前加班加点的时候我就盼着放假，哪怕能休息一天对我来说也是神的馈赠。

在放假之前我也会假模假式做很多规划，比如要去看一场电影，要去吃一顿好吃的，要去逛遍商场里我喜欢的牌子的专柜，要约上邵清羽他们晚上去喝一杯。

当然，大多数的计划我都没有实施过——当一个人前一天才累得跟狗一样地回到家，倒在床上死也不肯起来的时候，他只求能睡一个懒觉就心满意足了，根本不会舍得从柔软的床上爬起来，再挤入大街上熙熙攘攘的人群之中去。

现在，我腿断了，我可以名正言顺心安理得地二十四小时，甚至四十八小时地躺在床上过着衣来伸手、饭来张口的神仙日子，可是我的心里却前所未有地着急和焦虑。

我想快点好起来，我想赶快回到祖国需要我的岗位上去，做一个勤劳的螺丝钉！

对不起，这么说有点儿太虚假了，其实我是想赶快去工作，去赚钱。

"这是最好的时代，也是最坏的时代。"狄更斯在《双城记》中借用法国大革命时期的状况隐喻当时英国国内的情形，经典就是经典，这段话放在现在也一样恰如其分。

但我有更简洁直白的版本——这是一个穷人没资格休息的时代。

在美剧、TVB剧、各种穿越和宫斗剧的伴随中，在邵清羽和乔楚时不时的造访中，在简晨烨虽然谈不上无微不至却也仁至义尽的悉心照顾中，我终于慢慢地康复了，可以挂拐下床走动了。

苍天为证，我从来没有为自己是直立行走的动物而如此激动和自豪过！

感谢进化论，感谢达尔文。

意外的灾难永远来得比我预料的更早，也更沉重。

当我挂着拐杖，兴冲冲地坐着出租车去公司报到上班的时候，一个天大的噩耗像十层楼上突然倒下来的广告牌一样砸中了我。

同事小李看到我的时候，非常惊讶："你怎么来了？"

事后回想起自己当时的蠢样，我就恨不得把自己千刀万剐，我居然乐呵呵地当着全办公室的人说："我来为公司搞创收啊。"

小李一脸吞吞吐吐的表情犹如一个星期没顺畅地上过大号，一个星期之后终于挤出了一般："你先去经理办公室问问情况吧。"

说起来，其实我是应该谢谢小李的，如果不是他那神秘莫测的态度、欲言又止的眼神给我奠定了一定的心理基础，想必我在经理办公接到"我们不是辞退你了吗？"的通知时，我的举动会比我所表现出来的要剧烈一百倍。

经理说完那句话时，有几分钟的时间，我觉得他们真是太坏了。

有什么必要给我准备这么一份惊喜呢，我又不是因工受伤，还想用这么浪漫的方式为我庆祝，没必要吧。

是真的，我真的是这么想的，于是我就真的配合了："哈哈，别开玩笑了，节约时间吧，我现在就能恢复工作啦。"

经理用不可思议的眼神看着我，说："你是真的不知道吗？公司给你发了邮件啊。"

我当时就在心里骂娘了，你当自己这屁大的公司是微软还是苹果啊，辞个人还发邮件，你怎么不发点黄片种子给我啊！

但是我残存的理智驱使我卑躬屈膝地做最后一搏："我并没有犯什么错误吧？经理，你们辞退员工也要给个理由啊。"

好样的经理，他真的给了："你旷工时间太长了，你知道这段时间你的工作任务都摊到同事们手上，大家抱怨得很多啊，我们做领导的也很为难啊……"

这个狗屁经理光天化日颠倒是非黑白，居然把病假说成旷工，是可忍，孰不可忍。

我使出全身的力量保持着金鸡独立的姿势，抡起拐杖对着经理的办公桌就是一顿狂扫，只见各种文件如雪片般漫天飞舞，还有那个买洗衣粉送的保温杯也哐当一下砸落在地，经理仓皇失措，表情惊恐得像看到鬼子进村："叶昭觉！你干什么！！我叫保安了啊！！"

失业的叶昭觉已经完全崩溃了，别说保安，你叫城管来我都不怕！

　　简晨烨来公司带我回家时，距离我大闹经理办公室已经过去一两个钟头了，现在全公司的人都用敬畏的态度对我，小李还给我泡了一杯龙井，但我一口都没喝。

　　简晨烨蹲在我面前，握着我的手，轻声问我："有没有人对你动手？"

　　我还没来得及说话，经理就先申冤了："帅哥！天地良心，是她一个人动了手，我们可没有还手啊，连保安都没敢碰她一下啊！"

　　简晨烨看都没看经理一眼，还是在等我回答他的问题，

　　罢了，我也累了，更不想让简晨烨为了我这些破事跟人起冲突，反正我跟他们这些小人也没什么好多说的了。

　　不就是雇佣关系吗，没必要弄得你死我活的，一份工作，再找就是了。

　　我扶着简晨烨的手站起来，冷冷地对经理说："现在你们求我留下我也不会留下了，记得把这个月工资打到我卡上，祝贵公司早日倒闭。"

　　话说完了，现在我可以头也不回地离开这个没有一点儿人情味的地方了。

　　走出公司大门，在路边等车时，前台小妹跑来送我："叶姐姐，我悄悄跟你说，其实你的岗位是被人顶替了，上次大老板带了个女的来，挺暧昧的，非要经理给她安排个轻松的职位干，经理也是没办法……你别太难过了……"

　　我有点儿小小的惊讶："你干吗跟我说这些？"

　　比我小了三四岁的她露出甜甜的笑："有一次我早上忘了带钱包，是你帮我付的早餐钱，我心里一直记得。"

　　经她这么一提醒我才想起来，好像是有这么回事，其实也只是举手

之劳的小事情，没想到无意中竟然给自己树立了一个光辉的形象。

我对她笑笑："谢谢你，我也算死得明白了。"

回到家里，简晨烨把我抱上床，我懒洋洋地倚着枕头对他说："你去忙你的吧，我没事。"

他在床边坐下来，用一种百年难得一见的温和的语气对我说："我不出去，就在这里陪你，你想哭的话就哭一下吧。"

"哭个毛啊。"我不屑地撇撇嘴，"多大点事，有什么好哭的。"

话是这么说，但我还是很不争气地哭起来了，是的，我们在一起这么多年，他比世界上任何一个人都要了解我，我在公司再怎么撒野、耍泼，行为再怎么夸张，言辞再怎么恶毒，都不过是为了掩饰心里汹涌而出的委屈。

虽然他们没骂我，没动手打我，但他们的的确确就是欺负我了。

我只有回到这个小小的公寓才肯承认这件事，我心里真是难过得不行，都是因为我没背景没本事才会这样任人鱼肉，要是我是个富二代官二代什么的，我爸不弄死他们！

我又说蠢话了，要真那样，我还用得着这么辛苦地谋生吗。

我哭得鼻涕泡都冒出来了："都怪我穷，都怪我没钱没势……"

简晨烨一边拿纸巾给我一边帮我拿垃圾桶，声音轻不可闻，像哄一条小狗一只小猫："以后都会好起来的啊，我会努力赚钱的，你别怕啊。"

鼻涕快流到嘴边了又被我一吸气吸了回去："等我们有钱了就收购这个××公司，让他们每天早上跪在门口打卡，天天开早会歌颂我的恩情。"

简晨烨笑着说："好，你最厉害了，你是小食品大王嘛。"

一瞬间我仿佛又回到了很多年前，我们十六岁时的高中校园。

说起我们那一届可谓是极品汇聚，往上三届加上往下三届的所有神经病加起来，都不及我们那个年级的多。

如果你认真观察过就一定会发现，其实在学生时代就已经有小圈子这么回事了。

美女的姐妹通常也是美女，帅哥的哥们儿一定难看不到哪里去，学霸们是一拨，不良少女喜欢跟叛逆少年做好朋友，以此推论，奇葩当然要和奇葩玩。

我们年级最引人注目的当然是奇葩而不自知的邵清羽，她家有钱是全校都知道的事情，而且她爸还是学校家长委员会的会长，每次开学典礼都要代表家长们上台讲话，一讲就是半个小时，父女俩都是惹人痛恨的角色。

其次……其次就是邵清羽的某个好朋友了。

我不太想说出这个好朋友的名字，但邵清羽从小到大就只有一个真正意义上的好朋友。

没错，那就是我，当年全校都知道 245 班有个很会赚钱的女生，叫叶昭觉。

其实我一点儿都不在乎自己出不出名，也不羡慕那些整天在学校里耀武扬威的风云人物，比起年级里其他隔三岔五约几个人在学校后门打一架的同学，我简直可以用纯良来形容自己。

真的，我是个很纯粹的人，我学习成绩很一般，一门心思全花在了赚钱这件事上。

虽然我的目的很明了，但为了达到目的的手段却非常多元化。

我创下过早自习翘课出去给班上二十多个同学买早餐的壮举，这感天动地的一幕连四十多岁的面包房的老板都震惊了，悲剧的是，我在回教室的时候居然被心机重的班主任在后门给拦截住了！

当时我提着二十多份营养丰富的早餐，有面包有蛋糕有牛奶有酸奶还有几袋不合群的小笼包，站在两个教室的中间，自己班的同学和隔壁班的同学都放下了书本，全体盯着我看。

老师慢悠悠地提问："叶昭觉，谁允许你自习时间擅自离开教室的，你干什么去了？"

我想撒谎说我上厕所去了，但是二十多份物证就在眼前！

我只能说："老师，我饿得没力气学习了。"

老师说："是吗？你等到下课再去买会饿死吗？还买了这么多，你都说说是哪些人让你带的，你说出来我就不追究了。"

回想起来，我觉得那是我人生中第一次遭遇到个人信誉的考验！我深知，如果这一次我出卖了别人，那么往后的时光里，我将再难获得同学们的信任。

那么我就再也别想从他们手里赚取一毛钱了！

我精于计算的大脑在十秒钟之内权衡好利弊，心一横，为了长远的利益，拼了！

于是，当着两个班一百多双眼睛的注视，我说出了建校以来最大逆不道的一句谎言："报告老师，没有帮别人带的，这些全是我自己要吃的！"

两个教室同时爆发出哄笑，连老师都笑了，只有我没笑。

欺骗老师的后果就是别人在上课的时候，我被拎到办公室去写了一份两千字的检讨，至今我还记得那份检讨的开头是这样写的：今天我犯了一个很严重的错误，我不应该忍受不了饥饿翘课出去买吃的，还买那么多，我就像一头猪，只知道吃……

虽然那天早上很悲伤，但到了中午我握着一大把钱的时候，我就觉得，值了！

本来带一份早餐我只收一块钱跑腿费，那天同学们因为内疚，也因为佩服我的勇气而自发地加到了五块钱。

经过这件事之后，我的名气大增，有时候走在校园里也能够享受名人们才有资格享受的指指点点的待遇了。

后来我才知道，简晨烨对我产生兴趣，正是从这件事开始的。

在此之前，我在他眼里只是隔壁班一个普通的女同学，从此之后，我变成了隔壁班的叶昭觉。

带早餐这种事风险高回报低，我很快就开始琢磨别的发财途径。

经过我敏锐的观察，还真被我找到了商机！

我们的教室在六楼，而学校的商店在对面那栋楼的负一层，也就是说，如果要在课间十分钟内赶到商店从人群中挤进去买点零食并且在上课铃响之前再到达教室，就必须具备专业运动员的速度和体能，但这两点恰好是大多数同学所欠缺的。

我真想为自己的智慧流泪。

每天放学之后，我背着空空的书包步行三十分钟去到一个小食品批发市场，隔着老远就能闻到各种食品交杂在一起的气味，头一天我还觉得很勾食欲，过了三四天之后我闻到那种气味就想吐。

但我坚持下来了——这个世界上所有伟大的人都有一个共同的优点，那就是坚持！

第二天下课时，老师刚刚走出教室门，我就大喊了一声："我这里有零食出售，跟小卖部一个价，你们别下楼啦！"

我说过，我的信誉很好，同学们一下子全围上来了，你两包我三包地很快就把我那点试水的货给瓜分光了。

有谁能明白上课后我躲在桌子下数钱的心情？放眼古今中外，只有葛朗台懂我。

于是我就这样走上了一条致富的不归路，到后来，我的客户群突破了局限，从仅在本班销售发展到了整层楼，甚至连校草级别的简晨烨都来过好几次。

可惜我那时候一双眼睛只盯着钱，根本没看出俊秀少年的隐秘心事，还像个热情洋溢的大妈似的对他说，帅哥，好吃再来啊！

每天下午放学之后，夕阳伴我去进货，身体虽然疲惫，内心却充满了任何人都不能体会的快乐和满足。

随着赚的钱越来越多，进货量也逐渐增大，有时候我一个人根本就拿不了，这时邵清羽和蒋毅就闪亮登场了。

当时他们俩还没发生何田田那件事，整天背着老师当着同学拉拉手、亲亲嘴什么的，就连去进货的时候也黏得像连体人，连批发部的老板都看不下去了，偷偷问我，他们是你同学啊？

我觉得很丢脸，我没有这样的同学。

于是我告诉老板，他们是我父母，怎么样？很年轻吧？

后来知道了真相的邵清羽追着我打了一路，蒋毅一个人提着十几斤的零食跟在后面气喘吁吁地追。

那时候，我曾经真的以为我们几个人会一直这么要好下去。

而我与简晨烨，已经是很后来的事情了。

<3>

失业之后的我每天都生活在焦虑当中，一睡在床上的时候我就产生幻听，听见钱从银行卡里像流水一样"哗啦啦"地流逝，只要这个声音一在我的脑中响起，我就恨不得出去裸奔一圈来转移注意力。

转眼之间一个季度马上就要过去了，一想到房东太太到时候收不到房租的那张怨妇脸，一想到她那张尖刻的嘴里会说出多难听的话来……我焦虑得都快要自燃了！

凌晨两点，我还抱着电脑在网上投简历，屏幕上的光投射在我的脸上，这情景显得十分诡异。

被电脑声音弄醒的简晨烨从床上爬起来，二话不说，强制关机。

我还没来得及骂他，他已经咬牙切齿地捧着我的头："叶昭觉，你急个屁啊，不是还有我吗！"

我皱着眉头看他，我想说点什么，但我最终还是沉默。

这种话，听听也就算了。

并不是说他这个人靠不住，而是我知道唯一能够使我心安的办法，就是我自己尽快找到工作。

但是，我发誓我再也不要去那种下三滥，随便开除员工的鬼地方上班了，要去就去良心企业，老板不是禽兽的那种。

我还特意打电话跟邵清羽说了一下："你帮我留意一下你爸爸的公司招不招人，如果不招，你问问你爸能不能给我随便编一个职位出来啊，好歹我丢了工作也有你一份功劳哦，呵呵！"

邵清羽自从知道我失去了糊口的营生之后更内疚了："好，我一定会尽全力打听，每个叔叔伯伯阿姨婶婶的公司我都会问到的，一定不辱使命。"

话虽这么说，但我其实也并没有真的对邵清羽寄予太大的希望，哼，朱门酒肉臭，路有冻死骨，她哪里明白我们这种社会底层人民的心酸！

闲着也是闲着，有天吃完晚饭，简晨烨忽然提议说："我们去找闵朗玩吧！"

听到闵朗这个名字，我心里真是百味杂陈啊，一方面呢，他真的是个很有意思的人，很好玩，另一方面呢，他每次见面都要欺负我，很不爽！

但我想闲着也是闲着，那就去吧。

简晨烨立刻兴奋得跟打了鸡血似的："好啊，那我马上给他打电话！"

他一边说着一边拿出手机来欢快地跑到阳台上去了，虽然听不清楚他说了些什么，但从他的背影里我能够看得出来，他，好，快，乐，哦！

这么多年来，我从来没有怀疑过简晨烨会背着我跟某个女生勾勾搭搭，但我不止一次很阴暗地揣测过，他真正爱着的人究竟是我，还是闵朗。

简晨烨挂掉电话之后，满脸洋溢着幸福的笑容对我说："约好了，后天我们过去找他。"

"后天我们就能见到你男朋友了，开心吗？"我忍不住挖苦他。

没想到，我真是没想到，这个变态居然装作很娇羞的样子对我说："嗯，人家好开心哦！"

趁着简晨烨在厨房里洗碗的时间，我一瘸一拐地跑去敲乔楚家的门。

其实一开始，我并没有什么特别的目的，只是在家闷坏了，想找她聊聊天罢了。

乔楚打开门见到是我，一点儿都没表现出意外，倒是我被她手里拿着的那本全英文的《自深深处》给惊了一下，然后我就很悲剧地发现，除了标题之外我什么都看不懂。

她侧过身子让我进门，示意我自己随便找地方坐。

屁股刚一挨到她家的沙发我就想爆粗口说"我×，这也太舒服了吧"，为什么乔楚的房东对她这么好，真是一个以貌取人的社会！

"你一个月租金多少钱啊？"我愤愤不平地问。

她从厨房里探出半个头来："啊……你说房子吗？这是我自己买的。"

说完这句话她的头又缩回了厨房，紧接着便传来了榨汁机搅碎果肉的声音——但是，我觉得，它搅碎的是我的心。

哼，我对这个世界的敌意每天都在加深。

几分钟后乔楚从厨房里端了两杯果汁出来，递给我一杯，她还没来得及说话，我就抢先问了："乔楚，老实说，你是富二代吗？"

她一愣，随即又是一笑："你以为人人都跟你那个好朋友邵清羽似的啊。"

不是富二代，可是……我知道再问下去会显得我很没有教养没有礼貌，但是我还是想问："那你这么年轻就自己买房子了……"

她明白我的意思，很直接地回答了我的问题："我自己赚的钱。"

乔楚第一次去我家探望我的时候，曾经开玩笑说过她很擅长敛财，虽然是玩笑的语气，但是听得出是一句实话。

当时话题转换得很快，彼此也不算熟悉，所以我自然没有继续追问下去，可是我赋闲在家的这段时间里，的确不止一次地撞见过乔楚在不同的车里进出，有时候她会主动和我打招呼，我原本觉得有点儿尴尬，也被她大方自然的态度给化解了。

简晨烨虽然对她的态度缓和了一些，但私下里依然坚持自己最初的看法，时不时地还是会劝我说乔楚的社会背景一定很复杂，就算和她做朋友，也还是保持一定的距离比较好。

我并不是不在乎简晨烨的劝告，可是，怎么说呢……

对乔楚，我有一种连我自己也不知道来自哪里的信任感。

没错，就算是傻子也能看出这个女生并不单纯，可是当初她拿着手机，一字一句，铿锵有力地怒斥那些冤枉她是小三的人的场景，我怎么也忘不了。

她虽然外表美艳绝伦，却并没有令人厌恶的妖邪之气。

也许我很武断，但我就是有种感觉，我觉得她骨子里其实是挺真性情的一个人。

　　我一边喝果汁一边东张西望四处打量她家，不得不说，乔楚这姑娘真是有点儿品位的。

　　屋子里并不乏奢华的摆件，以我这样的土鳖眼界也能认得出一两样东西的来历，但妙就妙在她并不是一味地堆砌，而是在不经意的细节处稍作修饰，这些看似随意的点缀恰恰提升了整间屋子的气质，起到了点睛的作用。

　　从卧室门口看过去，能看到一张足足有半面墙那么大的黑白照片。

　　照片里的乔楚穿着一条希腊式的长裙，面无表情地置身于一片荒野，大风吹乱了她披散的长发，一只眼睛被掩藏在头发后面，另一只露出来的眼睛眼神深邃，瞳孔里似乎藏匿着无限的痛楚，很美，很哀怨。

　　那是一张有故事的脸。

　　我由衷地感叹："你真是我在现实生活中见过的最好看的姑娘。"

　　她顺着我的目光望了过去，沉默了片刻之后，答非所问："那是我最喜欢的一张照片，我想过了，如果我哪天死了，遗像就用这张。"

　　她说这话的时候，语气里带着轻微的悲伤，我很惊讶，但我没表现出来。

　　很难理解，长得美，有钱，还能读英文版的王尔德，一个正常的女生只要拥有其中一样特质就能在人群里仰着头走路了吧，可是同时拥有这三样东西的乔楚，她却如此忧伤。

　　那些令她忧伤的秘密到底是什么，也许还要再过很久，才会被我知晓。

　　我低着头不知道说什么好的时候，她忽然问我："昭觉，这个世界上你最喜欢的是简晨烨吗？"

"不是。"

我的回答好像吓了乔楚一跳："他不是你的初恋吗？"

我笑了，是啊，如果问我，这个世界上我最喜欢的人是谁，毫无疑问我会说是简晨烨，但是如果范围扩大一点儿，就未必了。

我牢牢地看着乔楚，也许我是被她的感伤传染了吧，这是我有生以来第一次说出内心最最真实的想法："这个世界上我第二喜欢的才是简晨烨……"

她没有说话，她在等我自己说完这个句子。

"我最喜欢的，是钱。"

在这间并不宽敞的客厅里，我和乔楚四目相视，眼神无声地交换着某种信息，是互相坦白，也是建立信任，更是一种言语无法道明的心照不宣。

很多年来，我一直觉得很孤单，孤单得像是不小心来到这个星球之后，被弄坏了飞船回不了母星的外星人。

在我很年少的时候就已经明白，终我一生，能够从亲人那里得到的帮助几乎为零，换而言之，我也从没有过什么不切实际的奢望——比如濒临绝境时，有谁会突然伸过来一只手。

我经常在深夜里突然惊醒过来，没有缘由地睁大双眼，警惕地盯着一无所有的黑暗，感觉到自己像是往一条没有尽头的黑色隧道里慢慢下滑。

我想抓住一点儿什么，可是我一无所有，我对一切都没有信心，对所谓的美好人生更是不敢怀有期待，我害怕失望，我害怕自己用尽所有能量和努力之后，我还是像一个无法融入地球生活的笨外星人。

　　我没有归属感，也很难发自肺腑地去相信一个人，但人活一生总得去相信点什么，我只好相信钱。

　　这种心情，就连朝夕相处、日夜陪伴在我身边的简晨烨也不会懂。

　　但我知道，伴侣无法体会的感受，同类能。

　　尽管看起来我和乔楚的生活有着天壤之别，但直觉告诉我，她是我的同类。

　　简晨烨所不了解的那些，她能了解。

　　乔楚打开门的那个时候，我并没有料到这次偶然的拜访竟然会变得这么沉重，杯子里的果汁喝完了，我决定回家。

　　起身离开时，我忽然想到过两天的聚会，不如也叫上乔楚一块儿去玩玩："对了，乔楚，我和简晨烨打算后天晚上去他一个发小那儿玩，你要是有空就一起去呗？"

　　乔楚干脆地说了一句："好呀。"

　　是的，她几乎没有考虑就回答我说"好"。

　　后来，我一直都很想知道：乔楚，你后悔过吗？

　　当你的瞳孔里那些沉静的优美和痛苦被熊熊火焰焚烧殆尽的时刻，当你亲手毁灭掉你一生中最珍视的那样东西的时刻，当你回想起自己以稀松平常的语气接受这个重创你人生的邀约的时刻，你有过哪怕一丝后悔吗？

　　有过吗？

　　两天之后的傍晚，邵清羽开车过来接我们。

　　我发现她自从捉奸那件事之后就一夜长大了，当然这其中或许还包括了连累到我断腿、失业而愧疚的成分，反正我跟她认识了这么多年，从来没见她这么温良恭俭让过。

我一上车就表示出对她的赞赏："你真是进步了不少啊，邵清羽同学。"

她从后视镜里白了我一眼："别给你点面子你就装 × 啊，我是看在你腿脚不便利的分上才来给你做牛做马的。"

她说完之后又把目光投在了乔楚脸上："哎，乔楚，我总觉得好像在哪里见过你。"

我嗤笑一声："你是老年痴呆吗？当然是在我家见过她啊。"

邵清羽做了个打断我的手势："不是，第一次看见她的时候我就有这种感觉了……"

经她一提醒，我才想起自己曾经好像也有过同感！

正拿着娇兰粉饼对着镜子补妆的乔楚"啪"的一声合上了粉饼，很不耐烦的样子："好了好了怕了你们了，非要我承认不可是吧……"

不只是我和邵清羽屏住了呼吸，就连简晨烨都瞪大了眼睛在等下文。

乔楚叹了口气："早几年的时候，我给一个私立医院拍过一则无痛人流的广告。"

车里寂静了三秒钟，我和邵清羽几乎同时大叫出来："那个蠢货就是你啊！"

说起那个广告我真是无语凝噎，它在某个我每天必看的频道上一天几乎要出现一万次，从创意到后期制作只能用"屎"来形容，一看就是为了节省成本随便找了个业余团队做的。

　　画面上先是出现一个好像憋了一整天没上一次厕所的女生，然后给她焦急不安的脸来了一个大特写，接着出现了一个不知道从哪个理发店里找来的小弟，拿着一张传单喜笑颜开地对着镜头说："亲爱的，不用担心了！"

　　接着出来一个道貌岸然的中年女医生，用带着浓郁口音的普通话向观众们介绍医院的规模以及手术的过程，末了，挤出一脸一看就没安什么好心的笑容说："意外怀孕别担心，××医院帮助您。"

　　这时，之前那个像一天没上厕所的女生换成一副上完了厕所的表情继续出镜，一边转圈一边欢快地说："真的一点儿也不痛呢！呵呵呵。"

　　最后，画面定格在××医院巨大的招牌上，完了。

　　我真的无法把乔楚跟那个被我唾弃了好久的广告联系起来，×的，她当初是欠了高利贷没钱还才去做这种事的吧。

　　乔楚挑了挑眉毛说："我那时候太蠢了，他们就给了两千块钱糊弄我，买个GUCCI的钱包都不够，害得我那段时间下雨天出门都戴墨镜，不堪回首啊。"

　　我已经不知道怎样表达自己的敬佩之情了——长得美就是一笔巨额财富啊。

　　当年我读书的时候出去兼职，从来没遇上过拍广告这么轻松又高薪的事情，我遇上的都是些什么在超市里推销酸奶，或者当众煮新口味方便面给消费者免费品尝的活儿，一站就是一整天，到了下班的时候腿都麻得没了知觉，浑身充满了调料味。

　　同样是人，差距怎么就这么大呢，我心酸地拍了拍邵清羽的座椅靠背："别瞎聊了，快开车，闵朗还等我们呢。"

邵清羽一边倒车一边随口告诉我一个消息："对了，我帮你打听过了，广告公司，不过是普通职员的职位，你有兴趣吗？"

"我靠，你不要问这种何不食肉糜的问题好吗？我是要挣钱吃饭啊，兴趣是什么东西啊！"

"好好好，我不食人间烟火，你别计较行吗……那下星期四我送你过去面试，别紧张，我会事先打好招呼，走个过场就行了。"

我恨不得涕泪交织："你真是我的亲生朋友！"

在去闵朗的小酒馆的路上，我们四个嘻嘻哈哈地开着一些不着边际的玩笑，路边的霓虹灯光映照在我们脸上，整个城市在我的眼睛里都显得如此生机勃勃。

下周我就有新工作了，简晨烨也在跟那家画廊洽谈合作事宜，这么看起来，我们的生活真的是在向一个好的方向转变。

我的头倚靠在车窗玻璃上，近年来，我头一次真正感觉到什么叫作轻松。

我当然不会知道，下周的面试并不像此刻我想象中的这么简单容易。

邵清羽去找停车的地方，简晨烨迫不及待地抛下了我们先去找闵朗，看他那副着急的样子，我算是明白了在他心中我和闵朗究竟孰重孰轻。

在等邵清羽的空当，乔楚从她精致的古董手包里摸出一盒烟来，自己点上一支之后问我："你要不要？"

我想了想，反正简晨烨也抽，那我偶尔抽一根也无妨。

一团烟雾从乔楚涂着橘色唇膏的嘴里吐了出来，她眯起眼睛看着车水马龙，那画面真是好看，如果我是个摄影师的话，乔楚无疑是我最理想的模特。

她有些漫不经心，随口一问："这个小酒馆的老板是你们的朋友吗？"

"嗯，他是简晨烨的发小，小时候他们几个人一起学画画，后来闵朗喜欢玩音乐就没画了。我听简晨烨说他组了个地下乐队，有时候他这边也会有小演出。"

"噢……"乔楚掸了掸烟灰，"你跟他的关系也很好吗？"

"嗯，我们也是好朋友——"我又认真地想了想，"但其实我也并不太了解他，有时候我看见他和别人在一起，总会觉得……那好像不是我所认识的闵朗。"

乔楚把烟扔在地上用脚踩灭："走，看看去。"

闵朗的小酒馆一直没有一个官方的名字，但因为正好位于老城区白灰里 79 号，大家图方便就拿门牌号当名字了，一说起来就是"去 79 号坐坐"，时间长了就成了约定俗成的酒馆名字。

79 号是一幢两层楼的老房子，楼下是酒吧，楼上是闵朗平时睡觉的地方，有时候他也会收拾出一片空地来，用投影放个老电影给大家看，也不硬性收费，门口摆个小木箱，你爱扔多少钱进去就扔多少钱，氛围很随意。

好朋友们都知道，白灰里 79 号，是闵朗他奶奶留给他的遗产。

既然都是好朋友，那我就扮演一次八婆吧。

于是我把从简晨烨那里听来的事，重复了一遍说给乔楚她们听："闵朗从小到大都跟他奶奶一起生活在这里，你们也知道，随着城市的扩建和旅游业的兴起，白灰里这边的地越来越值钱了，早几年已经有不少人来询问价格，想改成店面做生意，但一律都被他奶奶拒绝了。

"后来老人家身体越来越差，怕自己剩下的日子不多了，就跟闵朗商量说要不还是谈个不错的价钱把房子卖了，再去买套小一点儿的新房子，剩下的钱留着给你以后结婚用。

"没想到闵朗说什么也不同意，不仅不同意，还跟他奶奶吵了一架。直到老人去世之后，还是有不少人来问，但每次都被闵朗赶走了，我看啊，他是死也不会卖这座老宅啦。"

邵清羽正好停车回来，插嘴问道："为什么啊，他还想留着继续升值啊？"

我摇摇头："应该不是这样的。简晨烨说，闵朗在很小的时候就因为意外失去了爸妈，家里其他的亲戚都不想管他，是他奶奶一个老人家照顾他长大，这所老房子代表了他所有的记忆和情感，我想应该就是这个原因，他才不愿意卖吧。"

说到这里的时候，一直没吭声的乔楚忽然打断了我们："到了，别八卦了。"

一进 79 号的门，就发现人还不少，不过我们第一眼就看到了站在吧台那边的简晨烨和闵朗，他们一人手里拿着一瓶科罗娜，正笑着在说些什么，真是赏心悦目的一对佳偶啊。

我又看了一下周围，不少女生的目光都交会在他们身上，我从鼻孔里轻轻哼了一声，这两个骚包。

邵清羽自己找了个位置坐下，乔楚却站在我旁边一动不动，我拉了拉她："发什么呆啊，去坐啊。"

等我们都落座之后，闵朗他们马上就过来了。

"听说你当了两个月的伤残人士，恭喜啊。"虽然很久没见了，但闵朗还是这么欠揍。

我翻了个白眼："是啊，两个月的时间你都没去看看我，你是有多恨我啊。"

他一边给我们倒酒一边微微笑着："你搞清楚，我们是情敌好吗，我恨不得你在床上再多躺两个月。"

"好好好——"我懒得跟他继续扯这些无聊的话题，"邵清羽你认识的，给你介绍这个，乔楚，新朋友。"我又转过去对乔楚说："他就是，那什么，闵朗。"

闵朗根本不计较我怎么介绍他，很随意地对她们俩点了点头，从简晨烨手里拿了根烟出来点上。

是我的错觉吗？我看见乔楚好像不自觉地颤抖了一下，声音听起来比平时沉一点儿："你好。"

正吸了一口烟进去的闵朗有点儿意外。

可能是因为平时来这里的都是熟人，大家见面打招呼都是"狗日的"开头，很少有人会这么正经，这么礼貌，他极不易觉察地怔了怔，最终还是回了一句："你好。"

我们正闲聊着，从旁边桌跑来一个十八九岁的女生，深 V 领，睫毛膏涂得跟苍蝇腿似的，娇滴滴往闵朗身上一贴，尖起声音说："闵朗哥哥，唱首歌听吧。"

我生平最见不得女生装嗲发骚，这姑娘今天算是撞枪口了。

虽然她嗲的对象不是我男朋友，但今天我是主宾啊，所以我还是觉得很不爽："喂，姑娘，你当我老公是歌伎啊？"

那女生被我唬得一愣，原本紧贴着闵朗的身体立刻弹回正常姿势，瞪目结舌地看了看闵朗，又看看我，一时间连手脚怎么放都不知道了。

虽然我和闵朗每次见面都要调侃甚至挖苦对方几句，但是每每遇到我想要恶作剧的时候，我们之间就会形成一种天然的默契。

这种默契能够让我们暂时忘却我们的情敌关系，也能让我们在短时间内放下成见，联手合作。

闵朗顺势揽住我的肩膀，对那个发嗲的女生说："嫂子不高兴了，还不快给嫂子道歉。"

如果那女生在闵朗开口前还有点儿将信将疑的话，那么到了这一刻，她已经彻底相信了我和闵朗在一分钟之前未经商量而编造出来的这个谎言。

姑娘慌乱了，结结巴巴地说："嫂子，不好意思……但我听说……我听说闵朗哥哥是单身啊……"

场面越来越滑稽，我看到简晨烨这个王八蛋已经把脸转过去对着墙笑了。

我故意装得更严肃："谁告诉你闵朗是单身，你叫她来跟我对质，×的，我一段时间不来，这些小丫头是想篡位啊？"

闵朗端起酒杯递到我面前："老婆大人大量，别跟她们计较，要怪就怪你老公魅力太大了，好不好？"

我斜起眼睛瞟到他满脸的得意，对他的无语简直可以沉默整个宇宙。

打发走那个女生之后，闵朗又陪我们坐了一会儿，直到墙上的钟指向了十一点儿，他起身去关了音乐，拿起吉他，在小舞台上坐下。

看样子他今天兴致不错，我估计是因为见到了简晨烨的缘故吧。

一贯低调的他居然愿意开金口了："今晚来了几个好朋友，我挺高兴的，但我更高兴的是好朋友带了美女来，给美女个面子，我献个丑吧。"

原本嘈杂的人群一下子安静了，所有人都把目光投向我们这一桌，尤其是女生们，一个个目光简直都是粘在乔楚身上——那目光里并没有太多善意。

而乔楚，她谁也不看，轻微地转过头去给自己倒了一杯酒，留给众生的只有半张侧脸。

木桌上的蜡烛映出满墙影影绰绰，万籁俱寂，就在此时，闵朗低沉的歌声在 79 号酒馆里飘荡开来。

> 春天刚刚来临时噢燕子啊
> 是否你已经再度找到你的家
> 出门的路要当心噢燕子啊
> 忽晴忽雨忽暗忽明忽然夕阳已西下
> 孤孤单单放单飞的燕子啊
> 所有的人都在等　等待你回家
> 出出入入的风声噢冰冷呀
> 越来越远越来越远越过了你温暖的家
> 来来往往的人世如天涯
> 情窦初开中就让她羽化
> 青春终究不解　要世间的回答

为何造化那倾城的无法挽回的演化

一生就这么一次噢燕子啊

倾城之雨倾城之雨倾盆在锻羽之下

一生就这么一次噢燕子啊

倾城之雨倾城之雨倾盆在锻羽之下

倾城之雨倾城之雨倾盆在锻羽之下

倾城之雨倾城之雨倾盆在锻羽之下

倾城之雨倾城之雨庆幸你安息回家

……

实在难以置信，这样低回深情的声音居然出自闵朗！

是闵朗啊！是那个超级嘴贱又骚包，喜欢勾引小妹妹，而且我永远吵架吵不过他的闵朗啊！

这首歌原本就很悲凉，被他唱出来之后更是悱恻动人，我实在是一个没什么文艺细胞的人，可我居然听得满心酸楚，莫名地想要流泪。

我在简晨烨耳边轻声说："我他 × 都快爱上闵朗了。"

他悄悄地回了我一句："我看今晚在座的所有姑娘都是像你这么想的。"

可不是，我环视了一周，每个女生脸上表情都是同样沉醉，眼神都是同样热烈而迷离……啊，稍等，简晨烨说错了，不是所有的。

我得意地戳了戳他，小声说："乔楚就不像她们一样没出息。"

是真的，即使是在这样昏暗的光线下，人人面目模糊，乔楚她依然与众不同。

烛光映衬着她绝美的脸部轮廓和优美的颈部曲线，她的目光也落在闵朗身上，但跟别人都不同，她是冷静的，接近于漠然的那种冷静。

"哼，看乔楚，多淡定。"我得意扬扬地在简晨烨耳边说，简直与有荣焉。

其实，是我太过眼拙。

要在很久之后我才懂，当晚乔楚的那种冷静，其实是一种故作镇定的克制，是她有意营造出来迷惑旁人的假象，甚至可以说是山雨欲来之前的沉闷和压抑。

那晚我们回去的时候一切都很正常，没有丝毫异样，闵朗这个家伙连送都没送我们一下。

我和简晨烨回到家洗完澡就倒头大睡，他心里记挂着画廊的事，我心里惦记着下周的面试，我们都不知道，一墙之隔的乔楚，她回到家第一件事就是打开电脑找那首歌。

在她的公寓里，《倾城之雨》单曲循环播放了一整夜。

Chapter ◇3◇

你以为不会离散的那些，终究还是离散了；
你以为能够紧握在手中的那些，原来只是过眼云烟。

　　去面试的那天我化了淡妆，穿了一件在 ZARA 打折时买的黑色小西服外套，下面配一条黑色铅笔裤，走简单干练的风格。

　　为了给面试官留下一个好印象，我特意注重了细节的搭配——鞋子我穿的是平时很少穿的那双 Tory Burch 的平底芭蕾舞鞋。

　　邵清羽看见我的第一眼就很满意："你看你稍微弄一下多好看啊，平时也应该好好打扮呀。"说着目光落到了我脚上："哇！你这双跟新的似的，我那双早就不能穿了。"

　　我没好气地回了她一句："不炫富你会死哦。"

　　其实我知道她没这个意思，说者无意，是我听者多心。

　　这双鞋是以前我们一起去买的。

　　那时候我住在安置小区里，有一天邵清羽去找我玩，上楼梯的时候高跟鞋后跟断了，大小姐一进门就狂抱怨："这个乡下楼梯，差点摔死我了。"

她那段时间口头禅是"乡下",乱扔垃圾的人,是"乡下人",乱超车的车是"乡下车",制冷效果不好的空调是"乡下空调",没有CHANEL 的商场当然也就是"乡下百货"。

我一直深深地觉得,迟早有一天,会有一个"乡下暴徒"来终结她的嚣张。

在我家蹭完饭之后,她要去找蒋毅看电影,临走时蹲在我的简易鞋架前看了又看,然后说:"×的,没一双能穿的。"

我当时背对着她在收拾桌子,听到这句话,整整一分钟的时间,我手里抓着抹布一动没动。

我们的脚尺码一样,所以她的意思并不是我的鞋在大小上不适合她,而是——档次。

虽然是最要好的朋友,但是我永远也无法忘记当时邵清羽那种不自觉流露出来的嫌弃,更无法忘记在那一刻我自尊心所受到的伤害。

有什么是比做一个穷人更可悲的吗?让我告诉你,有,那就是做一个玻璃心的穷人。

后来我攒了小半年的钱、勇气和决心,跟邵清羽一起去买了这双鞋,当然,我们付款时的姿态完全不同,她轻快得像是买一盒口香糖,我沉重得像是给自己买墓地。

再后米,这款鞋子的山寨版遍布大街小巷,在淘宝上花个一两自块钱就能买到一双跟正品毫无区别的仿版,但是每当我穿着它出去,走在路上,我都会在心里咆哮:我的鞋子是正品!是正品!

算是虚荣吗?我觉得好像只有这样强调它的真伪,才对得起我花出去的那些钱。

在去新公司的路上，我问邵清羽："你和蒋毅怎么样了？"

她的眼睛藏在 GUCCI 的大墨镜后面，我无法猜测出她的眼神是麻木还是悲伤，过了两个路口，她才回答我的问题："彻底断了。"

我没再说话。

又过了一个路口，邵清羽忽然说："什么事都有个气数，我和蒋毅，缘分尽了。"

在我们十几岁的时候，校园里流行的期刊读物上登得最多的就是心灵鸡汤、励志故事。

我想，可能每一个童年时遭受过压抑和创伤的小孩都天真地相信过，那些苦痛都不过是生命的养分，青春过后就会开出芬芳而强壮有力的花朵。

可是等我们从小孩长成大人了，青春一词都成了明日黄花时，我们才发现那些故事真的不过只是故事罢了，真正的命运是一条湍急的河流，人在其中，不过是随波逐流的渺小石子。

你以为不会离散的那些，终究还是离散了；你以为能够紧握在手中的那些，原来只是过眼云烟。

我想憋出一两句话来安慰她。

我可以走文艺路线说，毕竟曾经爱过，也不枉这么多年光阴。

我可以走豪放路线说，不就是个男人嘛，你肯定会找到比蒋毅好一百倍的。

我还可走心灵鸡汤路线，用人生导师的口吻说，你只是失去了一个不忠于你的人，而他失去的却是一生中最珍贵的感情。

但最终，我什么也没说，因为我知道再精心雕饰的措辞，对于邵清羽来说都是隔靴搔痒，根本起不到一点儿安慰的作用。

她反而自嘲般地宽慰自己说："没关系，我妈去世我都活下来了，没理由分个手我就要去死。"

新公司位于 S 城最繁华的区域，我还没做好心理准备，车就在锦绣大厦门口停下来了，邵清羽摘下墨镜很干脆地对我说："B 座 23 楼，你上去就能看见了。"

我坐在车上没动。

邵清羽推了推我："搞什么啊，你不会要我陪你上去吧？"

我心想邵清羽你个浑蛋，你捉奸我都陪你去了，我面个试你都不肯陪我，但为了不在她面前丢面子，我还是口是心非地说："呵呵，用不着。"

于是没良心的就真的把我扔在路边，绝尘而去，临走前丢下一句话："拿了工资请我吃饭。"

真不知道她最近这么神秘兮兮忙忙碌碌的到底在搞什么鬼，我在电梯里默默地想，她真的替我铺好路了吗？真的会像她说的那么简单，只要走个过场就行了吗？

我怀着忐忑不安的心情迎来了电梯里那声"叮"，电梯门一开，我便看到了眼前的四个大字：齐唐创意。

前台小姐穿着黑色套装，长相清纯，笑容甜美："请问有什么可以帮您的吗？"

我有点儿受宠若惊："啊……是这样的……我是来面试的……"

美女看起来一头雾水的样子，一边拿起电话听筒一边对我说："面试吗？今天好像没有面试呀，请您稍等，我打去人事部问一下……"

我还没说话，就从茶水间里走出来一个男人，一手端着杯子，一手冲美女做了个示意她放下电话的手势，声音比较低沉："跟我来。"

当我回过神来的时候他已经走了好几米，我连他的脸都没看清楚就只剩下一个背影了。

他是跟我说话吗？我很迟疑很不确定地看着前台美女，她对我使了个眼色，翻译成白话就是：赶紧跟上啊，笨蛋。

这就是我们第一次见面时的情形，我的亮相很笨拙，他的姿态很傲慢。

一个笨拙的求职者和一个颐指气使的老板，谁也看不出这样的两个人之间，后来会发生那么多故事。

我跟着这位当时连名字都不知道的先生进到一间办公室，看规格，起码也是个主管级别吧。

极简主义的装修风格，白色的工作桌上摆着一台 27 寸的 iMac，落地灯是黑色的，壁挂上陈列着一些书籍和几样欧式小摆件，窗台上有两三盆绿色的小盆栽，风吹进来时房间里隐约有种混杂的芬芳气息。

我还没开口说话就被他训斥了一下："猪脑子啊，走后门进来的还这么大张旗鼓，怕别人不知道你有关系啊。"

虽然他说得没错，但我觉得还是应该为自己辩护一下："那我又不知道进来找谁。"

他示意我坐下："邵清羽没告诉你应该来找谁吗？"

我摇摇头。

他很诧异："你也没问她？"

我点点头。

他无奈地摇摇头："唉，物以类聚。"

在他给我倒水的时候，我趁机悄悄地观察他。

眼前这个男生，目测跟我们年龄相差不会超过五岁，收入应该还不错，因为我认出了他身上穿的衬衣是D&G，皮带是Dior……好了，不要沉溺于认名牌的游戏，看看别的细节。

他的发型是最简单的圆寸，只有拥有足够漂亮的头型和足够的强大的自信，才会选择这种完全暴露长相的发型。

不过，他长得还真是不错……我酸溜溜地想，但比起简晨烨美貌的巅峰期，你也不算什么。

最后，我的目光落到了他递水杯给我的一双手上，顿时，我眼前一亮，手指修长，皮肤白，这些都不说了，最要紧的是指甲缝里一点儿污垢都没有。

"我的手好看吧？"他慢悠悠地问。

我的脸唰地一下红了，糟糕，被他发现了，我支支吾吾地说："嗯，挺好看的。"

谁能想到！谁能想到这个道貌岸然的衣冠禽兽居然气定神闲地对我说："那是你没看过我身上别的地方。"

我×！我×××！

我要是有枪，我现在就开枪了！

他抬起头来看着我，一脸嫌弃的样子："你别想歪了，我可不是你以为的那个意思。"

……

这位先生，请问你知道自重是什么意思吗？

"你胸围多少？"还没等我从刚刚的震惊中恢复神志，这位衣冠禽兽居然变本加厉，得寸进尺！

我的脑中席卷起飓风，理智摧枯拉朽。

不要说现在这是在面试，就算是在夜店，在酒吧，一个男的这么直接地问一个女人的胸围，也……也……也太没有教养了，哎哟，气得我都结巴了。

他朝我翻了个白眼："别那么小家子气，问你就回答。"

看他的样子也不像是对我有什么企图，看他的样子也知道他不会缺丰胸细腰长腿的女朋友。

那么，或许是出于工作需要？虽然我实在想不通什么样的职位需要员工报上胸围尺寸。

我一咬牙，回答一下也不会死："34B。"

"嗯……"他若有所思地点点头，好像在说"嗯，我看也不过如此"。

我天真地以为，这或许就是整场面试中最苛刻的问题了吧，事实证明，我果然是太天真了。

我完全没有想到，重磅的炸弹在后面。

"告诉我，你能为你的工作付出些什么，你的底线在哪里，比如说，你愿意为了一个项目去和客户吃饭、喝酒，甚至上床吗？"

他问出这个像坦克一般从我的自尊上碾轧过去的问题，并且一动不动地盯着我。

那眼神意味复杂，犹如伺机而动的狼，死死地盯着隐约感觉到了危险却不知往哪个方向逃生的弱小动物。

这一次，我没有像回答上一个问题那样逆来顺受。

说真的，只是一份工作，没必要赔上自己的人格。

于是，我缓慢地、从容地、不卑不亢地说："时间、精力、耐心，还有我尽我所能的相关知识，我所能为我的工作付出的，仅仅是这些。其他的，像你所说的那些，我做不了，也不愿意勉强自己去做。"

说完之后，我忽然有了一种松快下来的感觉。

好像从邵清羽跟我说起这次面试的那天开始，一直有种不可名状的紧张感流窜在我的血液中，我尽力做了很多别的事情来分散自己的注意力，但内心深处，我知道，我仍然有所恐惧。

我害怕什么？

无非就是，面试时表现得不好，辜负了清羽一番美意，也错失了一个不错的工作机会。

可是当我说出这番话的时候，我忽然觉得，叶昭觉其实就应该是这样的。

我想我可能马上就可以回家了。

出乎我的意料，不知名先生深深地看了我一眼，既没表示肯定，也没表示否定，而是拿起我的个人档案开始翻看，一边看一边说："清羽把你的大致情况都跟我说了，你大学学的是新闻传播，修过广告学，来这里之前的一份工作是某汽车用品公司的客服人员，对吧？"

邵清羽是不是有点儿神经病？凭什么把我的底细跟人说得一清二

楚，却连别人姓什么都不告诉我？

"其实——"他沉吟了片刻，"其实公司不缺人，无论是客户部、创意部、媒介，还是人力资源，现在都是饱和状态……"

你说他一个大男人，说话怎么这么拖沓，这么磨叽，我真是要发脾气了，你知道吗？

"但是，我本人，缺一个助理。"

对比起之前我遭受的种种刁难，后面的环节简单欢快到值得我唱一首《感恩的心》，以至于我都没有思索为什么他会问我那些奇奇怪怪的问题。

试用期三个月，底薪两千，过了试用期再签合同。

工作内容……其实没有具体内容，他让我出现的时候就出现，他让我做什么我就做什么，但我事先说好了，卖艺不卖身。

看起来，我已经获得了这份工作，那么，该轮到我为难一下老板了。

我厚着脸皮，鼓起所有勇气开口对他说："很不好意思，我有个请求……"

他保持着略微斜侧的姿势，偏着头，用眼神示意我继续讲下去。

难以启齿的话一旦开了头，再说下去，好像也就没有那么难了："如果可以的话……我能不能先预支三个月的薪水？"

过分了，有点儿过分了，我自己都知道。

房间里差不多安静了一分钟，不夸张，我心里一秒一秒地数过去，数到54的时候，他才开口说话。

"叶昭觉，恕我冒昧，我能不能问问你，是遇到了什么困难吗？"

踌躇了一会儿，我还是决定说实话："三个月前我搬了家，房东不是特别好说话的那种人，我答应过她在租房期间绝对不出现拖欠租金的情况。搬完家不久，我就出了一场小车祸，在家里躺了两个月，加上一些乱七八糟的原因，我丢了工作。

"我相信清羽或多或少也跟你提了一下我的状况，现在一个季度马上就要过去了，我不想失信于房东……"

尽管语气很平和，但我心里并不平静。

这种感觉不太好受，并没有人欺负我，但我觉得有些羞耻，并没有人逼迫我，但我感觉非常委屈。

在我把事情和盘托出之后，偶像剧里帅哥老板唰唰开支票给贫穷女职员的情节并没有上演。

我的老板端正了坐姿，礼貌却无懈可击地拒绝了我的要求："抱歉，公司的确没有过这样的先例，你也不是猎头从别的公司挖过来的专业人才，坦白讲，我还不知道你的个人品格和工作能力如何，实在无法满足你的请求。"

僵硬的笑容挂在我的脸上像一张蹩脚的面具，但我猜想应该还不至于太难看："没有关系，是我太冒失了，提出来的时候其实也做好了被拒绝的准备，就当我没提过吧。"

我恨自己的卑微，恨自己这副厚颜索取的模样，我更恨这种无能为力的挫败感——并且，这是我自找的。

他意味深长地笑了笑："那就先这样，你的身份证复印件给我一份留档，下周开始上班，OK？"

我点点头："OK。"

我起身准备告辞，这才想起来自始至终我还不知道他姓甚名谁。

我刚想问，他已经站起来朝我伸出手："正式自我介绍一下，我是齐唐。"

从公司一出来我就拨了邵清羽的电话，她居然给我摁掉了。

天还没黑呢，她是在做什么见不得人的事？我才懒得管那么多，接着再拨，再摁我再拨，第四次的时候，她终于接了："叶昭觉，你有病啊？"

"你他 × 才有病，什么情况都不跟我说，也不告诉我上去了找谁，也不告诉我你朋友就是公司老板，你最近到底神神秘秘地在搞什么啊？"电光石火之间，我惊叫出口，"我知道了！你吸毒！"

一个想法一旦在我脑中生成就会根深蒂固地存在，尽管邵清羽在手机那头用脏话连篇的方式企图打消我的怀疑，证明自己的清白，但她的努力是徒劳的。

我根本懒得跟她啰唆："你在哪里，我现在就过去找你。"

像是有信号干扰，我只听见一阵吱吱的电流声，然后才是她极不情愿的口气："我在依仁路的落袋台球俱乐部，你打个车过来吧。"

挂了电话，我走到 100 米之外的公交车站，仔细研究了一下站牌，才 7 站路远，打什么车啊。

坐在公车上，我给简晨烨发了个短信说我面试过了，跟邵清羽碰个头就回家。

下午四点多，还没到下班和放学的时间，一贯拥挤得水泄不通的车厢里难得地呈现出如此空旷的景象。

我坐在最后一排靠窗的位置，车上除了我和司机，就只有两个看着跟我妈差不多年纪的中年阿姨，车里广播在放着一首孙燕姿的老歌："是否成人的世界背后，总有残缺……"

我忽然发觉，真的已经有很长很长的时间，我不曾坐下来好好休息一刻。

是从什么时候开始，我活得像一个战士，而生活像是一个遍地残骸的战场，我刚在这里劫后余生，又得马不停蹄地赶去那里冲锋陷阵。

从什么时候起？

是从童年的半夜，听到父母在卧室里吵架，母亲大声叫嚷着"你有本事就多拿点钱回来啊"，而我只能缩在被子里咬着牙偷偷地哭那时候起吗？

是从敏感的少年时代，兴高采烈地和表弟在外面放完烟花回奶奶家时，不小心听到里面传来一句"我看昭觉这辈子是不会有什么出息"那时候起吗？

还是从大学时，想买一台电脑，知道家里拿不出那个钱，于是低声下气地去求叔叔借钱给我，却只得到他一句"叔叔的钱都在老婆手里"的那时候起？

……

我忽然想笑自己，有什么好回忆的。

自怜容易泄气，我没有脆弱的资格。

柔和的光线从车窗投射进来，我张开手掌，让它安静地落在掌心里。《这双手虽然小》，不知怎么的，突然间想起这么个书名，其实我没看过这本书，我就是喜欢这个名字。

是啊，这双手虽然小，却是我一生中最牢固的依靠。

一个中年阿姨的手机响了，她接通之后旁若无人地大声说话："开始问你的时候又不说，我现在都在回家的车上了，你跟我说想吃这个想吃那个……你不是我儿子，你是我祖宗……"我微微一笑，这时，广播报站：依仁路到了。

我背上包走到车门前，忽然我又回头看了看那个打电话的阿姨。

她让我想起自己的妈妈了。

站在落袋台球俱乐部所在的那栋大厦楼下，我抬起头向上看，阳光从大楼玻璃反射到我的眼睛里，不知道为什么，我觉得这栋楼好高好高。

高得像是我用尽所有力气也爬不到头的样子。

就在突然之间，我改变了主意，我不想上去找邵清羽了，也懒得想她最近到底在神秘兮兮地忙些什么了。

公交车广播里那首歌的末尾还在我脑海中反刍：我现在好想回家去。

我忽然很想回家去，不是我和简晨烨同居的那个公寓，而是我自己的家。

我想回去看看我妈。

我站在路边给清羽发了一条短信说，我临时有点儿事，今天就先不来找你了，改天再碰。

几秒钟之后短信出现在邵清羽的手机上，她一语不发地看完这句话，打出一句"昭觉，对不起"，然后删掉。

又打出一句"我不是故意要瞒着你的"，又删掉。

最后，她发给我的版本是"那好吧，改天我请你吃好吃的"。

从洗手间里走出来一个人，一边甩着手里的水一边问邵清羽："她怎么还没到？"

邵清羽收起手机，冲对方笑了笑。"昭觉突然又说不来了……"顿了顿，她接着说，"她老是这样，经常说好的事情又临时变卦，我早习惯了。"

对方"哦"了一声，并没有领悟到她后面加上这句小抱怨的含义。

有种淡淡的失落和轻微的自责在邵清羽的心里不着痕迹地晕开，但她很快就摆脱了这两种情绪，露出了一个极为妩媚的笑容，说："再接着教我打台球吧。"

那是一个我从来没看过的邵清羽，她站立的姿势、说话的语气，甚至身上散发出来的气息，都与她在我面前的样子判若两人。

其实，每一个不是太笨的女孩子，暗地里都有两副面孔，一副给同性看，一副给异性看。

这是雌性动物的一种本能，她们能够精准地拿捏住分寸，随心所欲地在两副面孔之间切换自如。

所以，那些对待同性、异性一视同仁的笨蛋，只能一边看着美女们在众多异性中游刃有余，一边在深夜里啜泣着问上苍，为什么没有人爱我？

从城北到城南，我坐公交花了差不多一个小时，这时已经到了晚高峰时间。

下午还阳光明媚，到了傍晚忽然下起淅淅沥沥的小雨，我没带伞，便干脆坐在车站广告牌前等雨停。

一辆公交车开了过来，从后门下来的人没几个，而前门已经聚集了一大群人要挤着上车。

车站的广告牌亮了，白色的灯光照得人一脸惨白。

从我坐的地方看过去，车厢里已经腾不出一点儿空余了，可是大家就是有办法挤出一点儿地方，再挤出一点儿地方，每个人的脸上都混合着不耐烦、焦灼、嫌弃，每张脸都是对世界的控诉。

我太了解那种感觉了，三个月前的每一天，我都是他们中间的一分子。

三天后，我就要回到他们之中，回到我曾经无比熟悉的生活轨迹之中。

雨越下越大，我拿出手机，找到一个号码，摁下去。

"妈，我今天回家。"

◇2◇

这个院子，还是老样子。

这么多年过去了，我光是从电视里看，也知道这个星球上发生了很多大事，权力更迭，联盟瓦解，围墙坍塌，帝国兴衰……世界以光速

在运转，就连我们生活的这个城市，也早已经不是我最初记忆的那个
样子。

　　我经常站在那些仿佛一夜之间拔地而起的高楼大厦的阴影里，凝望
着这个城市越来越陌生的轮廓，有时我会觉得紧张，也会害怕，那是一
种莫名的疏离感，虽然我不知道具体是因为什么。

　　后来我想，或许是因为我能够掌控的东西实在太少，太少了。

　　但只要我站在这个院子的门口，只要我回到这里，我就觉得安全。

　　这里不会有居高临下对你说"不交房租我会把你们的东西都扔出去"
的房东。

　　不会有为了讨好大老板的二奶，就无缘无故开除毫无过失的员工的
经理。

　　不会有富二代闺密突然跑出来说要你陪她去酒店捉奸。

　　不会有抓小三敲错门的神经病扰人清梦。

　　不会有问我胸围多少的刁钻老板。

　　更不会有祸从天降撞到我骨裂的摩托车。

　　这是我生长的老院子，是这个世界上我最熟悉的地方，就算在外面
受了天大的委屈，再怎么艰难、疲惫、孤独凄凉，它永远敞开大铁门等
着我。

　　铁门内的一切都让我觉得亲切，一草一木、一砖一瓦都能给我
安慰。

　　你明白这种感受吗？你有过同样的感受吗？

　　这个地方不繁华，也不是什么世外桃源，就连关于它的回忆也不尽

是美好，往事中充满了复杂的情感……但只要你站在这里，你就能发自内心地说一句，我回来了。

天地再大，人生再长，能让你说出"回"这个字的地方，寥寥无几。

院子门口有一个年久失修的篮球场。

粗糙的水泥地面，篮球架已经锈得不成样子，篮板也一副随时会砸下来的孱弱模样，尽管如此，照样还有精力旺盛的小孩子在场地里跑来跑去地闹腾。

走过这个篮球场，后面是两栋居民楼，再走一段，就能看到一个早已经干涸了的老池塘，早八百年这里面就没有水了，更别提鱼和荷花。

但过去它不是这样的，曾经它很美，也很诗意。

八岁那年的某天下午，我和院子里另外几个同龄的小孩子一起玩，玩着玩着不记得是谁提议说我们去池塘里摘荷叶吧。

那时候正是贪玩的年纪，谁都没有安全概念，只要好玩就行了，谁也不会啰唆，婆婆妈妈的人会被同伴看不起。

到如今我已经想不起当初我是真的觉得去摘荷叶这件事有意思，还是怕如果我不去的话会被大家嘲笑。

说句老实话，其实那时候我是一个挺没主见，也很胆小的丫头，生怕大家干什么不带着我一起，生怕自己被抛弃、被孤立，我是那么需要待在一个集体里。

至于特立独行，我行我素，爱谁谁，那都是很久以后的事了。

当年的池塘还没有干涸，中间还有些假山之类的装饰，其实说穿了就是大石头，特别大的那种，一块上面能坐两三个小孩。

我们坐在大石头上玩水玩荷叶，欢乐不知光阴快，一转眼就玩到了太阳下山的时候。

每天的这个时候，院子里都会响起此起彼伏的叫喊声，×××，×××，回来吃饭了之类的声音，那时候根本没有手机这种高科技产品，大家都是靠喉咙千里传音，爸妈喊一句回家，小孩应一句来啦，默契十足。

我长大之后，每当回想起这热火朝天的景象，就会感叹幸好那个年代还比较纯真、比较朴素，坏人的脑筋动得不是太快，不然人贩子只要悄悄地在我们院子里潜伏个两三天，肯定能把全院子的小孩一网打尽。

总之那天下午，就跟平常一样，家家户户都开始做饭了，家长们也开始像招魂似的叫小孩回家了，这其中也包括了我妈。

不知道我是不是根本就没有长小脑，别人都身轻如燕地回到了岸上，我还在大石头上找可以下脚的地方，那姿态真是笨得像头熊。

眼看同伴们一个个都走远了，我心里更加着急，一着急，就更心慌，一心慌，就乱下脚了。

我永远都不会忘记那一脚踩进淤泥里之后的心情，整条腿越陷越深，我满脑子都是课本里描述红军长征过沼泽时的段落。

真的有那么一瞬间，我以为我死定了。

课文里说在沼泽地里，动得越快，下沉得也就越快，死得也就越快。

我很绝望，根本不敢挣扎。

然后，我大声地哭了。

哭声把走远的同伴们给召唤了回来，其中一两个力气比较大一点儿的小孩迅速地爬到了我所在的那块大石头上，又是扯又是拽又是拉的，费了九牛二虎之力才终于把我从淤泥里拔了出来。

而其他人，全都站在岸边上哈哈大笑。

那个时候，也顾不得什么自尊了。

我一边哭，一边伸手去捡从脚上滑落的鞋子，里面已经装满了淤泥，有一股浓烈的腥臭味。

那天傍晚，我就是那么狼狈地，拖着一条黑乎乎的腿，拿着一只臭烘烘的鞋，打着赤脚一瘸一拐地回家的。

当我敲门的时候，已经做好了被骂得狗血淋头的准备。

我知道我妈根本不会问我发生了什么事，她只会抱怨要给我洗这么脏的衣服、裤子和鞋，她永远也不会理解，陷落在淤泥中的那短短几分钟，我的生命里发生了什么。

对于一个八岁的小孩来说，那就是生死攸关。

当我成年之后回想起这些类似的事情，渐渐地，我发觉自己也或多或少地能够体谅我母亲的一些难处。

她只是一个没有机会接受高等教育的普通女人，在那样的时代、那样的年月，她人生中最重要的事情就是每天努力干活，赚些辛苦钱，跟同样平凡的丈夫一起把女儿拉扯长大。

她没有那么细腻的心思来关心女儿在发育过程中遇到的问题，也无法体会成长期的少女对于一些鸡毛蒜皮会有多敏感、多计较。

她从未尝试过跟我进行心灵上的沟通，或许她想过，但她不知道从哪里开始，如何进行。

她所能够为我做的，是每天三顿温热的饭菜，是任劳任怨地替我洗干净脏衣服，是每个学期按时交到我手里的学费钱，是没收掉我抽屉里她认为会影响学习的课外书，是耳提面命地告诫我，千万不要早恋。

毋庸置疑，她一直是一个合格的母亲。

但她从来都没发觉，我们的精神世界始终隔着一堵厚厚的墙。

我并不怨怪她，我只是……感觉很孤独。

当我的手叩响家里那扇老式铁门的时候，童年的那一幕清晰地浮现在眼前。

不同的是，开门的那个女人，她老了许多许多。

饭桌顶上的还是一个明晃晃的灯泡，连个灯罩都没有，常年的烟熏火燎已经让它蒙上了一层油垢。

我妈一边盛饭一边对我说："你爸跑车去了，下星期才回来，我一个人在家，凑合一下随便吃点。"

桌上摆着两个菜，一个梅干菜炒肉，一个虎皮青椒，我和我妈面对面坐着，有一搭没一搭地聊着我的近况，当然，我死不会让她知道前阵子我被人撞断了腿的事。

报喜不报忧，是我二十多年来一贯坚持的原则。

"你还跟那个男孩子在一起吗？"我妈突然问了我这个问题，一下子弄得我有点儿手足无措。

过了一会儿，我含糊不清地"嗯"了一声，算是回答了她。

"他现在情况怎么样？"

我太明白她的意思了，我心想你不如直接问他现在发财了没有，但是我心里另外一个声音在说，忍耐一点儿，难得见一次面，坐下来心平气和地吃一顿饭，别因为你的臭脾气给搞砸了。

我想了想，说："他最近有个合作机会，还在考虑中，我也换了工作，以后应该会慢慢好起来的。"

这话明着是说给我妈听的，实际上也是我对自己的安慰。

我妈扒拉光了碗里最后一口饭，站起来收了碗筷，顿了顿，她才说："你也不小了，自己的事情自己要想清楚，姑娘家的青春就这么几年，找错了男人可是一辈子的事，你看我就知道了。"

我放下筷子叹了口气："妈，这话你说了快一辈子了。"

她深深地看了我一眼，没再说话。

晚饭之后我像个废物似的瘫在沙发上看电视，被调成振动模式的手机在包里发出嗡嗡的声音，不管是谁的电话，我暂时都不想接。

电视屏幕停留在一个购物频道，今天的特卖商品是一款神奇的拖布，配了一个有甩干功能的水桶，买一组拖布，送十个拖把头，主持人用极其夸张的语气说："真的很划算哦亲，赶快拿起电话订购吧。"

为什么我才二十多岁，就像个更年期的妇女似的看什么都不顺眼，我拿起遥控器从头摁到尾，就没有一个看得下去的台。

不知道我妈在厨房里窸窸窣窣地忙些什么，火柴盒大的房子里哪来那么多干不完的家务活。

我起身走到厨房门口，靠在门边看着她正在往一个玻璃瓶子里装腌菜，装一点儿拍一下瓶子，生怕我不够吃似的。

我眨了眨眼睛，鼻子有点儿酸。

"妈，少装点，我吃不了。"我故意装出不太耐烦的样子。

"你们两个人总吃得了。"她看都懒得看我一眼，继续说，"别的什么值钱的东西你也别指望这个家能给你，下次回来提前说，我好多准备几个菜。"

我转头看向窗外，雨已经停了，天上的月亮落在了地面的小水洼里。

趁我妈在厨房里忙着，我到她的卧室里待了一会儿。

好像从我记事开始，这个房间里的东西就没有变过。

掉漆的老式衣柜充满了浓浓的 20 世纪 90 年代的味道，中间那块镜子不知道反反复复用透明胶粘过了多少次，空空荡荡的梳妆台上只有一瓶花露水和两个年份久远的月饼盒子，铁皮盖上印着"花好月圆"四个字。

不记得是哪年中秋节买的了，月饼早吃完了，盒子却一直留到现在。

我劝过好多次，让我妈丢掉，我给她买新的储物盒，她总是埋怨我不会持家——"装点针线挺好的，丢掉干吗？"

我坐在那张年纪比我还大的床上，仰起头看着天花板上斑驳的水渍，一片接一片的潮黄。

我深深地吐出一口气，眼泪流了下来。

好几年以前的某天晚上，我和简晨烨在他出租房里用电脑看电影，忽然外面狂风大作，跟世界末日来了似的，紧接着就是一场袭城的暴雨。

我丢下电脑，跑到阳台上，惊恐地趴在窗户上睁大眼睛往外看，简晨烨追了出来，疑惑地问我："怎么了？"

过了半天，我轻声说："我家又要漏水了。"

简晨烨站在我身边，哈哈笑着说："你就扯吧。"

他不知道，我并不是在开玩笑。

不能哭了，便宜货睫毛膏可不防水，我用力吸了一下鼻子，稳定好情绪走出了卧室。

我妈也终于从厨房里出来了，手里拿着个布包："我给你装了些菜，明天走的时候记得拿啊。"

我为难地冲她笑了笑："我不在家里睡了，没带卸妆油，而且洗澡也不方便。"

"要什么卸妆油，香皂洗不干净吗？"我妈白了我一眼，接着说，"洗澡又有什么不方便？烧水放盆子里洗就是了，你从小不就这么过来的吗？现在有本事了，看不起这个家了？"

我最怕我妈说这种话，有本事！我一个天天看人脸色，任人搓圆捏扁的打工妹有个屁本事啊！

我又气又急，恨不得跳起来向我妈解释："我哪儿有看不起这个家啊，但是香皂真的洗不干净化妆品啊！"

她懒得跟我废话："你走你走，记得东西都带上。"

其实我是多么不愿意拎着那个布包满大街走啊，但我也知道反抗没什么作用，老老实实听话算了。

换好鞋子，背上包，我回头对我妈笑了笑："过几天发了工资，再回来看你。"

她一脸嫌弃的样子对我甩了甩手："你管好你自己就行了。"

在公交车站等了二十多分钟才等到末班车，上了车我才想起来之前手机响过，拿出来一看，三个未接来电全是简晨烨。

我回了条短信给他，言简意赅地说：在路上了，别催。

这一天过得真是漫长无比，我的头靠在被雨水冲刷过的车窗玻璃上，长长地叹了一口气。

与此同时，乔楚已经化好了妆，今天她选的腮红是 NARS 那款鼎鼎有名的高潮，一个令人浮想联翩的名字，也暗合着乔楚锦衣夜行的目的。

她今天穿的衣服，是一件月牙白的旗袍。

这件旗袍可不是来自淘宝上那些年年出爆款的皇冠店，而是乔楚在某一次去苏州游玩的时候，特意去一家有名的老字号量身定做的，等了两三个月才收到，虽然不如奢侈品昂贵，但也是价格不菲。

宝蓝色的手包，再加上同色的耳环和鞋，原本就很妩媚的眼睛又化了向上挑的眼线，今晚的乔楚比起平时任何一天都更要美艳动人。

令人意外的是，她并没有涂唇膏，这个细节也多多少少地说明了一点儿她今晚的企图。

走出小区门口，她伸手招了一辆出租。

关上车门之后，她的嘴里幽幽地吐出一个地址：白灰里。

下车后我很意外地看见简晨烨居然在车站等我，我的疲惫忽然之间一扫而光："哟，算得真准！"

他不屑地撇撇嘴说："白痴，收到你短信的时候我就出来了，等了你半个小时……唉，你这个农民居然提着个布包，里面装的什么？"

我没好气地把布包扔给他提着："你以为我愿意啊，我妈非让我带过来的，不拿不准走。"

这个势利的家伙一听到是我妈准备的，立刻换上了一副谄媚的嘴脸："原来是岳母大人的心意，快回家让我看看是什么好东西。"

好东西？我心里一声冷笑，简晨烨，你太天真了，你不会以为这里面装的是钱吧，呵呵。

一回到公寓里，简晨烨就迫不及待地把那个布包拿进了厨房，我本想躺在沙发上好好休息几分钟就去卸妆洗澡，屁股还没坐下就听见厨房里传来乒乒乓乓的大动静。

这是要起义了吗？

我怨气冲天地冲进厨房，瞪着简晨烨："干什么啊你！吵死人了！"

小奶锅里烧着水，他一边往碗里配着汤料一边头也不回地对我说："你好意思说，不回来吃饭也不接我电话，我就吃了几片饼干，早饿成傻子了，现在煮点面吃，你还骂我。"

短短几句话弄得我既心虚又惭愧，说来说去确实也是我不对，人家还不计前嫌去车站接我呢，煮碗面吃都不行吗？

轮到我换上谄媚的面孔了："是我不对，你别生气，我妈让我带了些菜过来，我给你弄点出来放面里吃。"

他哼了一声："这还差不多有点儿贤妻的样子。"

我打开布包，里面除了那瓶腌菜之外还有些熏鱼和香肠，我一样一样拿出来放进冰箱里。

当我拿起最后一盒已经拌好了米粉，只要上锅蒸熟就能吃的粉蒸肉时，我的目光，落在布包里的另一样东西上。

就在那一秒，我的呼吸都停止了。

布包底层，是几张折得整整齐齐的一百块钞票。

我几乎是颤抖着把它们拿出来，颤抖着数了一下，一、二、三、四、五，五百块钱，每一张，都像是刀片从我的心脏上轻轻地划过去。

简晨烨惊讶地看着我："这是怎么回事？"

我用力地吸进一口气，说："鬼知道！"

冲回客厅翻出手机，我二话不说地就拨通了我妈的电话："那包里的钱是怎么回事？谁让你给我钱了？我自己不会赚吗？"

我一口气说完这几句话，连标点都没打，结果我妈在电话那头淡定得很，慢悠悠地说："你傻不傻啊，别人捡到钱都高高兴兴的，你还发脾气，给你你就用呗，又没多少，拿去给自己买点吃的也行，买件衣服也行，自己看着办吧。哎，电视剧开始了，我挂了啊。"

她还真是说到做到，真的没给我再说一句话的机会就把电话给挂了。

我握着手机，浑身发抖，胸腔里像是装了个即将爆炸的原子弹。

过了好几分钟，我一语不发地走进洗手间，关上门，脱掉衣服，打开热水器，一动不动地站在花洒下面，滚烫的热水把我的皮肤烫得通红。

简晨烨在门外叫我的名字："昭觉，昭觉，你没事吧？"

我瓮声瓮气地回了他一句："没事，我洗澡。"

而实际上，我根本分不清楚脸上那滚滚而落的到底是水，还是眼泪。

羞愧，太羞愧了，除了这个词之外没有别的能够形容我这一刻的感受。

如果说当年上大学的时候，我妈去找人借钱给我凑学费是迫不得已，那么如今，作为一个已经告别了校园两三年的上班族，我有什么脸面收下我妈的钱！

我有什么脸面让一个住在漏雨的破房子里的人，从她的退休金里拿钱出来补贴我的生活！

在兜头而下的热水中，我全身发抖，哭得不能自已。

我痛恨这样的命运，我痛恨自己的怯懦和无能，我更痛恨区区五百块钱，就将我置于这样巨大的愧疚和挫败感之中。

就在我蹲在花洒下痛哭的时候，乔楚已经下了出租车，她径直走向79号，站在门口踌躇了一会儿，最终，还是迈进了那扇门。

今天不是周末，酒馆里的人也不算很多，闵朗背对着门口，不知道在跟几个姑娘说些什么，反正一个个都笑得花枝乱颤。

有人拍了一下闵朗的肩膀，告诉他来客人了，他回过头来，一眼就看到了倚门而笑的乔楚。

就算是平时穿件白T恤，套条牛仔裤逛超市，乔楚也是绝对能引起回头率的那种女生，何况今天晚上，她从一开始就打定了主意，要做人群里的焦点，要让闵朗的目光一刻也不离开她。

一点儿都不夸张地说，乔楚那一笑，真是笑得整家酒馆蓬荜生辉，笑得酒馆里的一众姑娘瞬间变得灰头土脸。

闵朗站在原地，脸上带着一种了如指掌的微笑，望着她，而她也保持着那个婀娜的姿势，一动不动地承接着他的目光。

他们谁也没有说话，就那么互相看着，眼神的交会中迸发出四溅的火花，那一瞬间，灯光、音乐，还有来自周围那些人眼睛里的疑惑、猜忌、敌意，通通化作乌有。

世界幻化成虚无，他们心照不宣地静默着，站立于喧嚣之中，对方是黑暗中唯一的光源。

昭觉：

其实，我不知道从哪里说起，关于我和闵朗。

刚认识你的时候，你跟我讲了一些你和简晨烨的事，你讲你们最艰难的时候只能吃一块钱一包的榨菜配白饭，你讲你们从前缴电费一次只缴几十块钱，电一下就用光了，还怀疑是邻居偷搭了你们的线路。

我在听这些事情的时候，一方面觉得很感动，另一方面又觉得……怎么说，觉得你很了不起吧，换作我，我绝对无法忍受那样的生活。

我喜欢钱，喜欢奢侈品，每个月去香港扫一次货，一年两次出国旅行，我喜欢把自己打扮得漂漂亮亮的，接受异性的赞美和同性的嫉妒。

爱情，对我来说，就像顶级牛排旁边的配菜，奶油蛋糕上的草莓，是可有可无的东西。

我是说，在认识闵朗之前。

我第一次听见这个名字是在白灰里那条街上，你漫不经心地说起他和那个小酒馆，你三言两语就说完了他的身世，却不知道你那些不经意的话语在我的心里砸出了重重的回响。

然后，我就在酒馆里见到了这个人，第一眼我就看出来，他应该很受女孩们的欢迎，是那种轻而易举就能让姑娘们为之癫狂的角色。

我尽量让自己表现得很淡然。

是啊，我根本没必要紧张，我早已经过了小女孩看见英俊的浪子就惊慌失措、小鹿乱撞的年纪，或者换个说法，我从来就没有经历过那样的阶段。

直到唱歌之前，他当着所有人说这首歌是献给我的。

虽然我知道这句话其实是给你和简晨烨面子，是一句场面上的客套话，但不知道为什么，我心里却觉得很高兴。

昭觉，我知道你看到这里一定会笑我，原来阅人无数的乔楚也不过如此。

你笑得很对，我也不过如此。

这么多年来，人情冷暖我看过许多，也经历过许多，我很早就明白了什么叫世态炎凉，总之，我一直认为自己已经有了足够的阅历和眼界，不太可能轻易被什么人或什么东西打动了。

但那天晚上，他弹着吉他唱着歌，在熙熙攘攘的人群里牢牢地看着我的时候，我觉得有些什么坚硬的东西，在胸腔深处，被慢慢地瓦解了。

回来之后的那几天里，我反反复复地听着那首歌，吃饭的时候听，泡澡的时候听，睡觉前戴上耳机听，醒过来还在听。

我一闭上眼睛就能看见他的样子。

我想我是着了魔。

其实，我并没有从一开始就放任自己，不骗你，我也努力地克制过。

我尝试着不要去想这个人，不要去想白灰里79号这个地址，但过了几天我发现自己根本做不到。

我不愿意出去逛街，不愿意看书、上网，不愿意接任何人的电话，我满脑子都是这个仅有过一面之缘的闵朗。

那天下午我洗完澡，打开衣柜，看见那条月牙白的旗袍，心里突然冒出一个很疯狂的念头。

当我穿上它，坐在镜子前开始化妆的时候，我知道，我可能完蛋了。

你记不记得我卧室里那张黑白照片，那是我二十三岁的时候特意请一个收费很高的摄影师拍的。

那是在冬天，一望无际的空地，我就穿着一条单薄的裙子，摄影师举着相机一边狂摁着快门一边大声地喊着："跑起来啊，乔楚，别缩着，你可以的！"

我不记得我跑了多久，跑了多远，寒风呼啸着从我的身体上刮过去，可我感觉不到冷，我的耳边只有摄影师的声音，他还在喊："跑啊，乔楚。"

当我坐上去白灰里的出租车时，昭觉，你知道吗，我又听见那个摄影师的声音了。

"跑啊！乔楚，别缩着！"

当我站在79号的门口，忽然之间，我知道自己要跑去哪里了。

就是这里啊，昭觉，原来就是这里。

那一刻虽然我脸上是在笑，可我的心里，却莫名其妙地很想，很想哭。

　　我从来没有过这种感觉，就连第一次恋爱时也没有过，我不知道怎么形容它，也不知道怎么形容自己这种荒唐的行为，深更半夜，主动去一个才见第二次面的男人家里过夜，更荒唐的是，他吻我的时候，我竟然颤抖得像个处女。

　　半夜我醒过来，看见被丢在地上的白色旗袍，心里有一种隐秘的奇异的快乐，当然，还伴随着淡淡的羞耻。

　　我坐在床沿，看着闵朗熟睡的脸，激动得浑身战栗。

　　没错，这很堕落，这正是我写了这封信却不敢发送给你的原因，我知道在你看来，这件事很好定义——两个游戏人间的狗男女搞了个一夜情。

　　但是，昭觉，我终于感受到了那样东西。

　　那样我曾经觉得可有可无的东西，我曾经觉得不过是人生的边角余料的东西，那样我曾经觉得根本没有价值，也没有任何意义的东西，那样我自以为早已经看透、看破的东西，那样把你和简晨烨紧紧地维系在一起的东西……

　　不管我过去多么轻蔑它，在这个夜晚，我终于与它劈面相逢。

　　它来得很迟，但它终究还是来了。

　　生平第一次，昭觉，我觉得我或许有可能去爱一个人。

乔楚

〈3〉

　　无业游民生涯中的最后一个周末转瞬即逝，星期天晚上我早早地就关掉电脑，准备好第二天上班要穿的衣服，躺在床上闭目等瞌睡。

　　尽管闭着眼睛，我还是能感觉到简晨烨在房间里来回窜动，容我打个不那么恰当的比方，就像是一只发情的动物。

　　忍耐了十多分钟之后，我终于睁开眼睛，无奈地看着他："你有什么要求就提，但你要知道，明天是我去新公司上班的第一天……"

　　大概是听出了我的弦外之音，简晨烨错愕地看了我半天，才反应过来："你脑子能不能想点别的，我有正经事跟你讲。"

　　看到他那么认真的样子，我真是为自己的龌龊下流感到不好意思，连忙正襟危坐："你说。"

　　他迟疑着，欲言又止，反反复复，直到我都想要发脾气了，他才终于说出口："昭觉，我拒绝他们了。"

　　没头没脑的一句话，可是我听懂了。

　　我全身的肌肉都变得僵硬，我们四目相对，气氛有些紧张。

　　过了好一会儿，我蜷起腿，狠狠地揉了一把脸，尽量使自己看起来柔和一些："我能不能问一下，为什么？"

　　他苦笑了一下："原因其实我上次已经跟你说过了，这次只是我经过深思熟虑之后，做出的最终选择。昭觉，我知道你会怪我……"

　　"怪你？"我冷笑着打断他，"为什么我要怪你？我有什么资格、什么立场、什么权利怪你？你有你的艺术追求，有你的人生计划，你不取悦他人，不迎合庸俗，坚持自己的原则和理想，你高瞻远瞩，身无分文也可心拥天下，我应该为你骄傲啊，我为什么要怪你？"

这些话从我嘴里脱口而出，顺溜得不带一点儿磕巴，而事实上，在它们冲出口的那一瞬间，我就已经后悔了。

没有转圜的余地了，没有了。

我们在一起这么多年，彼此之间早已经是超越了爱情的存在，某种程度上来说，我们是相依为命的亲人，也是并肩作战的战友、盟友。

我发誓我从来没有想过要伤害他，我宁可伤害自己也绝对不愿意伤害他。

可在这个敏感的时候，我没能控制住自己的愚蠢和冲动，我原本可以表达得更好一些，更委婉一些，但我选择了最尖刻的那种方式。

这一枪过去，子弹打穿的是两个心脏。

简晨烨呆呆地望着我，他不是一个会掩饰情绪的人，他的脸上明明白白地呈现出自尊受到巨大打击的表情，过了很久很久，他才木然地转过身去，关上了卧室门。

我原本可以随便说点什么来挽救这个局面，但我没有。

直到后半夜他才轻轻地打开门，轻轻地爬上床，我假装睡得很沉，没有搭理他。又过了一会儿，我感觉到他亲了一下我的额头。

然后，我听见他轻声地说："对不起。"

我仍然是一动不动，眼泪在黑暗中汹涌而出，顺着我的脸无声地浸湿了枕头。

这天晚上我睡得很不好，又怕翻来覆去吵到简晨烨，索性蹑手蹑脚地爬起来，去阳台上抽根烟。

曾经在那家汽车用品公司上夜班的时候，不计其数的夜晚，我独自一人坐在办公室里度过漫漫长夜。

寂寞叫人无所适从，唯有夜行的车轮飞速碾轧路面的声音能够证明我没有失聪。

凌晨四点钟，对于失眠的人来说，这是最煎熬的时刻。

乔楚曾问过我，为什么我和简晨烨过得这么辛苦，却还是要在一起。

在这一片寂静中，我也在想，为什么，我要和简晨烨在一起。

而当我这样问自己的时候，十七岁的简晨烨，眼睛旁边一团瘀青的简晨烨，站在学校那棵拥有一百多年历史的柏树下，因为不好意思而笑得很尴尬的简晨烨……"哗啦"一下，全部回到了我的眼前。

我说过，学生时代的我很擅长挖掘商机，小零食卖久了，我就开始卖矿泉水，矿泉水卖久了，忽然一日，我又想到了一招——回收矿泉水瓶。

举一反三，说的就是我这种人哪。

我并不满足于单个的赢利项目，我要做的是在校园里铺开一条完整的、属于叶昭觉一个人的流水线，当我兴奋地制订好这个计划之后，我的脑子里真的有一种"毕业时我就发财了"的美好错觉。

虽然我的头脑很好用，但毕竟只有一双手，这时，人脉的重要性就凸显出来了。

我们年级有十个班，每个班都有蒋毅的队友、哥们儿，对邵清羽来说这些人都是妨碍她谈恋爱的罪魁祸首，但对于我来说，他们就是上天赐给我的好帮手。

为了拉拢这些人，我特意选在某天下午站在球场边，等他们踢完球之后，笑嘻嘻地打开塑料袋，送给他们一人一听冰可乐。

不要钱的东西谁不喜欢呢，等到他们一个个"咕嘟咕嘟"地干掉可乐之后，我对蒋毅使了个眼色。

说起来，蒋毅曾经真是对我不错的。

好人我自己做了，他只好做坏人："我求你们个事，叶昭觉是我家邵清羽的铁姐妹，当然也就是自己人。她想勤工俭学，你们也帮帮忙，每天收集一下自己班上的矿泉水瓶啊，易拉罐什么的，行吧？"

趁他们还没来得及开口拒绝，我急忙连声说："谢谢谢谢，谢谢各位好兄弟肯帮忙，我会在每天放学之前去找你们拿的，谢谢谢谢。"

每人一听可乐就搞定了全年级最活跃的一帮男同学，干脆利落。

从那之后，我变得比以前更忙了，每天下午去进货之前，我还要拖着两个巨大的黑色塑料袋去一趟学校附近的废品回收站。

我不是不知道在我的背后有多少人议论纷纷，有多少人语含讥诮地说叶昭觉真是穷疯了。

当然也难受过，但我更清楚自己需要的是什么，冷言冷语随他们去吧，嘴巴长在人家脸上，我也管不了，每天晚上握在手里的钱才是正经事。

事后想想，我这股子做什么都不服输的劲头，这股子不管生活多么拮据窘迫，睡一觉起来又是一条好汉的精神，大概就是从那时候开始奠定基础的。

尽管很忙碌，但我还是注意到了一件有点儿奇怪的事。

隔壁班收集瓶子的任务，我是明确分配给邵清羽大小姐的，可是……可是为什么……每次下课我站在他们班的后门的时候，送东西出来的人却不是她！

是谁呢?

就是那个,据说,有很多女生,暗恋的,美术生,简晨烨。

但这个"很多"里绝对不包括我。

那时候我在感情方面还没开窍,或者说我在这方面根本就没花过心思,我所有的热情、眷恋和赤诚,都过早地贡献给了金钱。

我自认为跟简晨烨真的算不上熟,最多就是互相都知道有对方这么个人,然后他在我手里买过几次吃的,我听同班的女生聊起过一点儿关于他的小八卦,对,就只到这个程度而已。

因为关系实在比较生疏,导致我每次从他手里接过塑料袋的时候都跟个贼似的,倒是他,表现得很轻松自然,偶尔还会主动跟我说:"我数过了,今天比昨天多三四个呢。"

那一瞬间,我站在他面前简直要哭出声来了好吗?

就算我对他没有一丁点儿非分之想,就算我早已经把自己的形象糟蹋得体无完肤了,但是,我毕竟还是女生,我实在架不住一个丰神俊朗的男生,在大庭广众之下对我说的是这样一句话。

一般少女漫画里都不是这么演的啊,我真是伤心欲绝。

我实在想不明白,一个校草级别的男生,他为什么要帮我收集废矿泉水瓶,唯一的解释就是——这是邵清羽逼的。

转头我就把邵清羽拎出来狠狠地骂,像骂孙子似的,我说:"你你你,你是人吗?求你帮这么点小忙,你都不肯,你就这么高贵吗?你知不知道太装 × 会没朋友的……"

我本来还有一大段谴责的话要说,可是邵清羽翻了白眼,打断了我："我没逼他，他自己主动的。"

我震惊了！为什么？他图什么？难道是想提成吗？

邵清羽又翻了个大大的白眼："××，你自己想想是怎么回事。"

我确实认真地想过那么一两天，也确实认真地考虑过他是贪图我的美色这个可能性，但最终这个念头还是被我自己否决了。

太不切实际了好吗！我可是很有自知之明的人呢！

照照镜子看看我这张普通得不能再普通的脸，再看看我身上穿的这些万年没更换过的旧衣服旧鞋子，完全是个丢进人堆里再也找不出来的土鳖，哪有什么美色可图。

既然想不明白，那我索性也就懒得想了，还是专心赚钱吧。

答案揭示的时候，我猝不及防。

那天我们班正在上自习课，忽然后排的同学递给我一张纸条，我打开一看，上面写着：快点出来！急！

我好奇地回过头去，只看见邵清羽在教室后门又招手又跳脚像个猴子，我一边起身去请假，一边心想：×的，肯定又是跟蒋毅吵架了。

但我错了，完全错了。

我一出教室门，邵清羽就把我拖到楼梯间，严肃的脸上有一种掩饰不住的亢奋："昭觉，我跟你讲，刚刚我们班上体育课，简晨烨跟人打架了！"

我呆住了，就这事？你他×把我从教室里叫出来，就为了这事？！

邵清羽眉飞色舞，两只眼睛里发着精光："二百五啊你！要是跟你没关系，我叫你干什么！他是为了你才跟人打架的啊！蠢货！"

......

我想可能是我的耳朵出问题了吧。

邵清羽接着说："反正是早就知道了，蒋毅也知道，我们班很多同学也知道，就是因为知道这件事的人很多，所以经常有人拿你跟简晨烨开玩笑，每次他在班上帮你收瓶子，都有人起哄。你上次还来问我为什么我要逼他，我靠，我真是要被你气死啊。"

"我觉得我上次已经跟你说得很明白了，没想到你这么笨，居然还是想不到原因，叶昭觉啊，你除了会赚钱还会什么呀！

"你知道今天他们为什么打起来的吗？那个男生嘴贱，问简晨烨说喜欢个收垃圾的女生，有没有觉得很丢脸，简晨烨当时就发飙了，两个人打了好半天，最后还是老师把他们拉开的。"

邵清羽说最后这句话的时候，特意吸了一下鼻子，眼睛亮晶晶的。

她说："简晨烨被拉开之后，当着我们所有人对那个男生吼了一句'叶昭觉靠她自己的双手赚钱，我觉得一点儿都不丢脸，我喜欢她，也一点儿都不丢脸'。"

邵清羽说简晨烨喜欢我，这怎么可能？

这，他，×，的，怎，么，可，能！

当我以一个元神出窍的状态，被邵清羽拖去教导处的时候，正好赶上刚受完训的简晨烨从办公室走出来。

然后，呆若木鸡的我和鼻青脸肿的他，就这样在长长的走廊上僵持住了。

我们之间隔着一段距离，但我知道他看见我了，他也知道我看见了他，只是我们谁也没说话。

邵清羽轻轻地推了我一下，说："过去啊！"可是为什么，我的脚就像是生了根，一步也挪不动。

过了一会儿，简晨烨面无表情地转过身去下了楼，我还是站在原地，一动也不动。

即使多年之后，我依然能够清晰地看见当时的那一幕，它就像从一部关于青春的高清电影里截下来的画面，没有噪点，没有马赛克，也没有声音。

它是那么安静地、完好无损地存在于时间的缝隙里，无论过去多久，我想起它，依然还有想要流泪的感动。

那晚我回到家里一直没睡着，生平第一次我体会到了为一件事、为一个人失眠的滋味，天亮的时候我做了一个决定。

或许是我这一生中最勇敢的一个决定。

我要和他在一起。

下午放学之后我没有去进货，也没去卖废品，而是把简晨烨约到学校里一个比较安静的角落。

一句废话都没啰唆，我开门见山地问他："你是不是喜欢我？"

记忆中的简晨烨跟如今的他没什么区别，只是看起来更笨拙一些，对于我提出的问题，他不否定，也没肯定，只是笑着把头转到一边去，不看我。

我静静地看着他，直到眼眶微热，泛起泪光。

他那个带着一点儿腼腆，却又故作镇定的笑容，混合着植物的清香，在我的记忆中，保存了好多好多年。

记得乔楚听到这件事之后的反应，也是半天没有说话。

后来她说："我大概明白了。"

是啊，为什么日子过得这么艰难，未来也许不会比现在更好，但我们却还是要这么努力地在一起。

我想，不外乎是因为这个人，他在我最孤单无助的年纪，尽他所能地帮助过我、保护过我，在别人嘲笑我的时候，他挺身而出捍卫过我自己都懒得去维护的、那不值一提的尊严。

我从来都知道，我不够好看，性格也不够温柔可爱，所以我从来都不怪别人不喜欢我，在内心深处，甚至连我自己都有些嫌弃自己。

那些荒芜的、赤贫的岁月里，我像是一条被风浪拍在岸上的鱼，而简晨烨，他俯身将濒临窒息的我从沙滩上拾起来，送回海洋。

我伶仃地度过了许多年，也曾疑心今后一生仍将继续那样度过。

但忽然有一天，这个世界上有人靠近我，让我明白，即使卑微渺小如我，也依然值得被尊重、被爱。

他的温暖，把我从自卑和寒冷中彻底拯救了出来。

不知不觉之中，天已经亮了。

值夜班的那些凌晨，我经常捧着一杯浓茶，站在窗口眼睁睁地看着夜空的颜色慢慢地由浓转淡，月亮西沉，璀璨的繁星一颗颗渐渐隐没在越来越强的光线中，明晃晃的太阳升空之后，人声嘈杂，生活又恢复成井然有序的模样，而我身后通宵未关的电脑屏幕上依然闪着幽蓝的光。

"看天亮起来是件寂寞的事。"我想，一句话就把这件事给说透了，顾城他真是天才。

我掐灭了烟，回到卧室，在微光中抱住简晨烨，我轻声说："对不起。"

这是我从十七岁开始爱着的人，这是世上第一个教会我爱的人。

我不可以任由自己伤害他。

"你昨晚哭过吗？"

齐唐这个王八蛋，他竟然选择了在上班高峰期的电梯里问出这句话！

我的运气还能再差一点儿吗？分明已经尽我所能赶上了早班车，却还是在大厅里撞上了老板，不得不与之共乘同一部电梯。

虽然在这里上班的人，普遍都是高素质的白领，但在齐唐抛出那个问题的一刹那，我用鼻子都能嗅到空气里那股探究的气息。

罢了，我既然能忍受邵清羽，能忍受简晨烨，就不在乎多忍受一个齐唐，于是我顶住压力，勇敢地抬起头"嗯"了一声表示肯定。

没想到这个王八蛋居然得寸进尺地追问："为什么？"

×的，你说话能注意一下场合吗？我默默地骂了一句。我算是看出来了，这家伙从第一次见我开始，就存心不打算让我有好日子过。

既然如此，只好破罐子破摔了，我平静地回答他说："因为穷。"

电梯门应声而开，23楼到了，我和齐唐一起走出来，把看客们抛在了身后。

开例会的时候齐唐向其他员工介绍了一下我，很简单地一语带过，"这是我新招的助理叶昭觉"，大家也都是例行公事地拍了几下手掌，看得出来，我的到来不会影响到任何人的职位，果然是个无足轻重的小人物啊。

虽然大家都说星期一是上班族最痛恨的一天，但坦白说，其实我并没有多么深切的体会。

我的工作间就在齐唐的办公室外面，他进去之前一句交代都没有，整个上午，我就干巴巴地坐在电脑前打开网页，关掉，打开，又关掉……重复了不知道多少次。

到了中午，其他同事都成群结队地去吃午餐，也有一两个同龄的女孩路过时客套地问我要不要一起，为了避免尴尬，我还是微笑着婉拒了她们。

等到所有同事差不多都走了，齐唐办公室的门还是紧紧地关闭着，我决定自己单独去觅食。

锦绣大厦一楼其实有不少餐厅，但价格都不便宜，我逛了一圈之后，最终还是拉开Subway（赛百味）的门，买个金枪鱼汉堡配可乐打发掉这一顿好了。

正是午餐高峰期，餐厅里几乎没什么空位，幸好我眼睛尖动作也快，眼看靠窗那一排有人起身，我连忙抓着汉堡和可乐就冲了过去，一屁股坐下。

阳光真好，我一边啃着汉堡一边看着玻璃外面的世界，马路上的豪车真多啊，有钱人真多，为什么不能算我一个？忽然又想起我出家门时简晨烨还没醒来，不知道晚上见面会不会尴尬……

就在我胡思乱想的时候，"咚咚"两声，有人敲我面前的玻璃。

我一抬头，就看见了齐唐那玩世不恭的笑容。

"你怎么不跟其他同事一起吃饭呢？耍大牌啊？"他坐在我旁边的位置，大口咀嚼着加了培根的汉堡。

已经过了饭点，餐厅里的人都走得差不多了，我和齐唐并肩坐着面对着玻璃，对他提出的问题我嗤鼻一笑："你不也是吃独食吗？"

"我跟你怎么一样。"他居然问都没问我一下就直接拿走了我的可乐，"我是老板啊，当然要跟雇员保持一点儿距离。"

我就这么眼睁睁地看着自己的可乐被他喝掉一大口，这个人真是太神经病了，从头到尾就没有正常过……是的，我又想起面试时他问我胸围多少的那件事了。

不仅神经病，而且完全不懂得察言观色："我听清羽说你念书的时候就很不合群，怎么到现在还这样？"

死八婆！邵清羽你这个死八婆！我默默地翻了个白眼："她说的你就信啊，我念书的时候人缘不知道多好。"

"好到垄断了零食售卖和废品回收两个产业对吧？你的光辉事迹我都早就听说过了。"

……

要是杀人不犯法，我真想现在就杀了他。

我已经在凌晨独自回忆过当年了，我真的不想一天之内两次回忆当年的悲惨往事，于是我主动找了个新话题："我今天上午什么事都没干呢，你也安排点工作给我吧，打打杂也好过无所事事啊。"

齐唐挑了挑眉毛说："上次你提出预支工资，我没同意，所以现在不好意思指派你干活呢。"

……

我好想一头在玻璃上撞死算了。

在我跟齐唐进行过这么几次短暂的交流之后，冥冥之中我有种预感，我觉得我会被这个变态老板摧残得苦不堪言。

滑稽的是，后来我们之间发生的许许多多事情，都证明了我的预感是多么不靠谱。

午休时间过去之后，我们一起回公司，齐唐在进办公室之前像是忽然想起了什么事："对了，你不是觉得太清闲了吗？交个事给你做。你帮我去花店预订一束鲜花，后天派送，地址我稍后给你。"

趁他还没关门，我连忙追问："送什么花？"

他歪着头想了一下："我不太了解这个哎……跟你年纪差不多的女生喜欢什么？"

"我喜欢睡莲。"

"那个啊……好像很便宜吧，哎，我不管了，你别问我，自己做主吧。"话音刚落，我就听见一声"砰"，门关了。

过了一会儿，我的手机振了一下，是齐唐发来的短信，地址是本市一个价格非常昂贵的公寓楼，收花人的姓名只有一个英文名，叫 Vivian。

真是一条充满了浓浓的装 × 气息的短信啊，我酸溜溜地想。

两天之后的晚上，我和简晨烨在厨房里分工合作，一个洗菜一个煮饭的时候，齐唐又发来一条信息。

"选得不错，香槟玫瑰适合她，睡莲比较配你。"

我握着手机简直都快气炸了，他妈的，齐唐这是在侮辱我吗？是暗讽我只配得上便宜货的意思吗？

简晨烨看我脸色不对，凑过来问："谁发的？出什么事了吗？"

我把手机往沙发上一丢："我老板可能快死了。"

无论是我，还是简晨烨，抑或是齐唐他自己，我们谁都没有意识到，不知不觉之中，我们的生命中已经介入了新的事物和新的人。

从这时开始，我们原本简单澄明的小小世界，将迎来前所未有的巨大震动。

我们浑然不知，命运即将光临。

Chapter 4

那些隔在我们之间似有若无的东西是什么，
那些把我们从原先密不可分的关系变得
如此小心翼翼而生分的力量来自哪里，
我们的未来与当初的设想会严丝合缝还是天差地别？

◇1

香槟玫瑰送出去的第三天，我见到了 Vivian。

我不知道她的中文名，却知道她极有可能成为我们公司未来的老板娘。

星期五的下午，这原本就是上班族们约定俗成的心不在焉的时间段，Vivian 提着两大袋零食和水果，来犒劳辛苦工作了一个星期的员工们。

她的出现，让所有人都眼前一亮。

她很漂亮，像是二十出头的女生们喜欢的那种时尚杂志封面上走出来的日系美女。

面孔明艳照人，眼睛圆而亮，涂樱花色的唇膏，戴棕色的美瞳，栗色的长发烫成大卷撩在一边，笑容甜美，看起来颇有些风情。

她穿着驼色的风衣，拎一只 MIUMIU 的包，脚上踩着一双 10 厘米的高跟鞋，没有防水台，是那种我光看一眼就觉得脚疼的利器。

风衣下面那两条光滑纤细笔直的腿，简直是所有色狼的梦。

她给我的印象是，美则美矣，但缺少了一点儿能够令人记住的个性和特质。

真不是我心胸狭窄嫉妒她才故意这么说的，只是这个时代，美女实在不算是什么稀缺的品种。

稍微繁华一点儿的地段都充斥着大把足以媲美明星的美貌女生，Vivian 只是这个庞大的群体中普通的一个罢了，我承认她很养眼，但转头我就不记得她到底长什么样子了。

迄今为止，我所认识的大活人里，还没有比乔楚更惊艳的存在。

尽管如此，她的到来无疑还是给这个沉闷的下午带来了一些新鲜和兴奋。

我虽然没有像其他人一样发出啧啧的赞叹声，但打心底里，我承认齐唐说得很对：睡莲这种低调无争的花，的确是不适合她这样张扬的美人。

同事们把她围在中间，七嘴八舌地跟她聊天。

这边还在跟男同事聊最新的数码产品和电子产品——"你想入那款吗？我有朋友可以拿内部价，我可以帮你去问问哦。"

那边已经有女同事围过来——"呀，你涂这个颜色的唇膏好美。这款全亚洲都断货了吧？我排队排了半年还没买到呢，好羡慕啊！"

长袖善舞，面面俱到，确实是社交高手。

人长得好看，情商还高，难怪齐唐喜欢她。

　　说起来，我作为齐唐的助理，公司的新员工，应该主动去跟 Vivian 打个招呼，介绍一下自己。

　　只可惜——我说过——这方面我是个笨蛋。

　　我实在不知道在跟陌生人初次打交道的时候该如何问候，用什么样的语气，摆出什么样的表情，找什么样的话题来拉近彼此的距离。

　　于是我就傻呆呆地站在自己的工作台前，怔怔地看着热热闹闹的那群人，像个初来乍到的转学生。

　　细心的 Vivian 没有忽略掉任何无名小卒的存在，她越过人群，一眼就看见了我。

　　她撇下那堆热情洋溢的同事，径直走到我面前，露齿一笑："你是叶昭觉吧，听说齐唐的新助理是个美女，原来是真的。"

　　要怎么才能形容我听到这句话的心情，就好比李嘉诚对一个只有几十万身家的人说，听说你很有钱？

　　除了讽刺之外，我实在无法联想到别的词语。

　　但 Vivian 丝毫没有察觉到我的窘迫，反而愈加真诚地对我说："你留个号码给我吧，齐唐工作忙，我有时候想找他又怕打扰他，有你的联络方式对我来说会方便一点儿。"

　　我能拒绝她吗？或者说，我有什么理由拒绝她吗？

　　于是我便爽快地把自己的手机号码报给了她，谁能想到，这竟然是我噩梦的开始。

　　存好我的号码之后，Vivian 又对我嫣然一笑："那天的花我很喜欢，谢谢你。"

　　笨嘴笨舌的我不知道脑袋里在想些什么，竟然脱口而出说："不用谢，齐唐会给我报销的。"

Vivian 一愣，紧接着便发出了清脆的笑声，齐唐办公室的门应声而开，他探出头来："进来。"

我当然知道他不是在叫我。

直到那扇门关上了之后，我身体里那种莫名其妙的紧张感才逐渐消退，我想我骨子里始终是有些自卑的，不然不会每次面对艳光四射的美女时，都无端端生出些自惭形秽来。

第一次见到乔楚的时候便是如此，这一次见到 Vivian，仍然如此。

对于朝九晚五的上班族来说，星期五的时间总是过得特别慢，以为可以收拾东西走人了吧，一看时间，还要一个多小时之后才下班。

等到真正收工的时候，早已准备妥当的同事们便像脱缰的野马一般，唰地一下，全不见了，等我从洗手间里回来，才发现公司大厅里已经空无一人。

我跟简晨烨早就约好周末去外面吃顿好的，改善一下生活，他坐公交车过来需要三四十分钟，于是我便只好继续百无聊赖地趴在电脑前，一边浏览网页，一边等着他给我打电话。

我并不知道，就在我去洗手间那会儿，齐唐出来看了两眼，误以为所有人都走光了。

我更不知道，他要露出衣冠禽兽的真面目了。

打开某购物网站的页面，我惊喜地发现平时卖得比较贵的那款进口牛奶在做特价活动，真是天大的便宜啊，我心花怒放，连忙滑动鼠标打算下单。

就在这时，我清清楚楚地听见了齐唐办公室里，传来了一些少儿不宜的声音。

Vivian 那个清甜的嗓音似幻似真地从门缝里飘了出来："别闹，这是你办公室呢，叫你别闹，哎呀……"

电光石火之间，我准确地判断出了一门之隔的房间里发生了什么事。

晴天霹雳啊！五雷轰顶啊！

再多的言语都无法形容我那一刻的心情，手臂上立刻参起一颗颗浑圆的鸡皮疙瘩，全身的肌肉都变得僵硬，生平第一次我体会到了什么叫汗毛倒立，那一瞬间我真想向哈利·波特借他的隐形斗篷用一下。

一万只羊驼在我心中呼啸而过，妈了个 × 啊！齐唐！你就不能再忍忍吗！好歹也等我走了再动手啊！

欲哭无泪，牛奶是买不成了，我要尽快离开这个是非之地。

我蹲在工作桌下面，像个贼似的轻手轻脚地把桌面上的杂物往包包里扫，可是为什么我会有这么多杂物啊！苍天……你是要逼死我才罢休吗？

好不容易全都扫进包里了，想来里面那一对干柴烈火也不会察觉到外边还有我这么个人。

我庆幸地想：悄悄地撤退就好，谁也不会知道我曾经无意中窥探到了老板的隐私。

就在此时，我的手机响了。

简晨烨的名字在屏幕上幸灾乐祸地跳动起来。

如果说，我这一辈子确实有过那么几个时刻想把简晨烨千刀万剐，那一定包含了这一刻。

我一屁股瘫坐在地上，手忙脚乱地摁掉了声音，有那么一两秒钟，我觉得自己的呼吸都停顿了。

世界像是被一个巨大的遥控器摁下了静音的按键，我什么也听不见，颅腔内仿佛发生了巨大的核爆，那一秒钟之内我的大脑里闪过一万个念头，在第二秒过后，它们齐齐化为乌有。

我不能动弹，也不能思考。

然后，我看见，齐唐办公室的门，打开了。

我闭上眼睛，有种灭顶之灾重重压下来的感觉，我想即使是当街行窃被人抓住的小偷，也不会比我此刻的处境惨多少。

衣衫凌乱的齐唐，手搭在门把手上，看到我的时候，他没有掩饰住脸上的震惊和错愕。

我战战兢兢从地上爬起来，浑身发抖，只差那么一点点儿，我感觉自己马上就要哭出来了。

空气凝结在这诡异的氛围中，时间也仿佛停滞了下来。

有一个声音在我的心里大声喊着："Say something（说点什么）叶昭觉！哪怕此地无银三百两地说你什么也没听见都好啊！"可是我的嘴唇就像是被502强力胶粘起来了似的，连口气都吐不出来。

我和齐唐就那么尴尬地面面相觑，谁也不动，不说话。

不知道过了多久，他终于回过神来，冷冷地看了我一眼，用力地关上了门。

半个小时之后坐在我最喜欢的日料店里，这顿我从星期一就开始盼着的晚餐，此刻让我如鲠在喉，实在是没心情享用。

罪魁祸首简晨烨宽慰我说："这不关你的事。"但我并不领情："当然不关我的事，都是你害的，你晚几分钟打电话，我就安全撤退了好吗！"

他无语地望着我："昭觉，不是你的错，也不是我的错，是你们老板自己的错。"

我知道简晨烨说的是对的，每一个字都像真理，无从辩驳。

可我胸口的这团闷气一定要找个方式发泄出来，举目望去，也只有一个简晨烨可以帮我背这个黑锅。

"都是你的错，如果你有很多钱，我就不用出来工作了，就不用伺候这么变态的老板，也就不会撞上这么难堪的事情，反正一切都是因为你没钱。"我发起疯来简直口不择言。

后来想想，在这一点儿上，我简直就是我母亲的翻版。

人在情急之下，很容易说出一些伤人的话，这一点儿在我身上得到了反复的验证。

然而，更伤人的是，这些伤人的话，大部分都是真心的。

简晨烨放下筷子，平静地看着处于抓狂状态中的我，他的忧伤藏在眼睛后面很深很深的地方。

"是这样吗？你心里真的是这样认为的，对吗？"

我没说话。

"你真的认为钱是我们之间最大也最重要的问题是吗？"

我仍旧没说话，只是看着他。

在这沸反盈天的晚餐时间，在这人声嘈杂的餐厅里，简晨烨用两个语气并不重的反问句，问得我眼眶发热，险些掉下泪来。

我一仰头，喝光了杯子里的清酒，深深地呼出一口气。

我知道在这样的场合谈这么严肃的话题并不恰当，但他的眼神触碰到了我心底里的那根弦："我只是觉得自己已经很努力了，我只是认为，我应该要比现在过得好一点儿。"

"简晨烨，难道我不配过得比现在更好吗？"

这顿晚餐最终不欢而散，简晨烨付完账之后一言不发地丢下了我，这种情况以前从来没有出现过，我知道自己这次真的太过分了。

但纵然我知道自己错了，眼下我也实在没心情追上去向他道歉。

他走了之后，我仍然坐在位置上没有动，过了一会儿，我把所有盘子拖到自己面前，把剩下的食物强制性地全塞进了嘴里。

很多年前我看过一篇文章说，最美味的鹅肝，其实就是鹅的脂肪肝。

虽然鹅也不愿意暴食，但人类会把一根二三十厘米长的管子插到它们的食道里，拿个漏斗往里灌食物，它们每天会被强喂进两三公斤的食物。

我没吃过鹅肝，在这个黑色星期五的夜晚，我觉得自己就是一只绝望的鹅。

周末两天的时间里，简晨烨窝在工作室画画没有回来，我一个人也懒得正正经经做顿饭吃，给邵清羽打电话想探探口风，她跟齐唐认识这么多年了，总该比我了解他一点儿。

但邵清羽的电话一直无法接通。

也不是没想过主动叫简晨烨回来，但翻到他在通讯录里的那一栏时，手指却像是被施了某种咒语似的无法动弹。

我不知道从什么时候起，我和简晨烨之间的关系变成了这么糟糕的模样。

我们总是争吵，为了一些鸡毛蒜皮的小事可以衍生出无数矛盾，我们冷战，谁也不愿意主动低头，在某个适当的契机之下回到原本的生活轨迹，用不了多久，我们又可以制造出一场声势更为浩大的战争。

我们已经不再是从前在校园里一起面对流言蜚语的叶昭觉和简晨烨，当我们处身于现实的风霜刀剑之中，才明白当年那些所谓的痛苦和耻辱，是多么轻盈和不值一提。

夜里窗外刮起了大风，树枝呼呼作响犹如呜咽，我蜷缩在毛毯里竟然也觉得有微微的凉意。

不知不觉就已经到了深秋时节，这一年过得真是太快了，快到我还没回过神来，就快要结束了。

日子一天天过去，我距离自己的目标还有那么漫长而遥远的一段距离，可是时间，已经不是很多了。

入睡之前，房间里除了时钟的声音之外，便只有我一声长过一声的叹息。

怀着忐忑不安的心情熬过了这个周末，无法逃避的星期一终于还是来了。

每个星期一都是公司女生们争奇斗艳的日子，休息了两天的姑娘们个个都迫不及待地要把周末血拼的成果秀出来给大家看看，电梯里充满了各种名牌香水混杂在一起的味道。

但我完全没有心情加入她们，我甚至连粉底液都没涂，这个星期一或许就是我在"齐唐创意"的最后一个工作日了，弄那么好看有什么必要呢？

在公司碰到齐唐时，他面色如常，没有丝毫异样，我这个并没做什么亏心事的人倒是反而脸红了，整整一个上午我都在等他把我叫进去，告诉我"你被炒了"。

说实话，我做好准备了。

但我担心的事情一直没有发生，直到中午我照例一个人跑出去吃午餐，在 Subway 排队买汉堡的时候，有人拍了拍我的肩膀："我也要金枪鱼的，你请我。"

我不用回头也知道背后站着的人是谁。

一个二十多块钱的汉堡就能够化解我和齐唐之间那种微妙的、心照不宣的尴尬吗？我可没这么幼稚。

我们找了一个角落里的位置坐下，好半天我都不敢抬头正眼看他。

他用手指轻轻地敲了敲桌面："叶昭觉，我都没不好意思，你有什么必要表现得这么腼腆？"

听他的语气，这个家伙还是分得清是非黑白的，我悬了好几天的心终于是稍微落下来了一点儿，也敢挺直脊梁骨做人了。

"我是真的不知道……"我想解释一下。

"不关你的事。"齐唐笑起来居然还带着一点儿羞涩,"是我的错,希望你能够原谅我。"

很久以后,我跟齐唐之间发生了很多事情,这些事情远远超越了工作的范畴,也超越了上司和下属之间的关系,美好的和不那么美好的画面都数不胜数,可是当我想起这个人,第一时间里,我想起的就是这一幕。

他穿着藏蓝色的衬衣坐在我面前,手中拿着一个金枪鱼汉堡,用诚意十足的语气对我这么一个可有可无的小角色说,希望你能够原谅我。

我被他这份郑重其事深深打动,一时间,竟然不知道说点什么才好。

他看起来是那么诚恳,深秋中午的阳光从他背后的玻璃窗外投射进来,他短短的头发沐浴着一层金光,那个场景让我觉得,我实在没有办法不原谅他。

他并没有在真正意义上做出什么伤害我的事情,充其量,他不过是太大意了一点儿。

说不出来哪里来的勇气,我忽然伸出手去拍了拍他的手:"就当从来没有发生过这件事,我一定会守口如瓶的。"

齐唐对我这个突然的举动显然有点儿吃惊,这个臭不要脸的家伙收回自己的手,认真地说:"叶小姐,请你自重一点儿。"

这件事并没有如我所想的那样轻轻松松地就过去,齐唐没有为难我,为难我的是 Vivian。

当我后来被她的各种奇怪的指令折腾得焦头烂额的时候，我才意识到那天她向我要电话号码的目的，根本不像她自己说得那么简单。

我接到她的第一通电话时，正在电影院里跟简晨烨一起看电影。

这一次的冷战是以我主动低头而宣告终结的，不然呢？难道眼睁睁地看着他在深秋的夜里冻死才算完吗？

入场时，我忘记把手机调成静音，所以当铃声骤然响起时，立刻就惹来了周围一片嫌弃的啧啧声。

我连忙低下头去，小声地问对方："有什么事吗？"

Vivian 的声音听起来有点儿不悦："你声音太小了，我听不见，你能大声点吗？"

真是要命，我无奈地看了简晨烨一眼，他看着我，歪了歪头表示他能理解。

我握着手机半是愧疚半是气愤地猫着腰从旁边观众的前面挪了出去，这一举动又为我招来了更多更大的不满声。

出了放映厅，我终于松了口气："刚刚有点儿不方便，请问你找我有什么事吗？"

Vivian 完全不理会我的"不方便"，气鼓鼓地说："我明天要去参加一个姐妹圈的聚会，今晚想去美丽传说做个美容美体，但他们说不接受临时预约，你帮我搞定吧，就这样，等你消息，快点啊。"

她一口气说完这些话，也不管我此刻大脑里一片空白，也不管我做不做得到，就干脆利落地挂掉了电话。

我站在放映厅的走廊里，足足有五分钟的时间没回过神来。

我不知道 Vivian 是真的率真耿直，还是因为那天的事情而故意刁难我，无论什么原因，她都实实在在给我出了个难题。

齐唐是我的老板没错，她是齐唐的女朋友也没错，但这不代表她有权力使唤我……但，退一步想，万一她并不是想指使我，而是真心实意地找我帮忙呢？

或许齐唐以前的助理没我这么多小心思，也比我能力强，所以 Vivian 理所当然地认为帮她做点小事，并不算什么吧。

我调整好心态，先冷静下来想想办法解决掉这个问题再想别的。

美丽传说，美丽传说，我嘴里念叨着这四个字，脑袋里就像开启了搜索引擎似的把所有跟这个会所相关的资料都调了出来：这是 S 城规格最高级的美容会所，名媛们最常去的场所之一，甚至很多明星来 S 城做活动都一定会去光顾一下，无形之中更加提升了这个会所的档次。那里从不接受临时预约，甩再多的钱出来都不行，他们的原则就是只为会员服务，而且我听邵清羽说过，要想取得会员资格，充张卡最少就是两万起……

啊！就像是有个灯泡在我脑中亮了一下，我可以找邵清羽救场啊！

事不宜迟，我连忙拨通邵清羽的电话，这个家伙近段时间很喜欢玩神秘，电话要么不接，要么接了说不上几句就有急事要挂，我一直忙着应对齐唐，安抚简晨烨，也没机会把她抓出来问个究竟，但这次，我疯狂地祈祷：她千万不要不接啊！

还好还好，就在我即将要灰心的时候，电话通了。

她那边很安静，她说话的声音也很轻柔："怎么啦？昭觉，有急事啊？"

"可不是有急事嘛，齐唐那个女朋友叫 Vivian 的，你认识吗？她要去美丽传说做脸，自己又不提前预约，我他 × 正跟简晨烨看电影呢，她一个电话打过来就叫我帮她搞定，我 ×，我怎么搞定啊？我连美丽传说的门朝哪边开都不知道，我怎么帮她搞定啊？ × 的！"我越想越生气。

邵清羽的语气也比之前激动了一点儿："我知道她，见过几回面，特把自己当回事的那种 bicth（坏女人）！搞不懂齐唐喜欢她什么，真是瞎了眼！"

得到认同感之后，我觉得欣慰了许多，连忙提出我的请求："所以我来找你帮忙啊，我记得你好像是那里的 VIP 对吧，能帮我想办法约一下吗？"

本以为邵清羽会胸脯一拍，对我说句没问题，没想到她说："我不是 VIP 啊，姚姨才是，我每次去都是她带着或者她帮我预约的，我爸不准我弄这些东西，说年轻女孩弄这些没必要。"

她轻描淡写的一句话，对我来说却像是千钧之力从头顶压了下来。

停顿了一下，我仍然不死心："那你能找姚姨帮忙约一下吗？就说是你自己要去。"

一阵很长时间的沉默，久到我甚至以为电话信号已经中断了，她才开口说："姚姨知道我不在本地，昭觉，我今天刚刚到云南。"

我的心彻底跌落至谷底。

这两通电话之后，我再也没有入场看电影的心情，索性在走廊里的休息区坐下来静静思考该怎么办。

其实我没有必要逞强，就算我坦白承认"Vivian，不好意思，我人微言轻，完成不了你交给我的艰巨任务"，她又能把我怎么样，难不成要为了这种事去找齐唐告状开除我吗？

可是，我那股死不肯认输的劲头偏偏在此刻，不合时宜地冒出来，逼着我，不允许我妥协。

如何是好，我叹了口气，把通讯录认认真真地从上往下翻了一遍，到字母 Q 打头的那一组时，我的眼睛里有灵光一闪而过。

算起来虽然认识不算久，但这已经是我第二次找乔楚帮忙，上次借的吹风机她后来索性送给了我，我还寻思着改天请她吃个饭，没想到这么快又要麻烦她。

乔楚接电话的速度比邵清羽快了一倍不止，我艰难地把情况告诉她之后，又怯怯地补充了一句："你要是没办法也没关系的，我去推掉就好了，没事的……"

乔楚直接打断我："你等我几分钟，我待会儿给你回电话。"

在等待的过程中，我心里七上八下的，不知道乔楚有没有这个本事能帮我摆平 Vivian 这个无理的要求，更不知道被我丢在放映室里的简晨烨，待会儿会给我什么脸色。

几分钟的时间过去之后，乔楚真的回电话给我了，第一句话就让我彻底安下心来："昭觉，OK 了。你记一个号码，让你们老板娘直接找这个人，就说是乔小姐的朋友就行了，她会安排好的。"

同样也是轻描淡写的一番话，没有丝毫的推诿，没有一丁点儿邀功的意思，甚至连"你真是给我添麻烦"的嗔怪语气都没有，乔楚就这么干干脆脆地解决掉了让我如此头痛的难题。

"乔楚，谢谢你，为了我的事让你去麻烦别人，真不好意思。"我由衷地说。

她哈哈一笑："客气什么啊，美丽传说的经理以前跟我是牌搭子，我送过不少钱给她，就当让她还个人情给我，不要紧。"

当我将乔楚发给我的这个号码报给 Vivian 时，她明显有些愕然，似乎是不敢相信我居然真的临时替她约到了位子，她的语气里有某种酸溜溜的意味："你还真有点儿能耐，谢了啊。"

那声谢谢充满了言不由衷的味道，但精疲力竭的我已经不想去计较这些。

我把手机调成静音，拉开放映室的门想重新进去看完电影剩下的部分，可我还没走到座位，头顶上的灯已经大亮。

观影的人群纷纷起立，有条不紊地离开自己的位置，我站在过道口，看着座位上一动不动的简晨烨，刚刚平静下来的心又慌乱得不行。

我想要怎么向他解释才好，他会明白我的难处，体谅我的苦衷吗？

观众们都走得差不多了，简晨烨才慢慢地起身朝我走来，在我开口之前他抢先开口了："没事，工作要紧。"

我心里一暖，可是紧接着，他又说："下次再来看电影的话，你可不可以不要这么忙？"

我看着他的脸，为什么在这么明亮的灯光下我都看不清楚他的脸。

那些隔在我们之间似有若无的东西是什么，那些把我们从原先密不可分的关系变得如此小心翼翼而生分的力量来自哪里，我们的未来与当初的设想会严丝合缝还是天差地别？

我向生活提出了无数个问句，可命运却冷酷得一个都不肯回答。

2

美丽传说那件事过后，我并没有向齐唐告状，投诉 Vivian 滥用私权，他待我也一如往常，看样子是真的完全不知情。

不是我没出息、胆子小，只是思来想去觉得多一事不如少一事，为了这件事跟 Vivian 弄得势如水火并不值得，再说了，谁叫我是她男朋友的下属呢，每个月还指着人家给我发钱呢，呵呵。

毋庸置疑，我们已经来到了史上最势利、最现实的时代，仗势欺人这种事并不罕见。

何况又有我无意中窥探到她的隐私这件事横在前头，心里再多不满，也只好先忍气吞声。

没错，在这件事之后，我曾暗自想过，只要她以后不再为难我，这事就算过去了。

我只是没有想到，在后来的日子里，Vivian 比我想象的更不好对付。

为了感谢乔楚那天仗义相助，我在某天下班的时候特意去花店买了一束白百合配上富贵竹，晚上吃过饭之后叩响了她家的门。

开门时她脸上正贴着面膜，从嘴角挤出几个含糊不清的词语："啊，你这么客气干什么？"

我也够傻的，居然还想了一下才知道她在说什么："我来谢谢你那天的救命之恩。"

她接过花，找了个裂纹玻璃的花瓶装上水，修剪好枝叶之后把花插了进去，又转身进了洗手间，等她出来的时候，一张脸嫩得能掐出水来。

我真是由衷地羡慕她的皮肤，说起来也是二十多岁的人了，怎么能净白透亮得像个学生妹一样？

乔楚从垃圾堆里拎起面膜包装给我看了一眼："我跟你说过这个牌子的救急面膜吗？真的非常好用，哪怕熬个通宵，只要贴上一张，立马光彩照人。"

我皱着眉头撇了撇嘴角："价格肯定也很光彩照人，你不用费心介绍给我，我肯定用不起。"

意外的是乔楚居然叹了口气说："这是我囤的最后一片，以后我大概也用不起了。"

明明听出来她话里有话，但出于对朋友的尊重，我还是决定不要多嘴去问，话题一转，我跟她说起了 Vivian 那件事。

听我把整件事情的来龙去脉说清楚之后，乔楚"啪"的一声拍响了茶几："我靠，这女的够贱的啊，自己跑去你们公司送外卖，被你发现了还用这么下作的手段欺负你，你要早跟我说是这么回事，鬼才帮她预定呢，妈了个 × 的。"

在乔楚话刚出口的那一瞬间，我就震惊了，这还是我认识的那个乔楚吗？

要知道在她被冤枉成小三的那一天，被一群人围堵在家门口那么紧急的情况下，她都保持了风度，没开口说一句脏话，今天为了这么点小事，她竟然大爆粗口。

紧接着我才明白过来，她所说的"送外卖"跟我平时说的"送外卖"并不是一回事。

乔楚点了根烟，看起来好像比我还生气："你不是有她地址吗？要不要我找两个人教训她一下？"

我从没见过乔楚为什么事情动怒，我在任何时候看到她都是一股"这也算个事？"的气势，就像我过去从没见过邵清羽会因为什么事情而躲闪和推辞一样。

到这时我才突然发觉到，我身边最亲近的这两个女孩子，在不知不觉之中她们都有了一些微妙的变化。

以前那个总是风风火火、雷厉风行的邵清羽，现在变得有些神秘莫测；而那个总是彬彬有礼、喜怒不形于色的乔楚，现在变得有些急切和不稳定。

想到邵清羽，我忽然反应过来，她去云南了！她连个招呼都没打就飞去云南了！

这可真不是她的行事风格，以往她去屈臣氏买个卫生棉都要打电话跟我分享一下，如今这是怎么了？

我弄不清楚她们在生活中遇到了什么事情，但我想，能让一个女生说话的语气、眼角眉梢的细微表情都发生变化的原因，不外乎是一个人、一份感情。

听到乔楚主动要求为我出头，我忽然释然了，在心里憋了两天的那股委屈也随之烟消云散，我忍不住笑了："乔楚，你真好。"

她斜着眼睛看着我。"不是我人好，我是看不得那女的仗着自己男朋友有点儿小钱就给你气受……"顿了顿，她没等我说话，忽然又加了一句，"不过，昭觉，你信我一件事，他们俩处不久。"

我将信将疑地看着她一脸笃定的模样："真的假的？你见都没见过他们，凭什么这么肯定？"

她狡黠地一笑："我就是能肯定。"

事实上，证明乔楚的判断力的这个机会，并没有等得太久。

后来我们又东拉西扯聊了些别的话题，顺便一起吐槽电视相亲节目里那些卷着舌头不好好说话的女生，到了十点半，我决定回家。

就在我起身的这一刹那，乔楚突然说："昭觉，我后天要去一趟香港。"

我偏着头看着她："这有什么稀奇，你不是隔三岔五就要去一趟，仿佛那是生你养你的地方吗？"

她摇了摇头，眉宇之间涌起几分愁容："这次跟以往不太一样，我不是去买东西，而是……怎么说呢，去完成一个任务吧。"

在认识乔楚之前，我从来没有见过这样的女生，也没有跟这样的女生做过朋友。

怎么说呢，她不像我和邵清羽，甚至更多与我们同龄的女孩子那么简单明了，我们喜欢什么不喜欢什么别人看一眼就能分明，而她不同。

她的身上有一种浑然天成的神秘感，像是生命里裹藏着无数个秘密，你很想去推测这些秘密到底是什么，但如果她自己不愿意让你知道，你就永远猜不对正确答案。

毋庸置疑，我很喜欢她，但我也不得不承认，这份喜欢之中还或多或少地包含了一点儿别的东西，因为有这一点儿东西存在，所以我们之间的友情并不是那么对等。

我遇到解决不了的问题会向她寻求帮助，我遇到不开心的事情也愿意将自己的感受坦诚地告诉她。

反过来，她会为我解决那些我解决不了的问题，也会耐心听我那些细细碎碎的唠叨和抱怨，但她绝不会找我解决问题，也不会把她的烦恼倾诉给我知道。

有点儿难堪，但事实正是如此，在这段友谊中，她处于一个比我稍微要高一点儿的位置。

但这是一个奇怪的夜晚，在我即将离开她家的时候，发生了一件很突兀的事情。

乔楚忽然叫住我，用非常非常认真的语气对我说："昭觉，如果将来你发现我做错了什么事情，你会不会原谅我？"

她的语速很慢，每一个字都说得清清楚楚。

那是我从未见过的乔楚，虽然我知道她一定有很多副面孔。

她可以高傲，也可以甜美，可以冷酷，也可以装得很天真，但我唯一没有想到的是，她可以严肃到近乎严厉的程度。

她的神情让我觉得，她接下来是要播报一条国际时政新闻。

但出乎我意料，她没有再说下去，只是仍然用那种严肃的眼神看着我。

我不明白发生什么事情了，第一反应就是难道她要抢我男朋友吗？

可是立马，我就否定了这个设想，不可能的。

乔楚和简晨烨可以说是完全没有任何相通点的两个人，他们的区别就像是非洲大草原和南极冰川那么显而易见。

一个纯粹的文艺青年，一个纯粹的物质女郎，如此纯粹地忠于自己身上的标签的两个人，就算是拿枪逼着其中一个去爱另一个，也不可能实现。

其实只有短短几分钟，但这几分钟在我的脑中却像是被延长了很多倍，直到我彻底回过神来。

我收起之前嘻嘻哈哈的那副神情，用与之对应的严肃姿态，认认真真地回答她。

"乔楚，无论你做了什么事情，只要你有你的苦衷，你有你的道理，我就一定不会怪你。

"只要你让我明白你为什么这样做，我就一定会原谅你。"

而此刻正在千里之外的云南的邵清羽，她坐在一家饭馆的二楼，往下看那人潮川流不息的街道，成群结队的游客缓缓踏过石板路和大石桥。

她披着街边小店里挑的艳红色披肩，刚刚吃过腊排骨火锅的嘴角还残留着一点儿油渍，对面的人递给她一张纸巾，她笑着接过来擦拭了一下嘴角。

很久了，这种温馨的感觉已经很久不曾感受过了，她心里默默地想：为什么最开始的时候都这么美妙，为什么这种美妙不能持续得长久一点儿？

又坐了一会儿，她提议说："我们去桥下放一盏花灯吧？"

那人点点头："你想去就去。"

桥下卖花灯的小贩跟从前一样多，不，甚至比从前更多。

邵清羽记得第一次来这里是跟蒋毅一起，她拽着蒋毅非要买两盏花灯，蒋毅觉得这件事实在太他 × 傻了，誓死不从，两个人差点为了这么点小事吵起来。

最后呢?

邵清羽站在潺潺的流水边，模模糊糊地想起当时的景象，最后蒋毅还是妥协了，他们买了两盏花灯，像所有相爱中的情侣一样默默许愿要白头到老，或许还说了些类似于岁月静好之类的话吧，记不清楚了。

他们的花灯随着水流缓缓而下，很快就与其他花灯混在一起，邵清羽静静地看着波光粼粼的水面，静静地想：天长地久这种事，不到古稀都不能算，但曾有过这么一段，隔着岁月咂咂嘴，也能品出人生一点儿好滋味。

两天之后我在公司上班，正帮齐唐打一份表格的时候，乔楚的电话进来了。

接起之前我还琢磨着莫非是想问我需不需要什么香水化妆品? 哎呀，乔楚真是太慷慨了，一定是知道我没钱，打算送给我吧。

我正沾沾自喜着，电话刚一通，乔楚就在那头尖叫起来：“昭觉! 求你个事! 十万火急! ”

“你说! ”不自觉地，我也被这种紧张的情绪传染了，马上进入了备战状态。

“我现在在机场，刚刚去换登机牌才发现我他 × 的忘带身份证了。我知道你现在在上班，但是你听我说，你比我离家近，只有半个小时了，我来不及回去拿，你能不能帮我跑一趟? ”

几乎是下意识地，我没有丝毫犹豫就答应了，说完“OK”之后我才反应过来：呀，老板，我这是要翘班哟！

乔楚一听我答应下来，连着舒了几口气："我家的备用钥匙在电表上面，你打开电表那个铁箱子就能摸到，身份证……我回忆了一下，应该是在我卧室里的梳妆台上，你拿到之后马上打车来机场找我，我会在门口等你。"

我挂掉电话，连招呼都没来得及跟齐唐打，立刻以迅雷不及掩耳之势奔出了公司，奔进了电梯，奔入了出租车，出租车司机在我的指挥下，又一脚加速奔向我住的小区。

在这一路仓促的狂奔中，我内心竟然生出一种说不清道不明的欣喜，当我的头脑渐渐冷静下来之后，我终于分析出这种欣喜的来源，那就是——我终于也能帮上乔楚一次忙了！

按照她的指示，我打开铁箱子，果然在电表上面摸到了一把钥匙，顺利地开了门之后，我连换鞋的环节都省了，直接蹿进了乔楚的卧室。

她卧室里有一股淡淡的檀香味，应该是前几天点过香的缘故，我进门第一眼就看见了摆在梳妆台上的身份证。

戏剧性的一幕，是在我拿起那张小小卡片的时候。

完全是出于自然反应，我随手拿起那张身份证，翻到有照片的那一面，就看了一眼，我立刻呆住了。

从公司到乔楚家一路上分秒必争的我，在此刻，犹如被人施法落咒了一般，完全不能动弹。

如果不是照片旁边的名字清清楚楚写着"乔楚"两个字，我真怀疑我是不是拿错了一张身份证，因为……因为……因为这张照片上的人，分明就不是我认识的乔楚啊！！

一直到车开上机场高速，我都没能从这种错愕和震撼中苏醒过来，那张小小的卡片被我握在手里都握出汗了，我仍然没有消化掉这件事。

这他 × 叫什么事啊！

在机场门口，我见到了美丽的乔楚，她穿着黑色的外套，背一个巴黎世家的机车包，容貌气质都与身份证上那个姑娘有着天壤之别。

坦白说，身份证上的那个女生并不是多难看，但，非常平凡，充其量只能算个路人甲，绝不可能与我面前这位光彩夺目的大美女相提并论。

我木然地把身份证交给乔楚，她意味深长地看了我一眼，并没有深究这件事："我赶时间先走了，有什么事……回来再说。"

我点点头，狠狠地吞了一口口水，同时吞下去的，还有我满腔的疑惑。

接下来的几天时间里，我经常为此分神，甚至在某次开会的时候，齐唐在前面讲话，我盯着他一张一合的嘴，脑袋里也不自觉地在思考这件事。

"叶昭觉！"齐唐忽然当着全体员工大喝一声。

被叫到名字的我就像是被电了一下，立刻从座位上弹起来像个小学生一样应了一声："到！"

大家都笑了，齐唐盯着我那副傻样看了半天，忍俊不禁地问我："我刚刚说的内容你都听到了吧？"

我听到了个屁！

但我不能这么回答啊，苍天，我只能硬着头皮，挺起我倔强而骄傲的脊梁告诉老板："是的，我都听到了！"

"那么……"齐唐眼睛里的笑意更浓厚了，"那这个事交给你去做，应该没问题哦？"

我倒吸了一口冷气，看齐唐那个不怀好意的笑我就知道，这其中一定有什么阴谋！然而，最终，我听见自己当着所有人说："没问题。"

齐唐满意地笑了："那我就拭目以待吧，大家可以散了，一起期待叶昭觉的工作成果吧。"

他说完这句话，居然还假模假式地鼓起了掌，其他人不知道是真心期待，还是为了迎合齐唐，也跟着他一起热烈地拍起手来。

我的脸红了，接着又黑了。

谁说车到山前必有路？车到山前就是个死啊！

散会之后，我找准时机偷偷地潜入茶水间，如我所料，只有平日里跟我关系还不错的苏沁一个人在泡奶茶。

我一个箭步冲上去："哎哟，苏沁，快救我！"

她被我吓了一跳，奶茶差点泼出来，但我也懒得道歉了，一把抓住她："快救我！今天开会的时候齐唐到底说什么了？我根本没听啊！"

苏沁端着杯子，眼睛瞪得大大地看着我，过了一会儿，她从牙缝里挤出了一句话："你没听到也敢乱应啊，这活儿可是费力不讨好，我们都躲着呢！"

霎时间，一盆冷水当头淋下。

那晚在家里，我对着花花绿绿的电视屏幕叹了无数口气，也没心思去纠结乔楚那档子事了，想到白天苏沁跟我说的话，我真是心烦意乱得想跳楼。

在我再一次叹气之后，慢性子的简晨烨也沉不住气了，他拍了拍我的脸："叶昭觉同学，有什么事就说出来吧。"

我无奈地看着他，说还是不说呢？说了他也帮不上忙，不过多一个人跟着烦心；不说吧，我要是被这件事憋死了，真的，不甘心啊！

简晨烨静静地看着我，那眼神浩瀚如深海，充满了宽容。

终于，我决定还是说吧。

如苏沁所言，这是在"齐唐创意"人人都避之不及的一个项目。

从表面上来说，只是一个普通的女性内衣的平面广告，一般的套路也就是找个商业摄影团队，再找一两个年轻貌美胸围傲人的女孩子，拍几张时尚大片就够了，如果预算够充足的话，还可以考虑请个明星。

但这件事棘手的地方在于，甲方有指定的人选。

不是明星，是甲方老板的二奶。

苏沁跟我说这件事的时候，语气里充满了深深的同情："其实齐唐是不想接这种单子的，但这个甲方老板跟齐唐他爹是好朋友，不知道是老同学还是早年一起创过业，反正是老交情。对方跟他爹一说这事，他爹就拍着胸脯答应了下来，苦得齐唐拒绝的机会都没有。"

我还是没意识到问题的严重性，那又怎么样呢？拍就是了啊，管那女的是二奶还是三奶呢。

苏沁深深地叹了口气："要这么容易就好了。

"原本拍摄的计划定在8月，想着拍摄最多也就两三天的事情，后期修片最多也就一个多星期，同时还可以联系杂志那边做计划，谁能想到，坏就坏在那女的是个超级事儿×！

"最开始的计划是定在棚内拍，她说不行，说自己不是专业模特又没学过表演，在棚内对着一大堆人会紧张，于是我们只好修改拍摄方案，拍棚外，想着换个环境说不定她会觉得轻松自然一点儿。我们的人跑了好几个地方去踩点，最终选在岑美大厦的顶楼天台上。齐唐还抽空亲自去看过，那里楼层够高，视野开阔，周围没有什么乱七八糟的遮挡物，光线也好，想着她应该也挑不出什么毛病了吧，结果……"

我心里咯噔一下。

"结果，这事儿×去看了一下，站了不到五分钟就说不行。"

苏沁尖起嗓子学着那个女人的声音说："这怎么行呢，头顶上这么大太阳晒着，我可是敏感性肌肤，晒半个小时就脱皮了，晒个一整天下来还不变成非洲人吗，不行不行，不拍！"

"她这么一弄，摄影团队也不干了，遇到这么个刁蛮的家伙谁还能没点脾气啊，摄影师当即就带着助手走了，看在齐唐的面子上冲我们的人丢了一句'你们什么时候搞定她，什么时候再联系我'。

"这女的有多奇葩，你知道吗？她比摄影师还不高兴，转身不知道是去马尔代夫还是去普吉岛玩去了，×的，她穿个比基尼去海边就不怕晒了，真他妈装×。

"但我们这边还是一直在积极地跟她沟通，问她有什么要求，她要是提得出来我们都会去协调安排，尽量满足她，但问来问去她就是一副白莲花的样子说：'我不懂这些，你们决定就好了呀。'但我们把计划拿给她看吧，她又总是鸡蛋里挑骨头，横竖是个不满意，最后两手一拍说：'不如还是去最开始岑美的顶楼拍吧。'

"你也知道，S城哪里有什么夏末秋初啊，脱了裙子就得穿棉衣的地方，真正的好天气加起来就那么一个星期，全被她自己给耽误了。眼下合同马上就要到期，上周我们又去试了一下，她脱掉外套就喊冷，旁边热饮、大衣都给她准备好了，还是没拍成。最后谁都不愿意伺候了，回来都找齐唐诉苦，所以今天才要开这个会啊。"

苏沁把整件事情的来龙去脉全都说完之后，又是一声同情的叹息："昭觉啊，你怎么偏偏就在那会儿走神了呢？"

不知道该怎么形容我那一刻的心情，要是世上有后悔药，我真是借钱也要去买一颗来吃。

"那……你怎么想？"简晨烨问了一个类似于废话的问题。

我倒头往他身上一靠："唉，仰人鼻息，只好随机应变啦。"

电视剧播完了，现在是无聊的广告时间，我闭上眼睛让自己的情绪尽量保持平稳，克制住自己的沮丧和灰心。

就像自我催眠，我在心里不断地告诉自己，我一定能想出办法，以往那么多困难我都一一对付过来了，这一次我也一定能够解决，我一定可以……

"昭觉，如果我足够有钱的话，你就不用强迫自己去忍受这些人、这些事情，一切都是我的错。"

像有一束强烈的光打在眼睛上，穿过了薄薄的眼皮。

我猛地一下睁开眼睛，牢牢地看着简晨烨。

我有多久没有认真地看过他了，这个我深爱着的人，是什么东西隔绝了我们。

他紧紧地皱着眉，眼睛里盛满了沉重的哀愁和苦闷，究竟是从什么时候起，他变成了这个样子。

我有多久没看过他欢畅的笑容，是现实生活，还是我，逼迫他有了这副疲惫而无奈的面容。

每每我口不择言，将一切艰辛苦难归咎于他的理想主义，将我的焦虑和狂躁全部施之于他，每当我低落，我抱怨，我迁怒于命运的不公，那些时刻，我并没有真正地意识到，每一次，我都深深地刺痛了他的尊严。

又或者，我明明意识到了，可是我假装没有。

我像世上所有庸俗的女人一样，利用性别优势，将自己的苦恼和压力转嫁给离自己最近的那个人。

我第一次如此惶恐，为自己从前的所言所行感到无比害怕和悔恨。

我如此深切地感觉到，我们之间已经出现了不可修复的裂纹。

我们坐在同一张沙发上，彼此不过两拳的距离，但事实上，我从未感觉他离我这样遥远。

并不是每一次握手言和，都能够抚平伤害。

对此我们心知肚明，同时我们对此，亦无能为力。

◇*3*◇

接下了齐唐算计我的那个烫手山芋之后，我消沉了一天，仅仅一天。

第二天我就打起精神来做功课了，从小到大我经历过不少困难，虽然并不是每次都处理得很好，但至少我明白一件事。

逃避和抱怨是没有任何益处的，唯有振作起来全力以赴地去解决问题才是上策。

嗯，这么说起来，其实我还是蛮励志的一个女青年。

说动手就动手，在联系好拍摄团队、确定好拍摄时间之后，我开始静下心来研究那个二奶。

同事们提供给我的有价值的信息少得可怜，从那些资料上我获得的信息只有：她叫陈汀，星座是双子座，C 城人，然后就是她的手机号码加微博。

我嘴里一口老血没地方喷，我对同事们的感情真是"哀其不幸，怒其不争"，你们多给我一点儿帮助会死吗？

没办法了，我只能孤军奋战了，打开我那万年不更新一次的微博搜搜她的微博看看吧。

说起我的微博，真是有点儿不好意思，刚来公司时有同事问过我："叶昭觉，你微博叫什么？我们互粉一下呀。"

可我都摇着头推辞了，我不玩微博。

这件事一度被他们当成笑话，这个年代，《新闻联播》都有官方微博了，居然还有人不玩这个，叶昭觉该不是从清朝穿越过来的吧！

他们要笑我也只好随他们去笑，这方面我确实有点儿老土。

微博刚时兴起来的那会儿我就注册了，有事没事地也写几句内心感悟，可时间长了，我首页上不是这个秀自己买的 PRADA，就是那个PO 自己的 CHANEL，最后在邵清羽一次意大利之行的疯狂刷屏之下，我对微博彻底丧失了兴趣。

但，我说过我是一个敬业的人，为了工作，我愿意重启这扇信息大门。

这么久没登录，粉丝数字还是个可怜兮兮的两位数，首页上还是那些老面孔。

只是，邵清羽刷屏未免也刷得太过分了吧，我大致一看，几乎全是她的旅游照和当地食物的展示，再对比一下我的生活……谁说投胎不重要？

一路看过去，从那些定位可以推算出来，她先是去了大理，接着又去了双廊，然后在丽江待着，配了一张自拍照发微博说"每天的阳光都这么好，真幸福"。

呸！S 城没太阳晒吗？矫情！

就在这时，我眼睛一亮，似乎看到了不应该看到的东西，在某张她拍的旅馆房间内部陈设的照片中，我看到了一双男人的鞋……

我不可能弄错的，邵清羽向来打死不穿运动鞋，那双耐克不可能是她自己的。

忽然之间，我有些错乱，这是怎么回事？她艳遇了？还是正正经经恋爱了？是遇到了新的人还是和从前某一任复合了？

面对所有的可能性，我心里很乱，只是说到底，有一点儿我不明白，她怎么可能不告诉我？

从学生时代开始，邵清羽喜欢上什么人，我比那个男生本人都先知道，她发现了什么好用的护肤品，不管我买不买得起，她都会推荐给我。念大学的时候，虽然不在同一个学校，但她住在我的宿舍里的时间比住自己宿舍的时间还多……

我们一直是对方最好的朋友，至少在我看来是。

我真的不知道，她是从什么时候开始变的，我竟然一点儿也没察觉到。

就像是清晨的迷雾渐渐散去，虽然还不是完全清晰，但万物已经逐渐凸显出它们大致的轮廓。

我承认，我其实有点儿难过。

但现在不是缅怀友情的时候，我甩了甩头，像是要把那个爱管闲事的叶昭觉从脑子里甩出去，然后我按照同事们给我的资料，搜到了陈汀的微博。

她的微博内容可谓乏善可陈，转转星座，转转心灵鸡汤，昨天做了个指甲晒个图，大家觉得好看吗？今天我又来××餐厅吃饭了，这里的猪手煲鸡真是太好吃啦。

我认认真真花了两个小时的时间把她近一年的微博大致都扫了一遍，最后得出结论：真是一个完全没有灵魂的女人啊……

而我这边，除了多认识了几家餐厅、几个时装品牌之外，调查工作基本上可以说毫无进展。

怎么办呢？我托着腮望着天花板，她喜欢 YSL，我总不可能去借钱买个 YSL 贿赂她吧，我他×的也喜欢啊……

鼠标无意中点进了她关注的一个微博，头像是个小女生的自拍，很久没更新了，最新的一条内容是转发某个插画家抽奖的微博，转发语是"唉，又没抽到我，运气真差"。

我顺势点开了那条微博的评论，竟然看到了陈汀跟这个小女生的互动。

"丫头，这人是谁啊？"

"我最喜欢的插画家啊，他所有的作品我都收集了，上次他来我们这里签售，可是我要上课，请不到假，我还哭了一场呢。"

"傻不傻啊，喊！"

"哎呀，姐，你不懂。"

踏破铁鞋无觅处，柳暗花明又一村！

什么？不是这样说的吗？你管我！

在我试图从陈汀的微博中去搜获一些有用的信息的时候，Vivian 的电话又打过来了。

上次那件事之后，她看我没什么激烈的反应，后来又陆陆续续搞了几次这样的事情交代给我去做：什么她喜欢的明星周末要来 ×× 节目录制，让我帮她想办法弄两张票啦。

什么她想买的某款腮红 S 城全城缺货，让我去找 BA（专柜小姐）想办法调货啦。

什么她期待了多久的电影今晚首映，但是已经满场了，但她不管，她就是要看啦。

……

我已经数不清楚这样临危受命多少次了，而且她越来越过分，刚开始还只是在我工作的时候、吃饭的时候打来电话找我，到后来我甚至会在深夜里接到她"我家网络断线了，你帮我订张机票呀"的要求。

就连简晨烨都看不过去了，好几次跟我讲，你该认真地向你老板反映一下了。

但我一直忍耐着，不是因为我害怕 Vivian，而是我有种奇怪的感觉——我觉得，好像还没到撕破脸皮的时候。

这次，当我为了陈汀的拍摄忙得焦头烂额的时候，Vivian 又来火上浇油了："叶昭觉，你能不能去我家帮我收个快递啊，我现在在做头发，走不开哎。"

不夸张地说，我听到她的声音就想揍她一顿，但我还是尽量压制住自己的情绪，说："那你让快递员放到物业管理处去呀。"

"不行啦，这是我特意找人从意大利代购的包包，很贵重的，放在物业那儿我怎么放心嘛，哎哟，麻烦你跑一趟啦，又没多大的事。"

"可是我现在在忙工作呀！"如果 Vivian 是用 FaceTime 打给我的话，那么她现在可以很清楚地看到我翻了个大大的白眼。

"工作的事情可以加班再做嘛，哎呀，怎么让你帮这么个小忙你都不肯……"

原本她接下来好像还有一连串的话要说，可是，被我一个很简短的句子给堵回去了："是的，我不肯。"

我说完这句话就把电话挂了，没有再给她啰唆一个字的机会，并且我还做了一件早就想做的事情。

我把 Vivian 的号码，扔进了黑名单。

去他 × 的，我受够了。

做完这件事之后我整个人神清气爽，当天晚上就多吃了一碗饭。

晚饭时间过后，我给一个大学同学打了通电话，两人寒暄了几句，问候了一下彼此的近况，我便开始回忆当年："我记得念书那会儿，每次放假回来你总会从家乡带一些好吃的分给我们，我印象最深的就是艾叶糯米糕和桂花糕，香甜软糯，馋死人了。后来我在网上也买过一些，总觉得不是当初那个味道……"

虽然我打这通电话的确是另有目的，但言语之中的唏嘘感慨却不是假装出来的。

老同学性格爽快直接："网上那些真空包装的、机器做出来的东西怎么能跟手工做的相提并论，以前我就跟你们说过，这些东西还是自家的做得好吃，看你这么可怜，给我个地址，我寄点给你好啦。"

一时间，我有些心绪难平，大概是因为想起了当年的校园生活吧，虽然清贫，却也有过实实在在单纯的快乐。

挂电话之前，我由衷地说了一句"谢谢"，老同学还是那么大嗓门："谢个屁，你爱吃就好，吃完再跟我说。"

挂掉电话，我发了会儿呆，简晨烨伸出手在我面前晃了晃，我才回过神来。

"怎么突然跟别人要东西吃？"他故意笑我。

我懒得跟他解释太多，话题一转："简晨烨，我有事求你。"

第三天上午，我收到了两份快递，拆开一看，正是我需要的东西。

看着桌上摆着的这两份东西，我百感交集，不管最后的结果怎么样，我知道自己已经尽了全力，就算无法让所有人都满意，我也没有遗憾了。

午休时间过后，我给陈汀打了一个电话确认明天的拍摄计划："陈小姐，我是齐唐创意的叶昭觉，明天由我负责你的拍摄，你有任何要求都可以现在跟我讲，我会尽我所能做好准备。"

她的声音听起来有一点儿慵懒，大概是刚起床不久的缘故，语气倒也还算和善："我没什么要求，明天再说吧。"

结束通话之后，我攥紧拳头告诉自己，过了明天就皆大欢喜，一定要扛住！

就在此时，Vivian 从我的工作台前飘过，一闪身便进了齐唐的办公室。

她连看都没有看我一眼。

二十分钟之后，齐唐的 QQ 闪动起来：你进来一下。

我长叹了一口气，是死是活，随便吧。

一进齐唐的办公室，我就看到 Vivian 那张怎么都掩饰不住得意的脸，真奇怪，我第一次见她的时候分明觉得她是个美女，怎么今天再看到，只觉得有种说不出的讨厌。

齐唐脸上没有太明显的表情，我无法看出他现在心里在想什么，但，就算是猜也能猜到，一定是 Vivian 恶人先告状，在他面前说了我的不是。

在齐唐开口之前，我已经想清楚，如果他要混淆黑白，为 Vivian 打抱不平，那么我二话不说就甩手走人，我他 × 不伺候了还不行吗？

"听说前两天，你因为工作忙，不愿意去帮她领取快递，有没有这回事？"

"有。"我很干脆地回答了他的问题。

"那你帮过她其他忙吗？"

"嗯。"

齐唐眯起眼睛看着我："比如呢？"

好，Vivian，你可看见了，是齐唐自己要问的，可不是我叶昭觉在你背后做小人："我曾经在非工作时间帮她向美丽传说临时预约过美容服务，你知道那地方多变态的，我一个平头百姓哪有什么门路，最后还是通过我一个闺密找朋友才搞定。说起来，我还欠我闺密人情呢。"

"还有，后来她喜欢的那谁，一个明星，来录制综艺节目，她非要去看现场，叫我帮她弄票。我靠，你知道那明星多红吗？我找电视台的朋友都弄不到票，人家粉丝那么多，谁都想去现场看男神好吗。我费了九牛二虎之力，泡了几天的贴吧，进了无数个粉丝群，才找到那个明星粉丝团的团长，厚着脸皮昧着良心骗人家说我妹妹得了很严重的病，差点快死了，就是因为偶像的力量才得以康复，她最大的心愿就是在有生之年，亲眼看看自己喜欢的偶像真人是什么样子，而不是只在电视里、在海报上一睹这个明星的风采，我说得连自己都快相信了，人家才答应匀一张票出来。"

我越说越亢奋，越说越顺溜，完全陶醉在自己舌灿莲花的好口才当中，根本没注意到一旁的 Vivian 脸色已经铁青，而齐唐的眼睛里，笑意越来越浓。

罄竹难书啊！Vivian，我不算不知道，一算账才晓得我给她做了多少次牺口啊！

当我停下来的时候，才意识到自己似乎说得有点儿多。

Vivian 的眼睛里要是能放飞刀，我都不知道死了几回了，齐唐拧开一瓶矿泉水，递给我："渴不渴？"

反正话都说开了，我也做好了最坏的打算，索性坦然一点儿，接过那瓶水便"咕嘟咕嘟"喝掉大半瓶。

齐唐沉吟了一会儿，问我："为什么你从来没有告诉过我？"

是我的错觉还是怎么回事，我觉得他的眼神中有些怜惜的意味，我想了想，回答他："我不愿意你为难。"

这句话说完之后，我便知道，我彻底得罪 Vivian 了。

齐唐一动不动地看着我，他的眼睛亮亮的，有那么一瞬间我几乎以为他要过来给我一个拥抱，然而，他只是坐在位子上，轻声对我说："你去做事吧。"

在我离开那个房间之后，齐唐跟 Vivian 之间发生了什么事情，我不知道，我只知道，我没有弄丢我的工作，我安全了。

之后我又忙东忙西地为明天的拍摄做了很多预备工作，不知道时间过了多久，突然之间我感觉到有什么不对劲，一抬头，我便看到 Vivian 直挺挺地站在我的工作台前。

她冷笑着盯着我，目光凌厉，语气冷酷："贱人。"

我心一沉，却也不甘示弱："比你呢？"

她不理睬我的回击，仍然冷笑着："别以为在齐唐面前装装可怜他就会看上你，看看你这个穷酸样，脱光了，齐唐也不会碰你。"

她的声音很响，分明是故意要让我难堪，她眼露凶光，好像随时会从包里掏出一把枪来对着我"乓乓乓"。

同事们的注意力都被吸引过来，离得远的从座位上站起来眺望着我们，离得比较近的就干脆跑过来围着我们，一个个看热闹不嫌事大，七嘴八舌地问："怎么了？怎么了？好好的吵什么？"

Vivian 更得意了："做人哪，还是要有点儿自知之明，要不怎么老话都说，丑人多作怪呢。"

那一秒钟，我的确想扇她一耳光。

但一秒之后，我瞟到了桌上那两份物品，便硬生生地克制住了自己。

不是为了她，是为了我自己，为了我在这份工作中付出的所有努力，我不能因为一时的冲动而在大庭广众之下搞砸自己的形象。

走到今天不容易，明天还有更重要的事情等着我。

生平第一次，我的理智占了上风。

我懒得跟她废话，坐下来整理了一下乱糟糟的桌面，得不到回应的 Vivian 恼羞成怒，伸出手想把我桌上的东西都扫到地上去——另一双手拉住了她。

齐唐的脸色从来没有这么难看过，他一语不发，但每个人都能感受得到他的怒气，Vivian 几乎是被他拖出公司的。

我连头都没有抬一下，围观的同事见我这个样子，便也就渐渐地散了。

下班之后，同事们陆陆续续离开，我也收拾好东西准备回家，只想赶快离开这个糟心的地方，可是，齐唐叫住了我。

他抿了一下嘴唇，神色中有些闪躲，但他最终还是说出来了："你有没有空，我想请你吃饭。"

这不算是我和齐唐第一次在工作时间之外单独相处，但坐在他的车上，眼看夜幕降临，华灯初上，我仍然有种形容不出的诡异的感觉。

他的车里散发着淡淡的香味，我觉得很好闻，却又分辨不出是什么香。

他目不转睛地看着前方，却猜出了我的心思："是依兰。"

我抱着那两份快递，轻轻地"哦"了一声，又不知道接下来该说什么了。

"你拿的是什么东西？"他也注意到了。

"明天要用的东西。"

没想到我这么一说，反而引起了他的兴趣："送给陈汀的吗？是什么？"

我有点儿不耐烦："关你屁事，少废话。"

被我这么一抢白，齐唐有点儿发窘，过了一会儿才说："陈汀可是见过不少好东西的，你这礼物要是什么香奈儿五号之类的，我劝你还是别浪费钱，自己留着用吧。"

我冷笑一声："别以为全天下的女的都跟你家那位似的，俗。"

这下齐唐彻底说不出话来了。

到达齐唐大力推荐的那家西班牙餐厅时，正赶上饭点，举目望去全是人，还有不少是老外。

齐唐面上有些得意："本城属这家的海鲜饭做得最正宗。"

我顺手拿过菜单翻了一下，我擦，一个 ZIPPO 大小的吐司上放点金枪鱼，他们就敢卖二十！再往后翻翻，一份奶油芦笋汤居然售价六十八！！

我"啪"的一下合上了菜单："老板，无功不受禄，我先走了。"

说完我就起身要走，齐唐一把抓住我，有点儿惊慌又有点儿不理解："你搞什么啊？又不要你掏钱。"

虽然不要我掏钱，但是我也心疼啊！

我们僵持了一会儿，我说："既然你非要请我吃饭，那我来选地方吧。"

"这就是你选的地方？"齐唐脱掉了外套，把衬衣袖子挽起来，有点儿狼狈地躲着那些上菜犹如耍杂技似的服务员。

我看得出他很不适应。

这个门面落魄的小店，以前是居民家的房子，后来被人盘下来开饭馆，环境跟西班牙餐厅当然没法比，但菜的味道却是一流的。它藏在这条老街里边，一般人根本找不到，我也是某次跟着闵朗和简晨烨一块儿来才知道的。

我拿茶水替齐唐把碗筷涮了一遍，又涮自己的："你别看这里脏兮兮的，待会儿吃起来你就知道了。"

我点了一份招牌蒜子鳝鱼、平锅排骨，要了一份清炒木耳菜，齐唐还想再点，被我果断制止了："够了，多了吃不了也是浪费。"

上菜的速度很快，主食我要了两份酱油饭，齐唐从拿起筷子那一刻，就没停下来过。

这个神经病，他最后竟然吃了四碗酱油饭！

吃完之后，他擦了擦嘴，心满意足地对我说："真好吃，下次我们再来。"

我没搭理他，拿着手机一通摁。

又休息了一会儿，他叫服务员买单，正在这时，我把手机亮出来给服务员看："我发了微博@了你们店，少收我们两份酱油饭的钱噢。"

服务员看了一下，确定是真的，立马在账单上减了十块钱。

我转过脸去，看到齐唐一脸目瞪口呆的表情。

送我回去的路上，齐唐一直面含微笑，那是一种说不上来什么意思的表情，或许他在等我开口问他，可是我没心情，我满脑子都是明天陈汀拍摄的事。

到了小区门口，我示意他停车，不用送进去了。

齐唐叹了一口气，到这时才终于说到这顿晚饭的主题："我不是个习惯道歉的人，但我必须要对你说对不起，今天在公司 Vivian 对你说的那些，还有之前她对你做的那些……我深感歉意，我保证以后再也不会发生这样的事情了。"

我看着他，勉强笑了笑，其实，也不怪他。

他说他不是一个习惯道歉的人，但在我们认识的这短短两个多月里，这是他第二次向我说对不起。

"私人情绪是一码事，工作是另一码事，你放心，我分得清楚，明天我还是会全力以赴的。"

齐唐盯着我看了很久，看得我都有点儿不自在了，他的眼神里有一种过去两个多月里从没出现过的东西，我不知道那是什么，但我能察觉到异样。

本能告诉我要离那样东西远一点儿。

最后他说："你下车吧，回家好好休息。"

他给我的感觉让我原本以为不只是这样而已，可是，偏偏就只是这样而已。

Chapter 5

她手中紧握着一把荆棘，
每当我稍稍想要松懈一下的时候，
便会对准我贫瘠的背部狠狠地抽下去，每一次，从不迟疑。

◇1

　　那天早上，我醒得比闹钟还早，七点整，从睁开眼睛的那一刻开始我就再没停下来过。

　　洗漱完毕之后我匆匆忙忙地从冰箱里拿了点东西吃，随便吞了几口之后便给自己化了个淡妆，要知道平时我可是公司里为数不多的几个素面朝天的女员工之一啊。

　　但是今天既然代表了公司形象，还是得体一点儿好。

　　七点四十分，我提心吊胆地往窗外看了一会儿，云层很厚，苍天哪，求你可千万别下雨！

　　一边为今天的天气祈祷，一边给公司指派给我的司机打电话："刘师傅，你记得先去接摄影师，送他们过去看看情况，再去巴比伦花园接陈汀……我啊，你不用管我，我自己过去，我会在你前面赶到的。"

　　再一看钟，已经八点了，我住的小区到巴比伦花园坐公交车得一个半小时，幸好我前两天已经查好了线路，带上东西就可以出发了。

　　早高峰时期的公交车永远是这么拥挤，幸好我今天不用打卡，多等几趟也不碍事，好不容易来了一趟稍微空那么点儿的公交车，我连忙把在早餐店买的豆浆猛吸两口，扔进了路边的垃圾桶。

　　车程过半的时候终于给我等到了一个座位，坐下去一看时间，已经九点了，可以给陈汀打电话了。

　　在她接通之前，我心跳得特别快，第一次跟简晨烨在外边过夜时我都没这么紧张，嘟嘟声快停下的时候，陈汀终于接电话了，我一听她的声音就知道，这家伙还在床上。

　　但我能发脾气吗？不能啊，人总得会审时度势吧，照片还没拍呢，人家的金主可是甲方，我得罪不起啊。

　　于是我只好尽量用最温和的语气对她说："你好，我是叶昭觉……就是齐唐创意的员工，负责你的拍摄……对对对，就是我，我们之前通过电话的你记得吧？我现在在去你家的路上，待会儿司机会来接你去化妆师那边化妆……对，我已经出发一个多小时了……没什么，这是我分内的事，那你快起床准备吧，我应该就快要到了，对，不好意思啊。"

　　挂掉电话，我对着空气翻了个大大的白眼。

　　事实证明我那通电话打了跟没打没什么区别，我按照地址找到陈汀住的那一幢洋房时，开门的是她家的保姆。

　　保姆大概是从来没见过谁在上午十点之前来找她家太太，看我的眼神分明带着强烈的不信任，我解释了好半天才让我进门，趁着我在玄关换鞋的时间，她去叫陈汀了。

我在客厅里又等了好半天，才见一个裹着睡袍的女人打着哈欠从起居室里出来，见到我的时候，她还是有点儿惭愧的："不好意思，我平时都是这个作息时间，你先坐会儿，我稍微弄一下就行了……王姐，你给叶小姐弄点吃的，昨天炖的燕窝还有吧……哎，叶小姐你别动，坐着，等我一会儿，很快的。"

不顾我的劝阻，王姐很快就端上来一盘接一盘的食物，黄桃芝士吐司，玻璃杯装的牛奶，水果沙拉，还有一碗燕窝……

我快哭了好吗！

我愿意一辈子都不吃燕窝，只求陈汀抓紧时间。

刘师傅再有十几分钟就要到了，到时候看到我大义凛然地坐在人家家里吃燕窝，而陈汀连衣服都没换，他他他……他会怎么看我！

就在我焦灼得几乎快要晕厥的时候，齐唐发来了一条短信。

"我知道这个项目很难搞，但是我也知道你搞得定，辛苦你了，昭觉。"

我把那条短信来来回回看了三遍，最终我才确定，我没看错，他是叫我昭觉。

他有病吧？我们很熟吗？鸡皮疙瘩都起来了！

可是，不晓得为什么，我忽然镇定了下来，好像没有之前那么害怕把这件事搞糟了，莫非这就是传说中的正能量？

此时，陈汀从起居室里走出来，她换好了衣服，黑色长发也梳过了，没化妆，但看得出的确是个标致的美女。

王姐端了一杯蜂蜜水给她，她刚喝完，我的手机就响了，刘师傅真是分秒必争的好榜样!

去化妆师的工作室的路上,我和陈汀相对无言,她大概是还没从瞌睡中缓过来,而我是满满的心事不知道从何说起才好。

她给我的印象并不算差,至少并不像之前苏沁他们所描述的那般嚣张跋扈。

当然,或许是她还没有露出真面目,又或许是我见识过的极品太多了,比如 Vivian,所以早就做好了心理准备。

到了工作室,化妆师开始给陈汀做造型,我在一旁看了几分钟之后,忽然想起来,我们走得太匆忙,她还没吃早餐呢。

工作室的周边设施齐全,我没花多少时间就找到了一家粥铺,要了一份麦片粥和一份鱼片粥,打包好之后赶回工作室,化妆师刚给陈汀打好底,其他的什么都还没弄。

我不管不顾地打断了他们:"等会儿再化,让她先吃点东西……我买了一份甜粥、一份咸粥,不知道你的口味,你选一个。"

从陈汀的表情来看,她的确有点儿惊讶,但我却觉得这没什么,不填饱肚子心情就不好,心情不好又怎么能好好捉奸……噢,不对,是又怎么能好好工作呢?我可从来没忘记过不久前那黑暗的一天啊……

她笑了笑,说:"我要甜的。"

她化妆的时候,我一直就跟一丫鬟似的在旁边候着,时不时端个茶送个水,时不时又帮化妆师打个下手,找找发卡,插插卷发器电源,任劳任怨的模样我想陈汀只要不是瞎子,应该也全都看在眼里了吧。

我并不企图跟她做朋友,我只是希望,她多少能够明白一点儿我们这些小职员的难处。

等她这边全部弄完之后，已经是中午一点儿，我从阳台上回到房间里，高兴地对她说："云都散了，光线很好，今天一定能拍出好片子。"

没等她说话，我从包里拿出一瓶防晒霜："怕你自己没准备，我给你带了备用的，这是我闺密送我的，不是山寨货，放心吧。"

她看了我一眼，戴着灰色美瞳的眼睛里，闪过了一丝光亮。

不知怎的，我有种感觉，她好像也不是那么难相处。

两点钟，我们赶到了岑美大厦，摄影团队已经全部准备就绪，摄影师加他的助手，再加上齐唐创意自己的人，总共也有七八个，其实这真的是个小项目，不值得花这么多人力，唯一的解释就是，陈汀真的不太好伺候。

我有点儿意外，没想到苏沁也来了，她一见到我就把我拖到一边问："她有没有为难你？"

说实话，好像真的没有，但苏沁明显不相信："齐唐担心她又弄出什么新花样来，特意叫我来协助你。"

我撇了撇嘴角，他不是在短信里对我信心满满的样子吗？原来只是场面话。

摄影师跟陈汀沟通了十几二十分钟之后，便正式开始拍了。

陈汀刚脱下外套交到我手里，我就知道，要出问题了。

这可是深秋时节，尽管她里面还穿着一件针织衫，可是也抵挡不住这天台上的低温和寒风，外套只在我手里待了一分钟都不到，就被陈汀抢了过去。

她大声地对摄影师，其实也是对我们在场的每一个人喊道："拍不了，太冷了。"

一片乌云飘进了我的脑中。

没办法，谁也说服不了她，摄影师只好采取迂回的方式说："那你穿着外套，我们先随便拍一些，找找情绪。"

我茫然地看着他们，虽然我自己没有拍过写真，但我也不是傻子，我看得出陈汀有多不在状态，她的身体是僵硬的，表情是僵硬的，眼神也是僵硬的。

怎么办才好，我累积了一个星期的信心，我在过去的一个星期之内，尽我所能做出的所有努力，在这一刻几乎就要全部清零。

我扶住额头，想了想，我决定去附近的麦当劳买点饮品。

苏沁陪我一起去，十分钟的路程我一句话都没机会说，全听她吐槽了，什么自以为自己多漂亮，其实气质就是个路人，什么做二奶还做出优越感来了，根本不知道廉耻，自己什么本事都没有，就会靠男人，明明是个下贱命，还真把自己当金枝玉叶了……

我从前不知道文文弱弱的苏沁，竟然也有这么刻薄的一面，她用词既准且狠，一点儿余地不留，明明白白透着一股良家女对风尘女子的不屑和鄙夷。

我没搭腔，我不是那种喜欢在别人背后议论是非的人。

并不是说我的人格有多么高尚，而是因为某个时间段内，我曾经也是别人议论的对象。

我知道那是什么感觉，所以今时今日，我不愿意做和他们一样的人。

饮品买回来之后，陈汀的表现与我离开之前没什么区别，或者有吧，那就是她的情绪明显更糟糕了。

我拿出一杯美式咖啡，剩下的让苏沁去发给工作人员，然后我对陈汀招了招手，一语不发地把她带到了楼梯间。

她看起来很不高兴。我能够理解。虽然还没有人明着说什么，但大家的眼睛里都摆明了看不起她，认为她是个笨蛋。

人人都看不起她，她当然也看不起这些人。

我把咖啡递给她，她摇摇头："我不喝这种速食咖啡。"

确实是个挑剔的主儿，我心里叹了口气，可是表面上我还是微笑着："我当然知道这不是什么好咖啡，只是还热着，我让你暖暖身子而已。"

陈汀嗤鼻一笑："有什么用，到了天台上还不照样挨冻。"

话虽这样说，但她毕竟还是从我手里把纸杯接了过去。

这是个不错的预示，她并不抵触我。

顾不得楼梯台阶脏，我一屁股坐下，从包里翻出纸巾来垫了两张在地上，拉了拉陈汀，示意她也坐下。

终于还是要打温情牌了，我深呼吸一口气，从大包里翻出一样东西。

这就是前一天我收到的快递中的一份，C城的老同学寄给我的，她家长辈自己做的艾叶糯米糕和桂花糕，我小心翼翼地打开纸包，一层一层又一层，幸好我背包的时候很注意，一点儿也没弄坏。

我摊开纸包送到她面前："肚子饿了吧，给你吃。"

陈汀一脸狐疑地看着我，过了好半天，她冷冷地笑了："你查过我？"

谁说她是笨蛋，大多数人最常犯的错误就是低估美女的智商，陈汀可一点儿都不傻，她看到这两样特产就明白是怎么回事了。

但并不只是她想的这样，我笑了笑，尽量让自己看起来真诚一点儿："我没有特意去查过你，公司给我的资料上写着你是 C 城人。我以前有个同学也是你们那儿的，每次她都会从家里带很多好吃的分给大家，我们都爱吃。我没有别的意思，只是想着你一个人离乡背井，而我恰好又知道这两种点心，就想办法弄了一点儿来，跟你分着吃。"

陈汀依然盯着我，一动不动。

我也没打算几句话就说服她，于是便拿起一块桂花糕，自己吃了起来。

"没错，我很想做好这个项目，同事们没能做到的事情，我做到了，这多了不起。但就算我没做好，也没什么关系，因为其他人也没做好，老板不会因此就开除我，我回公司照样当助理，打打杂，没什么损失。

"可是我还是希望你能够体谅我，配合我的工作。我非常想做好这件事，我需要得到认可，需要让老板看到我的价值，这样我才能有更大的上升空间，才能涨工资、拿奖金，才能交房租，然后存钱，买房子。你是我的一个机会，我不想草率地放弃。

"我准备这些吃的给你，不是为了笼络你，或者收买你，我们老板说过，陈汀是见过不少好东西的，叫我死了贿赂你的心……可是我不这么想，我觉得人吧，或多或少总有点儿乡愁。再说了，我也不是企图用这种小恩小惠打动你，我就是觉得，这么冷的天，你来为我们工作，我作为一个负责人，将心比心，也应该好好照顾你。你领不领情，那要看你怎么想，我只是做好我分内的事情。"

我边说着，又吃了一块糯米糕，×的，我自己也早就饿了。

陈汀在我说话的这会儿，已经把咖啡喝光了，接着，她什么话也没说，只是伸出手来，拿了一块桂花糕。

我不知道我们在楼梯间待了多久，十分钟？十五分钟？或者更久？久到苏沁都忍不住来催我们了。

我把纸包重新包上，挤了个微笑给陈汀："都给你留着，你好好拍。"

她深深地看了我一眼，脸色比之前要柔和了许多。

从楼梯间回到天台上重新进入拍摄，我看得出她认真了很多，但仍然不够理想。

这是天赋而不是态度的问题，我拿着她的衣服，站在一旁心急如焚。

仅仅穿着一套华丽内衣的她，尽管身材曼妙，但肢体僵硬得就像一个橱窗里的木头模特，没有丝毫风情可言。

这怎么行——我扶着额头，心力交瘁。

事实上我相信她已经尽力而为了，你能指责她什么，她毕竟不是专业模特。

但对于摄影师来说，这场拍摄，简直就是一个灾难。

摄影师看起来是真的有点儿动怒了，他把相机放下，脸色比天气还要冷："到底还拍不拍！"

现场一下子陷入寂静。

拍，当然要拍，也必须要拍！

我看过他拍其他人的样片，拍得真的很好，每个模特都像是有灵魂的样子，可是他的脾气也是真的糟糕。

怎么办？大家面面相觑，最终，目光全部落在了我身上。

从小到大我都不是当领导的料，学生时代十多年连个课代表都没捞着，那时候我大概怎么都想不到，竟然会有一天，我叶昭觉要在某个场合，担任起统筹全局的重担。

我抬头看了看天色，时间不是很多了，这个季节，天黑得早。如果今天不拍完，下次再想协调大家的时间，恐怕又不知道要费多少周章。

我攥紧了拳头。

就像是有人在我的脑袋里点了一把火，我也不知道为什么自己会冒出那么疯狂的念头，十七岁时那个英勇无比、不达目的誓不罢休的叶昭觉在我的心里苏醒了。

我叫了"暂停"，所有人，包括陈汀，都死死地盯着我。

这不是一个轻易的决定，但在它形成的那一刻，我就已经决定了。

我清了清喉咙："苏沁，你负责把在场的男的都带走，除了摄影师之外。你们去喝个下午茶或者找个地方休息，怎么样都行，随便你们，快快快，抓紧时间。"

苏沁愣了一下，或许是被我从来没有过的严肃样子震慑到了，她一句废话也没有多说便带着那几个男的走了。

剩下的，只有摄影师、化妆师和摄影师助手，再加上我，四个人。

我找了个干净的地方把陈汀的外套放下，然后，我脱掉了自己的衣服，一件，两件，三件，最后，只剩下内衣。

此刻的我显得非常凶猛，但我意识不到。

他们几个看着我，终于明白了。

×！真他×不是人干的活！我心里暗自骂了一句脏话。

尽管我冷得瑟瑟发抖，但我还是尽量保持了语气的平稳："陈汀，我知道人多你会紧张，放不开就不会自然，现在我把他们都赶走了，这里就剩我们几个。你不用管摄影师的存在，你甚至不用管镜头，你只要专注地想，你是美的，你的身体是美的，你可以支配它、驾驭它、舒展它，其余的你就交给摄影师好了，你要相信他，他会把你最美的那一面都记录下来。"

天知道我从哪里学会了这一套传销似的东西，是平时看电视购物看的，还是因为我有个艺术家男朋友……管他呢，只要这方法管用就行。

陈汀似乎是真的被震撼了，她皱了皱眉头："你脱成这样干什么，快穿上衣服，别感冒了。"

事已至此，我黔驴技穷，唯一还能用的，只有真心。

"你什么时候拍完，我就什么时候跟你一起穿衣服，你觉得冷，就想想，旁边还有人陪你一起挨冻。"

我不记得那种寒冷持续了多久，整个身体都丧失了知觉，思维也变得迟缓。

没有人跟我说话、闲聊，拍摄的场面陡然变得十分专业。

皮肤上散发着一层奇异的灰色，蓝色的血管在表皮底下分外明显，我靠着墙，抱着自己，虽然很徒劳，但我觉得这样的姿势会让我好过一些。

我真的已经竭尽全力了，以我的天资、我的能力，所有我能够去做、能够做到的事情，我都不遗余力地去做了。

再来一次，我也许无法做得更好了。

我指的，并不只是关于陈汀的这件事。

在天黑之前，拍摄终于完成了，他们收机器的时候，我已经冻傻掉，连衣服都是陈汀帮我披上的。

我裹着衣服焐了好半天才焐回元神，陈汀的表情很奇怪，像是怜惜又像是责怪。

跟摄影师结完账之后，我如释重负，我做到了。

无论如何，我做到了，功德圆满。

按照计划，拍摄完之后刘师傅开车分别把我们送回去，摄影师和化妆师比较近，后半段车上就只剩下我和陈汀两个人了。

同来时一样，我们还是没有太多的交谈，她累，我觉得我更累，谁也懒得假装还有交流的欲望。

到巴比伦花园的时候，陈汀要下车，我连忙拉住她。

还没有彻底结束。

我从包里翻出第二份快递的东西，是一本插画绘本，扉页上有插画师的签名。

凝重的气氛有那么片刻的僵持，陈汀似乎一时间反应不过来，这又是什么居心？

我把笑容调试到一个自认为恰到好处的程度："这个，送给你妹妹。"

陈汀从我手里接过绘本的时候，一双杏眼瞪得好大，说话的声音也有点儿抖："你……怎么会……"

"我去看了你的微博，无意中发现你妹妹喜欢这个插画师。"我还是笑着说。

又停顿了一会儿，陈汀忽然换成了一副公事公办的面孔："叶小姐，我小看你了，你为了工作……还真是不择手段哪。"

傻子也听得出她并不是在夸奖我。

其实在拿出这份礼物的时候我已经准备好了被她曲解，但我决定还是解释一下："或许我是有我的目的性，但不全是为了这个。如果不是因为这个插画师恰好是我男朋友的同学，我也不会特地花工夫去弄来，再来就是……我也有过青春期，也有过自己喜欢的明星、作家，有过崇拜的偶像，我大概也能理解你妹妹的心情，所以——举手之劳，何乐而不为？"

陈汀的面容有一点儿松动，但还不是完全信任我的样子。

她顿了顿，又问："我想知道——如果——我是说，如果今天我没有配合你，拍摄没有顺利进行，现在，你还会拿出这个吗？"

我望着她，我想大概这就是成年人的世界法则，你很难相信，有人为你做点什么并不是他图你什么，仅仅是因为他愿意。

　　"即使今天的工作没有顺利完成，我还是会把这个交给你的——"
我挑了挑眉毛，"信不信，是你的事。"

　　陈汀盯着我，眼神如利刃一般，片刻，她眯起眼睛端详了我片刻，
见我仍然面不改色，忽然莞尔一笑。

　　"叶小姐，你跟其他人，不太一样啊。"

　　她的话语有些意味深长，但我也不是傻子，自然没有追问下去。

　　如何不一样，陈汀没有明说，但我就看苏沁他们几个人的态度，心
里也能猜个八九不离十。

　　陈汀固然是有她难搞的地方，但就我跟她相处一天下来的表现看，
她倒也不是完全不通情理之人，你敬她一尺，她好歹也会还你七八寸，
并不像之前同事们形容的那样刁蛮跋扈、颐指气使……所以，唯一的解
释是，她没有得到应有的尊重。

　　不管怎么样，这件事完成之后，于公于私，我都可以交差了。

　　想到这里，我竟然就真的长舒了一口气，刘师傅从后视镜里看了我
一眼，笑眯眯地问："累坏了吧?"

　　我朝他笑了笑，耸耸肩膀，没说话。

　　刘师傅把车开到我住的小区门口，原本想送我进去，但我却主动下
了车。

　　不知道为什么，在劳累了一整天之后，回家的这条路，我想慢慢走
回去。

天已经黑透了，小区里的路灯散发着暖和的黄色光线，我抬起头看到万家灯火，那一刻，我的脑海中浮出一个词语：命如草芥。

这一天过得特别漫长，不知道是哪一股力量让时间过得如此缓慢，我抬着酸痛的小腿，像一头沉默的骆驼。

在回家的路上，我幻想过，打开门就有一桌热气腾腾的饭菜，不管好不好吃，我都会感激涕零。

可是我拉开门，只看到冷冷清清的客厅，连灯都没有亮一盏。

简晨烨不在家，我从包里翻出手机来，才看到两个小时之前他就给我发了一条短信，说他晚上约了人谈事情，不跟我一起吃饭。

我盯着手机，很久很久，我站在客厅里一动不动地盯着手机。

然后，我哭了。

深秋时节的夜晚时分，人在这个时刻会感觉特别孤独。

其实我不明白自己为什么要哭，我很好地完成了老板交给我的任务，别人没有做到的事情我却做到了，无论怎么说这都是美好的一天。

可是我就是想哭。

我觉得很疲倦，马上就要分崩离析的那种疲倦，我突然意识到一个多星期以来充斥在我身体里，在我血液里的那股激情正如退潮一般迅速消退，蒸发在空气当中。

这段时间一直支撑着我的那股精神力量消失了，肉身濒临崩溃，我被打回原形。

我跟自己说，让她哭一会儿吧。

不知道我是什么时候睡着的，也不知道自己睡了多久，迷迷糊糊之中我感觉到有什么东西在振动，用尽所有力气，我才艰难地睁开眼睛，四周还是一片寂静的黑，简晨烨没有回来。

那振动原来来自我握在手中的手机。

我以为是简晨烨，看清楚屏幕上的名字之后，我的理智立刻恢复了大半。

是齐唐。

"喂……"一开口，声音把我自己都吓了一跳，怎么跟个老爷们儿似的粗声粗气。

电话那端的齐唐也有点儿惊讶，过了好一会儿，我听见他用试探的语气问："是叶昭觉吗？"

"是我……喀喀。"

完了，真给陈汀那个乌鸦嘴说中了，我感冒了，难怪头痛得这么厉害，像是要裂开来一般。

齐唐立刻意识到了我的反常："你病了？严重吗？要不要去医院看看？"

我的喉咙里犹如落了一把灰，既嘶哑又低沉："不用了，我自己找点药吃就行了。"

"陈汀给我打电话，告诉了我今天所有的事情，她对你评价很高，赞不绝口，说你是我们公司最优秀的员工。"

"坦白讲，我觉得自己受之无愧哎。"到了这份上，竟然还有心情开玩笑，我自己也觉得诧异。

他在那端轻声笑："那你好好休息，明天见。"

"我靠，我还以为你会说'既然你病了，明天就在家休息吧'，真是看错你了。"

万万没想到，齐唐居然说："你的位子空着，我会不习惯的吧。"

到了这个时刻，我好像突然从梦里惊醒，茫然悉数消失。

有那么几秒钟，我们谁也没说话，两个人隔着吱吱的电流，诡异地沉默着。

最后是他打破了僵局："我挂咯？"

我轻轻地"嗯"了一声，也不知道还能说点什么别的才好。

之后，我在黑暗中发呆发了很久，直到肚子饿得不行才回过神来，晕头转向地去厨房里烧水煮即食面。

煮到一半的时候，简晨烨回来了，他喝了一点儿酒，神色兴奋，没有注意到我的失常，甚至都没有发现我病了，只是一个劲地告诉我，他今天是去跟几个搞艺术的朋友聚会，其中一个上个月刚从法国回来，大家都很久没见了，所以特别开心。

我心不在焉，随口附和了他几句便打发他去洗澡。

很奇怪，不知道是哪个齿轮出了问题，我原本不应该是这样平静的反应。

我本以为等他回来，我们会大吵一架，我会指责他不关心我，而他会认为我纯粹是拿他做发泄对象。

但我臆想中的那一切都没有发生，在餐厅暖黄色的灯光下，我慢慢地吃着那碗逐渐变冷的即食面，影子投射在墙上。

今天白天发生的事情，好像已经过了很久很久。

◇②

在公司的例会上，齐唐对于陈汀这单 CASE 只用了三言两语带过，对我的肯定也只是轻描淡写的一句"还不错"，我坐在比较靠后的位置，静静地看着他，心里不是没有一点儿失望的。

他好像又变成了我刚刚进公司时那个冷淡的、老练的老板，我们之间依然只是单纯的雇佣关系。

我浑身发冷，有点儿想笑自己，怎么了？你不会真的以为跟他一起吃了顿饭，打了一两次电话，你们就是朋友了吧？

请我吃饭，是为了替女朋友向我赔罪，给我打电话，是因为我完成了工作，人家一直都光明磊落，没有丝毫不可告人的企图，很明显，是我自己想多了。

为了压制住我心底里那一丝羞耻感，整个上午，我都没有和他说一句话。

到了中午休息的时候，我的头痛得不行，连午餐也懒得去吃，趁人少，赶紧跑去休息室里的沙发上躺一会儿。

躺下来我才知道完了，待会儿肯定是站不起来了，明明昨晚吃了药，怎么一点儿也不见好转。

天旋地转，我感觉自己马上就要死了，而门外却静悄悄的，连个鬼都没有。

我有点儿后悔自己昨天的冒失，毕竟还是血肉之躯啊……早知道就不脱得那么干净了，好歹留件贴身的 T 恤啊。

没错，陈汀也被冷风吹了一下午，可是人家今天可以裹着睡袍在家里做面膜，吃燕窝，就算病了也有保姆照顾，何至于像我这么落魄。

时间一分一秒地过去，昏昏沉沉中我迷迷糊糊地听见同事们陆陆续续回到公司的脚步声，可是还是没有人来这个一贯无人问津的休息室。

大概我今天死在这里也没人会发现我的遗体吧……我有点儿心酸，平时空闲的时候，应该把遗嘱写好的，生命真是脆弱，不是吗？

就在我胡思乱想的时候，门被推开了。

我眼泪汪汪地抬起头，想看看自己在这个世界上最后一个见到的人是谁。

他轻轻地关上门，走到我面前蹲下，伸手探了探我的额头。

"你发烧了自己不知道？"齐唐皱着眉头，竟然好意思用责问的语气。

我朝他翻了个白眼："是你叫我今天来上班的！"

他大概是没想到我发烧归发烧，中气还挺足，被我吼了一句之后有点儿发蒙："我不知道你这么严重，你早说的话我就让你请假了。"

"你早说的话，我还不接陈汀这个活儿呢。"

"好了，这个活儿你也没白接，有奖金的，还有——"他扬了扬手里的一个礼盒，"陈汀叫人送来的，给你的礼物，我到处找不着你就来这里碰碰运气，真给我碰中了。"

虽然我也很好奇那份礼物是什么，可眼下，似乎保命更要紧。

没等我说话，齐唐就做了决定："我送你去吊水。"

五分钟之后，在众目睽睽之下，齐唐搀扶着宛如病入膏肓的我，走出了公司大门。

离公司最近的医院开车过去也要十五分钟，我病歪歪地瘫在副驾驶座上，气若游丝："老板，你这算是徇私吧？"

齐唐专注地开着车，不以为然地说："我就离开几个小时，公司还垮不了。"

我一想，也是，要是我真的在公司挂了，大概要比他翘几个小时班严重得多。

大概是流感季节，医院里吊水的人还真不少，前排的位子都坐满了，人人都一副痴呆的模样盯着悬挂着的电视机。

最后一排的角落里还有一个位置，齐唐扶我过去坐下，又低声问我想吃点什么，我摇摇头，鱼翅都没胃口吃。

这种情况已经持续了很长一段时间，但因为之前心里日日夜夜挂着的都是关于工作的事，根本无暇分心关心自己的生活和身体。

罢了，静下心来一想，也不是养尊处优的人，那就不必营造出身娇肉贵的气氛，就算不舒服，拖一拖也死不了。

正对着窗口，有一棵年份久远的梧桐树，叶子都黄了，秋风一刮，窗外的整个世界都弥漫着一股萧瑟和肃杀，我的心里也缭绕着百转千回的叹息。

齐唐搬了个凳子在我旁边坐下，面容平和，无事挂心头的样子。

电视机里在重播一部清宫戏，我们俩都显得意兴阑珊，这显然不是齐唐喜欢的片子，而我则是因为骨裂那段时间，已经来来回回看了好几遍。

"你为什么做事那么拼？"齐唐忽然没头没脑地给我来了这么一句。

人生病了脑子就转得比较慢，我下意识地"啊"了一声，之后，才明白他是指昨天的事情。

"我怕没搞定，你会扣我工资。"我其实只是想缓和一下气氛。

齐唐略微地歪着头，似笑非笑地看着我："其实很多年前，我见过你一次。"

这下我真的糊涂了，什么时候的事？

他的眼睛眯起来，像是要在回忆的长河里找到一颗最不起眼的小石子，过了很久，他终于找到了。

那是我上高二的夏天，接近放暑假的时候，因为天气炎热，喝冷饮的同学特别多，所以我每天收集的废易拉罐也是数量可观。

有天下午放学之后，邵清羽和蒋毅照例陪着我去废品收购站，我们走到校门口的时候，邵清羽的手机响了。

她接电话的时候很兴奋，一边说话一边像 QQ 登录时那样左边看看右边看看，然后我不知道她看到了什么，忽然之间惊喜得尖叫起来。

一辆大红色的车停在学校对面的马路上，驾驶座的车窗是降下来的，有个戴着墨镜的男生对邵清羽挥了挥手。

蒋毅当时就不高兴了："那人是谁啊？"

邵清羽才懒得管蒋毅高不高兴："昭觉，我爸爸叫人来接我，我今天就不陪你去啦！"

总是会有这么一些突如其来的事情提醒我，邵清羽跟我其实是两个阶层的人，我连忙对她说："我自己去就行了，你们快走吧。"

一旁的蒋毅冷笑一声："什么我们快走，我才没资格去。"

邵清羽瞪了他一眼："齐唐就跟我哥哥似的，你吃什么醋啊。"

蒋毅又是一声冷笑："哥哥似的？呵呵，是你那个在德国留学的青梅竹马吧？哎呀，我 ×，你怎么说动手就动手……"

在我的记忆中，邵清羽因为蒋毅跟别的女生走得近发脾气的次数数不胜数，但他们为了男生内讧，我验算了好几遍，确实也只有这么一次。

"那就是你啊！"

原本很萎靡的我不知怎么的突然亢奋了，手一动，血液顺着输液管倒流，齐唐连忙摁住我："是我是我，你别激动。"

待我平静之后，齐唐重新坐下，双手枕着头，脸上又露出了那天我们一起吃晚饭时那种轻松惬意的笑容。

我尽量让自己的思绪回到那个夏天的下午，可是真的已经太久远、太模糊了，我对当时坐在车里的那个人，一点儿印象也没有。

"我们认识这么久以来，你怎么从来没提过这件事？"

"没什么好提的，你对我又没印象。"齐唐竟然猜得中我的心思，接着话锋一转，"不过，我对你的印象倒是深得很。"

"清羽跟我讲过，她有一个家境贫寒的好朋友，所有的聪明才智都用在了赚钱这件事上。那天下午我隔着老远看见她身边的你，拖着两个巨大的塑胶袋，面无表情地看着她跟男朋友吵架，我当时就知道你是谁了。

"可能你自己从来都不知道，虽然你跟清羽是同学，但你身上有种东西，让你看起来显得比她要大很多。"

为了表现不以为意，我迎着他的眼睛看回去，那是一双洞若观火的眼睛，锋芒全隐含在瞳仁里。

我当然知道那种东西是什么，来自童年的缺乏，一种与实际年龄毫不相符的愁苦、坚硬、漠然，那不是一个正常的少女应该有的样子。

就是那个叶昭觉，她在我心里顽强地生存下来，这么多年了都不肯离开。

她逼着我咬牙切齿地活在这个世界上，用一种穷凶极恶的姿态来苛责自己，也苛责身边的其他人。

她从不允许我软弱，认为软弱是一种耻辱，她认定了要做成的事情，绝不容许我失败，她用衣衫褴褛的面目时刻提醒我，你必须努力，豁出性命地努力你才有可能获得别人天生就已经拥有的那些东西。

她手中紧握着一把荆棘，每当我稍稍想要松懈一下的时候，便会对准我贫瘠的背部狠狠地抽下去，每一次，从不迟疑。

她主宰我。

"叶昭觉，你很喜欢钱吗？"齐唐的声音很轻。

我忍不住嗤笑一声："呵，这是什么狗屁问题。"

但他没有转移话题，只是静静地凝视着我，那目光里毫无迟疑，他在等我的回答。

"我爸爸是货车司机，我小时候很少见到他，一年三百六十五天，他有两百多天在外地跑车，我妈是个普通的销售员。我们全家挤在那种20世纪80年代单位分配的宿舍房子里，从来没搞过装修，地板已经磨得露出了水泥的颜色。从小我就最害怕过夏天，因为我们家西晒，到了夏天就热得像个蒸笼。

"我记得念小学的时候，有一天放学我们几个小姑娘一起回家，不知道为什么谈到了父母的工资，其中有个女孩子，她父母都是医生，她刚说了她妈妈的工资，我就吓得说不出话来了，因为那个数字是我父母的工资的总和……那是我第一次意识到，一个小朋友的家和另一个小朋友的家，原来是不一样的。

"后来我慢慢长大，尤其是和清羽做了朋友之后，我发现人跟人之间、生活跟生活之间的差距比我想象中还要悬殊，还要大。有一次清羽拖着我陪她去逛街，她试了一条橘色的裙子，四百多，她想了一下说，还行，买吧。那件事对我的刺激太大了，比起后来她买 CHANEL 买 PRADA 给我的刺激更大，因为那种漫不经心的态度，那种轻描淡写的语气，那种虽然不是特别满意，但买来随便穿穿也可以的不以为意……齐唐，不骗你，我真的很嫉妒。

"我很害怕成为我父母那样的人，捉襟见肘地过日子，碌碌无为地度过一生，我更害怕的是我付出了所有的努力来反抗命运，到头来，我还是只能成为他们那样的人，过跟他们一样的生活。

"我经常看人说，名利于我如浮云……讲得多好听啊，我也很想说这句话，但我说不出口，也没资格说。你问我是不是喜欢钱，当然，我非常非常喜欢，我不觉得承认这一点儿有什么可耻。"

其实我也不懂，为什么我会对齐唐说这么多，有些细节我甚至连对简晨烨都不曾提起过。

或许是因为生病，我心里的那个叶昭觉动了恻隐之心，怜悯我这副虚弱的躯体，准许我暴露自己的软弱。

或许在内心深处，我一直渴望有一个人在我的身边，听我讲这些毫无意义的废话，我渴望卸下盔甲，露出真实的面目，哪怕就这么一个下午也好。

大概真的只是这样而已，而刚刚好这个时候，齐唐在这里。

有多久没好好睡上一觉了？我说的是那种不带一点儿负担的睡眠，像清理垃圾一样把自己心里淤积的那些焦虑、压抑、疲倦，通通一扫而光的睡眠。

每天晚上躺在床上都能感觉到身体的极度疲倦，可是潜意识却总是那么清晰，随时可以清醒过来，睁开眼睛。

可是在这个充满了药水气味的小房间里，混合着这样多的病菌，还有陌生人呼出的二氧化碳，我却有种心安理得的放松——天塌下来也不关我的事的那种心安理得。

不知道是因为生病，还是因为……老板在我的旁边。

我迷迷糊糊快要睡着的时候，听见一声快门响。

大概是哪个姑娘在拍自己打点滴时可怜兮兮的模样吧，真幼稚啊，我心里想，可是我连扯扯嘴角笑一下的力气都没有，就这么一头栽进了浓重的困意之中……

打完吊针之后齐唐表示要请我吃饭，我连连摇头："饭就不吃了，医药费能报销吗？"

齐唐怔了怔，笑着点了点头说："那我送你回家。"

在车上时，我打开了陈汀送给我的那个小礼盒。

里面是一枚圆形的胸针，铜质的底盘上嵌着七颗珍珠，有种幽暗的光泽，即使再没品位的人也看得出这东西有多精巧。

卡片上的字是她亲自写的，不算好看，但工工整整：这是我去日本旅游的时候买的，不是贵重的东西，希望你能喜欢。

齐唐笑着讲："陈汀对你可是另眼相看哪。"

是，她欣赏我，不然不必这么费周章，可是这份欣赏也就像是炎炎夏日待在全天候的空调房里，隔着玻璃看着外面毒辣的日头，感叹一句"天真蓝啊"，我心里很清楚，这个项目结束了，我和陈汀的关联也就结束了。

投之以木瓜，报之以琼瑶，她大概只是不愿意欠我的情。

"蛮好看的，适合配礼服。"齐唐点评说。

"神经病，我哪儿来的礼服。"我白了他一眼。

我凝视着这枚胸针。

陈汀说，不是贵重的东西——大概也是站在她自己的立场上来看吧。我想了又想，实在不知道以我现在的生活状况，要什么时候才可能买一条与之相配的裙子，这注定是一份将会被束之高阁的礼物。

我轻轻地笑了一下，听起来像是叹气，然后"啪"的一声合上了盒子。

我对齐唐说："你看，这就叫明珠暗投。"

回到家里，简晨烨不在。

不知道是什么时候开始我好像已经习惯了这样的场景，打开门永远是黑漆漆的一片，我忙，他也忙，我都不太记得上一次我们一起去逛超市是什么时候的事情。

我早已经不会为此生气，甚至连沮丧都嫌浪费力气。

打开冰箱只看见半块吃剩的火腿和孤零零的一个鸡蛋，还有几棵像我本人一样病恹恹的上海青，没的选择，就像我们的生活一样乏善可陈。

今天晚上吃什么好呢？这是白富美们经常在社交平台上提出的疑问。

而叶昭觉的生活准则是，有什么吃什么吧，即使吃即食面已经吃到恶心，但还是——有什么就吃什么吧。

面煮好了之后我顺手打开了电视，每天到了这个点都是新闻时间，端庄的女主播开口报了今天的日期，男主播接着陈述今日要闻。

我觉得哪儿有点儿不对劲，可就是说不上来，可能真是生病导致的智商骤降吧。

尽管面汤里放了很多辣酱，但麻木的舌头还是吃不出什么味道，只觉得这面条让人反胃，我夹了一片青菜叶子送到嘴边，突然之间，我停住了。

有一个很模糊很模糊的东西在我混沌的脑海中渐渐成形，我尚未能够清晰地捕捉住它便已经感觉到了一种恐惧，前所未有的寒意让我感觉犹如冰天雪地里肉身临街。

两根木头筷子像有千斤重，像谁在我的脑门上重重地捶了下来。

我双眼发黑，身体发软，心跳加速像是从跳楼机上直线落下，我口干舌燥，呼吸急促——可这一切，跟我发烧毫无关系。

像是被针扎了一下似的我从椅子上弹起来，丢下筷子，顾不得晕眩跑到沙发前一把抓起包，在一堆乱七八糟的东西里翻到手机，该死！居然没电自动关机了！

又手忙脚乱翻出充电器，慌张之中竟然连续三四次没能插进插口。

十秒钟之后，屏幕亮了。

这大概是我活到目前为止最漫长的十秒钟，我深深地吸进一口气，开机，找到那个 APP，点开一看。

有那么一瞬间，我觉得自己魂飞魄散。

《新闻联播》放完了，《天气预报》也放完了，雷打不动的八点档电视剧开始播了，广告插了进来，片尾曲响了……

我的身体保持着那个姿势在沙发上，一动也没有动过。

而我的脑海中，却是千军万马呼啸而过，继而是惊涛骇浪拍岸，犹如海啸一般吞噬着天地万物。

一定是我弄错了。

几乎是下意识地，我拨了邵清羽的电话，她那头有点儿吵："怎么了昭觉，我和几个新认识的朋友在吃饭呢……我要芒果汁，谢谢哦……昭觉，我刚刚跟别人讲话呢，你说什么？"

我一句话也没有说，此情此景，傻子也知道不应该继续耽误她的时间。

我挂掉了电话。

接下来还能找谁，我心里像一团乱麻理不出个头绪，最近的通话记录一直翻下去，除了简晨烨就是工作往来的人，这一大串名字中没有一个熟悉到可以让我推心置腹地交流自己的私事，直到目光停留在那个名字的时候。

很快就通了，乔楚的声音听起来也没精打采的，我颤颤巍巍地问她："你回来了吗？"

"我回来好几天了，去你家敲过门，简晨烨说你最近很忙，我想等你忙完了再找你碰面，怎么，你今天有空？"

尽管她的声音里也隐隐约约透着疲倦，却丝毫没有推辞的意思，这令我心头一暖："现在见面你方便吗？"

"方便，正好我也有事情要跟你讲，我过去还是你过来？"

这事暂时不能让简晨烨知道，我一沉吟："我去你家吧。"

其实也没有多久不见，可能是我最近应对的糟心事儿太多了，猛地一见乔楚感觉像是隔了一两个月似的，她的样子比起上次在机场看到时憔悴了很多，我猜想大概是因为在 HK 奋力购物的原因导致没有好好休息。

我们同样身体不适，究其原因却是这样天差地别。

坐下来之后她不由分说地给我倒了一杯百利甜，我想拒绝却发现她根本心不在焉，这是怎么了？她也遇到了什么难以解决的问题吗？难道比我面临的问题更加严峻？

一种诡异的沉默在客厅里蔓延着，我们都在寻思，是自己先说，还是等对方先开口。

良久，乔楚先动了："昭觉，你心里有没有当我是好朋友？"这个问题劈头盖脸地砸到我面前。

我毫不迟疑地回答她："当然。"

我没有说出口的是，如果我不当你是好朋友，此时此刻我就不会有气无力地坐在你家沙发上，打算向你诉说或许是我迄今为止遇到的最棘手的难题。

"昭觉……"她低着头，手里握着玻璃杯，"我爱上了一个人。"

我微微一震，没有作声。

"这个人，你认识……"她抬起头来，盯着我，瞳仁像墨汁一样黑。

我已经虚弱到极限的身体绷得僵硬，一种强烈的不祥的预感紧紧地抓牢了我。

"是闵朗。"她终于把这个句子说完了。

只有那么零点几秒的时间，不祥从我的胸腔里消散，几乎是无缝拼接一般，巨大的震惊和难以置信慢慢浮起，充满了我的视线，形成了一张奇怪的网。

从那张网里看乔楚的面孔，有种异样的扭曲。

◇ *3* ◇

昭觉：

　　这是我写给你的第二封信，但事实上我连第一封都没有发给你，这一封也会是同样的命运，或许，还没有到时候，昭觉，原谅我。

　　我为什么犹豫，我的担忧和害怕来自什么，我相信终有一天你会明白。

我决心要向你坦白一些事情了，从我打电话告诉你我家的备用钥匙藏在哪里开始，那像是某种仪式一般，我把通向我内心的钥匙交到了你的手里，从此我对你再无保留。

那天我跟你分开之后，我上了飞机，商务舱的空间总是那么宽敞，服务也总是那么周到，我有点儿舍不得这种生活，就像这么冷的天在温暖的被窝里舍不得离开床一样，可我知道我要什么，拿这点安逸和舒适去换我要的那样东西，很公平。

该从哪里说起，当我生平第一次想要对一个人交付我的心事时，我才发现我这短短二十多年的生命中竟藏裹着这样多的隐秘。

那就先从身份证上那张令你错愕的照片开始吧，我一直记得那天你脸上古怪的神情，想问点什么又有所顾忌，你是如此在意别人感受的一个人，我想如果我不主动坦白的话，也许这个谜团会在你心里存在一辈子。

我的容貌，并不是造物主的恩赐，而是来自整容医生的那双翻云覆雨的手，伴随着风险和你难以想象的疼痛，是耗费了很长时间和很多金钱的产物。

昭觉，坦白这件事，对我来说真的很不容易，但是我相信你。

我做的第一个手术是割双眼皮，十八岁的时候，我拿着一部分大学学费去了整形医院，像个慷慨赴死的战士，没有人陪我，我也不需要任何人陪我。

手术做完之后，我对着镜子里那个眼睛肿得像核桃一样的自己说，这就是新生的开始。

我记得那天我从整形医院走出来，戴着一副二十块钱的便宜墨镜，昂首挺胸地走在街上，我的脚步从来没有那么轻快过，没人注意到这个瘦骨嶙峋的女孩，可我不在乎，我被一种从来没有过的幸福给包围了，并且不需要跟任何人分享。

虽然戴着那么劣质的墨镜，眼睛肿得只剩一条缝，可是那一天，整个世界在我的眼前变得空前开阔和明亮。

那种很纯粹的幸福感，一直到很多年后的现在，我才再度感受到。

在你忙着新工作的这段时间里，我经常背地里去白灰里找闵朗，有时候一待就是两三天，至于这两三天里我们做了什么，如何度过，大家都是成年人，我想你不需要我说得太直白。

我们在一起的时候极少极少会说到你和简晨烨，有一次我无意中说起，如果你们知道我们的事情，不知道会怎么想。

话一说出口我就知道自己错了，闵朗的脸色在那一刻变得非常难看。

他立刻转过身去背对着我，虽然他什么也没说，可我明白了。

我们的关系只可见月亮，不能见阳光，闵朗一直觉得我是见惯了风月的人，他不知道，我被他那个背影伤害了。

从前我一直不知道"被伤害了"是什么意思，这几个字的组合在我有限的人生经验里从未出现过，我这么漂亮，任何一个男人都没有理由不喜欢我。

很肤浅对吧，过去的乔楚，就是这么自以为是。

后来我再也没主动提起过你们的名字，有时候他自己提了，我也不搭腔。

他不是傻瓜，他自然知道这缄默背后的含义，可是他不道歉，也不解释，那种漠然的态度让我有种很深很深的挫败感。

这个人，他并不喜欢我啊，至少，不像我喜欢他那么喜欢我。

我太沮丧了。

人生第一次明白这件事，当你爱上一个人，便意味着你赋予了他掌控你的权力，他可以忽略你，轻慢你，不疼惜你和任意伤害你，你不能有任何怨念，你不能责怪他，因为这是你情愿的。

昭觉，我不能只诉苦，我也要说一些开心的事情。

有个周末的晚上小酒馆生意特别好，那群人大概还是学生吧，反正精力特别旺盛，玩到很晚了都没有一点儿散的意思，我跟他们一个人都不认识，但闵朗陪着，所以我也就在旁边一直陪着。

凌晨四点多他们终于走光了，我困得要命，闵朗把灯关得只剩一盏，然后对我说："我饿了。"

我强打起精神陪他去吃东西，凌晨四点多的巷子里又黑又安静，只听得见我的高跟鞋踩在地板上的声音，那声音特别清晰，而且听起来又冷又硬像踏在铁板上，呵气成冰，一点儿也不夸张。

我们走到巷子口，只有一家早餐店亮着灯，老板娘在包馄饨，我们走到最里面的位子面对面地坐下来，闵朗要了一碗馄饨，我要了一碗粥，其实我一点儿都喝不下，我只想睡觉。

猝不及防的时候，勺子里盛着一个馄饨伸到了我面前。

我打了个激灵，抬头看见闵朗明晃晃的笑容，他说："你先吃。"

我该怎么形容在那个瞬间我心里的感觉？

心髓俱碎，昭觉，大概只有这四个字能够形容。

那天晚上他睡着了很久之后我还没睡着，我侧卧着凝视着熟睡中的他，做出了一个决定，我很清楚那决定背后的代价是什么。

从此我将彻底告别锦衣玉食的生活，也许我会过得很辛苦，像那个老童话里说的那样，马车变回南瓜，车夫变回老鼠，辛德瑞拉要从宫殿回到厨房。

我要赎回我的自由，赎回可以光明磊落去爱一个人的权利。

当我这样想的时候，好像有无数道伤口在我的皮肤上裂开，我想把他叫醒，让他看看这些伤口——好像只要他看见了，我便能够堂而皇之地告诉他：爱我吧，你看我是如此地需要你爱我。

先到这里吧，昭觉，我太累了。

乔楚

乔楚的话音落下去之后，有很长很长一段时间我们谁也没有说话，这种沉默的气氛比之前要更加复杂，我承认我的脑子有点儿转不过来。

乔楚，闵朗。

这是什么时候的事儿？

这他 × 叫什么事儿？

一定是哪个环节出了问题，我心里默念着，就像提起杨过你会第一个想到小龙女，提起肯德基你会第一个想到麦当劳，可提起杨过你会第一个想起郭襄吗？提起肯德基你会首先想到德克士吗？

可能也会想到，但绝对不是第一选择对吧？

这么多年来，我们这些人就像一些牢不可破的排列组合，说到邵清羽自然就会想到蒋毅，他们看见我就会问"简晨烨呢？"，而与闵朗紧紧联系在一起的那个名字——不管怎么样，谁也不会觉得是乔楚。

可是我看着乔楚，她如此落寞的样子，我知道这不是一个玩笑。

"我一直想告诉你这件事，可我一直不知道从何说起……"她杯子里的酒什么时候喝光的我都没注意到。"我不知道该怎么说，才不会让你看轻我。"

她对我笑笑，那笑容里充满了哀伤："不重要了。一直以来我都没有所谓的闺密，所谓的无话不说的好朋友，也没有正正经经爱过谁，但现在我有爱人了，还有你，你说你心里当我是好朋友，我真的很高兴。"

她像一个不能熟练运用中文的人，把这些句子说得支离破碎，可是我全部都听懂了。

正因为我听懂了，我才会突然觉得这么难过。

很久以前乔楚对我说过，如果她做错了什么事情，请我一定要原谅她。

那时我糊里糊涂，不明就里，直到今天我才明白了这句话中的含义。

"你只说你爱上闵朗了，那他呢？"我问得很直接，但用的是试探性的语气。

乔楚眼睛里的光灭了一下，她没有回答我的问题，只是哼了一声，像是冷笑，又像是自嘲。

并没有出乎我的意料。

时间在乔楚的公寓里仿佛失去了流动性，小小的房间里充斥着荒原的寂寥。

不知道哪里传来燃放烟花的声音，乔楚背对着窗户，光束一下一下打在她身后的玻璃上，衬着她神情恍惚的面孔，真是好看极了。

如果她不主动告诉我的话，恐怕我这辈子都不会怀疑她这张美丽的脸，是整出来的。

"总共花了多少钱我没算过，反正又不是我自己的钱，但痛是自己的痛啊，尤其是开外眼角的那次……山根这里，我本来是想打玻尿酸的，但不划算，最多保质小半年，太不划算了……我牙齿长得不太好看，所以就做了烤瓷，做完之后我才敢开口大笑……"

这节奏很像多米诺骨牌的倒塌，又很像拆旧毛衣里的毛线，乔楚大概是有点儿醉意了。

一开始她还有点儿结巴，到后来越说越利索，简直像早就背好了台本似的顺流直下，连整容的钱是怎么来的都向我交代得一清二楚。

"上次你跟我讲，你喜欢钱，我当时没好意思说，昭觉啊，你那不算什么，真的，不算什么。"她有点儿动情，眼睛里已经有泪光了，"我大学就在酒吧里跳舞，那时候我挺普通的，就是身份证上你看到的样子。不过酒吧里灯光暗，化个大浓妆就行了，眼皮上拼命扑闪粉，假睫毛用最夸张的那种。不会涂唇膏，涂的是水嘟嘟的唇蜜，想起来真是土爆了，不过那时候不觉得。"

"对了，差点忘了，我只是整了脸，我的身材可是天生的……你看我的腰，最粗的时候也才一尺七，还有胸，这可是货真价实的C杯，你要不要摸一下。"

我简直快要疯掉了。

可是乔楚不管我的反应，接着说："比起那些做家教的同学，我跳舞赚的钱多多了，没人尊重我有什么关系，有钱不就好了……"她的声音越来越低，越来越沉重。

"随着时间慢慢推移，我意识到了其实跳舞赚的那点钱，远远不够支撑我想过的那种生活，没错，是可以买喜欢的衣服了，可还是要在几个颜色中挑选，呵呵，我有时候看那些女孩子说自己有选择恐惧症，恐惧个屁，还不是因为穷。

"上次你说你最喜欢的东西是钱，我看着你就好像看到当年的我自己，有什么错呢？我们只是想摆脱某些东西而已。但我又很清楚地知道，你跟当年的我还是不一样，你比我有原则，你更单纯，我干的那些事儿，你都干不出来。"

听到这里的时候，我原本涣散的注意力一下子集中起来，即使隔着很厚的衣服，还是清晰地感觉到了皮肤上爹起的一颗一颗浑圆的鸡皮疙瘩。

"简晨烨一直对我有种敌意，从第一次照面我就感觉到了，你不用否认，我乔楚不敢说阅人无数，但谁喜欢我，谁讨厌我，我只要看一眼，一眼，我就看得出来。

"简晨烨看我的时候那种眼神，当我还在学校的时候就已经领教过无数次了，每次我从那些几十上百万的车上下来，我的那些同学都是那么看我的，你知道他们背地里叫我什么——校鸡，哈哈哈……

"我不在乎，真的，昭觉，我一点儿都不在乎，我只知道我再也不用为了一点儿学费、一点儿生活费，像条丧家犬一样守在我爸或者是我妈家的楼下了。不用乞讨的感觉真好啊，哪怕是陪那些男人吃饭喝酒，听他们讲黄段子，甚至跟他们上床，都比做乞丐好……"

　　我静静地看着乔楚，简晨烨曾经说过的那句话此刻从混乱的回忆中跳脱出来，无比尖锐无比清晰，他的判断的确比我准确一百倍，乔楚亲口承认了，她确实有这么不堪的过去，她确实是这么不堪的人。

　　可是为什么，看她这样野蛮粗暴地把自己一层一层剥开，毫不掩饰那些丑陋的疮痍，我心里竟然一点儿鄙夷都没有。

　　我很清楚地记得乔楚第一次去我家看望我，是我骨裂的那个时候，我们并不相熟，只见过几次面，那时候我觉得她对我来说，就像邵清羽一样，是生活在云端的人，不可能了解我的疾苦。

　　直到她将这一切和盘托出，她的身世，她的经历，她为什么会是现在的她，虽然我只能在迷雾中看到一个大致的轮廓，但我知道，我的直觉没有错——我是说，我们的生命中有相通的东西。

　　一时间，我无法具体地概括出那样东西是什么，苦闷的童年、孤单的青春期，还是因为早慧而对金钱和物质产生的那种近乎扭曲的崇拜……

　　不知道为什么，我突然想到了邵清羽，想到了我们之间这么多年的闺密情，为什么我从来没有对她说过这些，我认为不是因为我对她不及乔楚对我这样坦率。

　　唯一的原因，是因为我从心底里认为，她永远不可能理解。

　　"对了……"她扯了张纸巾用力地擤了一下鼻子，"先不说我那些破事了，你不是也有事要跟我讲吗？"

到了这一刻，我的心里已经成了乱世春秋，一点儿理性和主张都没有了，还要说我自己的事吗？

可是如果不跟她说，我还能跟谁说呢？

你的一生就是你所有选择的集合，我不记得曾在哪里看到过这句话。

很久之后我回想起这个夜晚，在当时，无论是我还是乔楚都没有意识到，它在我们的生命中占据了举足轻重的分量。

我们在这天晚上所说的话，所做出的决定，对于我们的生活究竟意味着什么，是好是坏？

犹豫了一会儿，我终于很艰难地开口了："我可能……怀孕了。"

我的话音还没落就听见好大一声动静，是乔楚往后一退撞倒了桌上的裂纹花瓶，好在没有摔碎，只是花瓶里的水开始沿着桌面往地上滴，花瓣跌落了不少。

她手忙脚乱地扶起花瓶，连水都没来得及擦，大步一跨，重重地坐在了沙发上。

过了好一会儿，她问我："你确定吗？"

就是不确定啊，我烦躁得开始揉头发，我查了记录大姨妈的 App，往常都很准时的，这次已经过了十天了，但我又觉得可能是最近工作太忙没休息好影响了身体，总之我自己也不知道……

乔楚一把抓住我的手："别揉了，快揉成杀马特了！"

她沉思了片刻，小心翼翼地问："你从前有过这种事吗？"

"当然没有啊！"我眼睛瞪得老大。

乔楚比我先冷静下来，她严肃地看着我的脸，停顿了几秒钟，起身去了洗手间，拿了个长条形的小盒子出来给我："先去验，确定了再说。"

我看了一眼那个盒子，很悲壮地站起来，去了洗手间。

隔着洗手间的门只听见乔楚在外面一直催："姑奶奶，你倒是快点啊。"

乱，就是一个字，真他 × 的乱！

打开门我看见乔楚那一脸急切的关心，不是装出来的，这令我心头微微一暖。

我以几乎不可觉察的幅度轻轻点了点头，不想再多说什么了，要是可以的话，我真想对着自己的脑门开一枪，一了百了最痛快。

万蚁噬心，脑袋里一片空白。

冷，空调调到 30℃度也温暖不了我骨头缝里渗出来的冷。

我想起了一件与此完全无关的事情。

很多年前，我还在上小学的时候。

一天晚上，我已经睡着了，半夜的时候忽然被一阵惊天动地的嘈杂吵醒，蒙蒙眬眬之中以为是院子里谁家在吵架，躺在床上听了一会儿感觉不对劲，连忙爬了起来。

我很清楚地记得当时自己穿着小背心和四角短裤，站在客厅的门口，乌压压的一大群人围成一个不规整的圆圈，圆心中有低微的呻吟和倒吸冷气的声音。

不记得是谁第一个发现我，大概是某个跟我爸一起跑车的叔叔伯伯吧，大嗓门吼得我耳膜生疼："昭觉起来了！"

所有的人都转过来看着我。

我一动不动地看着圆心中间坐在板凳上，满脸都是血的，我的父亲。

我看着我妈用一把小小的镊子，从他的头发里、皮肤里不断地夹出一小块一小块的碎玻璃，鲜红色的碎玻璃，浸在我父亲的鲜血里的碎玻璃。

有人来拖我，他们七嘴八舌地跟我讲："你爸爸出了车祸，不是很严重，你快去睡觉，明天还要上学。"

他们的力气真大啊，我感觉到自己的手都要被他们拽断了。

我应该哭的不是吗？可是我只觉得害怕。

怕得连哭都忘了……

那堆鲜红的碎玻璃片，直到这么多年后，还牢牢地扎在我的心脏里，一片都不少。

没错，我长大了，四肢健全，体格完好，我现在是一个百分之百的成年人，可是当在洗手间里面对着验孕棒最后呈现出来的结果……

那个喧闹的夜晚，那种完全超过我所能承受的沉重，一下子，又重重地压到了我的肩膀上。

我依然无力去对抗，或者改变什么。

那些玻璃片带来的细碎锋利的痛，割裂了岁月，又回到了眼前。

　　直到乔楚的声音把我拉回现实："什么时候告诉简晨烨？"

　　"不，不告诉他！"话说出口连我自己都惊了一下，这是什么时候萌生的念头，竟这样坚决，好像从模模糊糊预感到这件事的时候，它就已经落地生根了。

　　乔楚吃惊地看着我，很快，她像是完全能够理解我为什么这样做："那你的意思是，不要这个孩子？"

　　……

　　像一场明知道一定会降临的狂风暴雨，但在这个问题真正血淋淋地摆在我面前之前，我一直很平静，山雨欲来风满楼的那种平静。

　　该怎么办，我该怎么办呢，乔楚？变数充斥着我的生活，就连我和简晨烨之间的感情也变得岌岌可危，唯一能够确认的事情就是，这个孩子来得不是时候，他没有给我一丁点儿喜悦，他带来的是更大的惶恐和焦虑……这些话顶在我的胸腔里面，几乎就要顶破肌肉和皮肤，可是我说不出来，一个字都说不出来。

　　乔楚看着我，她的眼睛那么湿润那么亮，像世界上最小的海洋。

　　她轻轻地抱住我，耳语般地安慰着我："没关系，别怕，没关系。"

　　我僵硬的肩膀渐渐垮了，眼睛发酸，膝盖发软，手脚冰凉，我飘浮在空中俯瞰着自己，往日里紧贴着身体的那层铠甲马上就将支离破碎，撑不下去了，一分钟都撑不下去了。

　　奇怪的是，到这一刻，我突然平静了，像是绝症患者终于拿到了那张确诊的通知单，我彻底地平静了。

"你会陪着我的，对吧？"我问乔楚，冰冷的声音里透着一股绝望。

"我会的。"她抱住我，像抱着一具刚从冰水里打捞起来的尸体。

回到家里，简晨烨刚刚洗完澡从浴室出来，正用浴巾在擦头："你不是不舒服吗？怎么这么晚才回来？"

我没有跟他闲话家常的耐心，脸都懒得洗直接往床上一倒。

"你怎么了？"他跟了进来，"跟你说话也不搭理。"

"那你又是去哪儿了？"我不耐烦地回了一句。

"我去闵朗那儿了。"

我心里一动："怎么突然去他那儿了，你最近不是也挺忙的吗？"

"下午他突然给我打电话，说有事想找我聊聊，我就过去了一趟，没想到会弄得这么晚。"

我没接着问，但我知道简晨烨还有话要说。

果然，他停顿了一下之后，我听到了那个名字。

"徐晚来月底回国。"

有一万个惊叹号砸在我的心里，这个夜晚比冬至那晚还要漫长。

Chapter 6

我曾经对这段感情有多笃定，
而今对人生就有多灰心。

"你怀孕期间又是打针又是吃药的，这孩子你到底是想要还是不想要啊？姑娘。"医生看着我直摇头。

　　我低着头，没说话。

　　我知道这样想不对，但，我的确松了一口气。

　　医生说的话给了我一个理由可以光明正大地放弃这个孩子，并且这个理由是如此充分，我可以自欺欺人地说，不是我不想要，是我不能要。

　　"你的心情可以理解，但还是想开一点儿，毕竟还年轻，养好身体再要孩子，也是对孩子负责嘛。"医生阿姨跟我妈妈年纪相仿，看我愁苦的样子，反过来宽慰我。

　　我淡淡地笑了一下。

　　走廊上坐着不少等待产检的孕妇，她们的先生替她们拿着包，嘘寒问暖的样子真让人羡慕，还有一些看起来年龄很模糊的年轻女孩，满脸的惴惴不安。

乔楚从包里摸出烟和火机，示意我找个露天通风的地方再聊。

空地上有不少烟头，除了我们两个女的之外，周围全是些大老爷们儿，我观察到了一件事，他们都在拿眼角余光瞟乔楚。

"时间定了吗？"乔楚一贯是这样开门见山，根本懒得理会四周那些跃跃欲试的猥琐眼神。

"医生说最好尽快，就这几天吧。"尽管是早就决定的事情，但亲口说出来，我心里还是一抽一抽地疼。

"吃药还是做手术？"

"还不到七周，医生说可以用药物。"

"也好，两害相较取其轻。"乔楚略微一迟疑，"真的不告诉简晨烨吗？他有权利知道这件事的。"

我没说话。

乔楚叹了一口气："唉，你何以如此坚决。"

时机不对，不应该是现在这个时候，我心里那个叶昭觉又冒了出来，总是这样，一次一次，你以为她烟消云散了，可偏偏她如影随形。

她与我的犹豫和迟疑对峙，我听见她在说："我卑微，我贫贱，没错，我都接受了，所以我努力改善我的生活，努力从泥沼里爬出来——当我付出了这样多的努力，当我终于看到了一点点儿光亮，生活逐渐步入正轨的时候——为什么——为什么我要去赌那一次可能把我拉回到贫贱的机会？"

我仰起头来看着天空，严重的雾霾导致能见度几乎为零，我看不见其他任何东西，只看得见孤零零的太阳挂在空中，颜色那样浅那样淡，就像假的一样。

万物之上是否真的有神灵存在？

如果有的话，他真应该睁大眼睛好好看看这个千疮百孔的人间，看看这些小人物的悲喜。

"我明天请假。"

临下班时，我站在齐唐面前，单刀直入就这么一句话。

他不解："你不是康复了吗？又请假？"

"这次我请事假，你批不批我都要请，工资随你扣。"说完我没等齐唐反应就转身离开了他的办公室，也不管他在背后一直嚷着："喂喂，你等一下，×的你以为你是谁啊！"

不好意思了齐唐，我心里默默地说，请原谅一个即将堕胎的女人的惊恐和狂躁，我没法对你说明其中的缘由。

在公交车站等车时，齐唐的车从对面的地下车库缓缓驶了出来，虽然隔着四车道的大马路，但我还是清清楚楚地看见了坐在副驾驶座上的Vivian。

自从上次我们直面冲突过后，她每次来公司都视我如无物，就算不得不与我照面，那也是目不斜视，高贵冷艳。

我忽然觉得自己挺没劲的，那种"大哥你贵姓"式的没劲，为什么呢，因为你对别人来说根本无足轻重好吗？

他们那条车道的行驶速度非常缓慢，齐唐把车窗降了下来，远远地看着我这个方向。

我不确定他是不是在看我。

正好我等的那趟公交车来了，及时阻隔了我们彼此的视线，我拿出公交卡，跟在其他人后面挤上了车。

第二天清早乔楚陪我一起去医院，出门之前简晨烨毫不掩饰他的猜疑："你们鬼鬼祟祟的，搞什么名堂？"

"你管我。"我虚张声势地回了一句。

在密闭的电梯里，乔楚轻声问我："你还是没告诉他？"

我抿着嘴，两只手交错绞在一起，因为太用力了，所以手指都发白了，这个冬天注定要比过去的任何一个都冷。

"前两天的药我都是躲着吃的。"我平静地说。

十七岁相识到如今，七八个年头已经过去，如果说这么长的时间下来我还不了解简晨烨的脾气的话，那我未免也太愧对这七八年的光阴，也太愧对我们已经逝去的青春。

我能猜想得到他的反应，并且我敢拍着胸口保证真实的情况与我的猜想不会有任何出入。

简晨烨会想要这个孩子的，就像他一直想要他的理想，想要跟我在一起，结婚，组成家庭，是的，就像他想要这些东西一样那么坚定。

即使告诉他，我在怀孕期间吃了药，打了针，也许对孩子会有影响，他也会劝我说，也许没有呢？

如果我问他，我们拿什么来养这个孩子，他一定会回答我说，未来会比现在好，我保证。

比起十七岁的时候，我已经变得现实世故，而他还是那么赤诚天真。

我长大了，但他还没有。

我们经历了共同的艰辛，却分娩出了截然不同的另一个自己，我的面容上已经有了风霜的痕迹，而他却仍保持着高岭之花般的灵魂。

因为那纯粹的理想主义，所以我知道，他其实比我还要不堪一击。

我们争吵的次数已经太多了，不需要更多了，我知道孩子不是我一个人的，但放弃掉孩子，只需要我一个人决定。

事实上，直到吞下最后那颗药片时，我都还在自我催眠说：你看，我是如此体谅你，我知道你会为难，而我不愿意你为难，所以我一个人承担。

这种自以为是的沾沾自喜，在药效开始起作用时逐渐土崩瓦解，先前那点儿贤良和温柔，霎时间都成了讽刺。

我后悔了，我真的后悔了，可他 × 的来不及了，我一辈子也不会忘记这种痛。

小时候我曾因为指甲发炎拔过一次指甲，我记得那次我在小诊所里哭得惊天动地，连隔壁家五六岁的小孩都跑过来笑我。

后来我得过中耳炎，半夜发作起来痛得直撞墙，硬生生地在脑门上撞出一大块瘀青。

我以为那就是我的身体所能够承担的极限了，再多一点儿我肯定就死了——可是，这种痛，是它们的总和还要乘以十倍那么多。

酷寒的天气，我痛得满身大汗，已经没有多余的一丝力气去维护尊严。

没有发出一点儿声音，可我的确哭了。

我蜷缩成一团，绝望地盯着墙上的钟，他×的这钟是坏的吧，怎么可能这么久才过了十分钟，我×！

医生进来看了一下我的情况，对乔楚说："扶她起来多走动一下。"说完就走了。

我简直不敢相信自己的听觉，心想我他×都这样了，还起来走走？走你大爷啊！

乔楚白了我一眼说："活动一下有助于胎囊落下来……你别这么看着我，这他×不是经验，是常识。"

两个小时，一切结束了。

我听从了乔楚的建议，先去她家休息一会儿，省得被简晨烨看出个不对劲来。

我在洗手间里照了一下镜子，除了脸色特别苍白之外，其他的看起来跟平时也没什么区别，不知道是不是因为工作太累和病了一场，脸倒是小了一圈。

乔楚开了一下门，又关上了，手里捧着一个瓦罐："我在附近的私房菜馆给你订了半个月的汤先喝着，不够了我接着订。"

"我怎么好意思……"我急忙推辞。

"没关系，虽然断了财路，但这点闲钱还是有的，信我的，破船还有二斤铁呢。"乔楚把汤盛出来，回头对我嫣然一笑。

突然间，我心里一疼，如果到了这个时候，还不让乔楚知道徐晚来的存在，那我也太没人性了。

但是，我真的说不出口。

　　我记得那天晚上乔楚告诉我，她爱上了一个人，是闵朗，她说从今往后她也有爱人了。那个时候，她的表情像朝霞一样美丽，眼睛里闪耀着从未有过的温柔光芒。

　　我端着那碗热汤，在乔楚期待的眼神里慢慢地喝了一口。

　　她看着我说："哎呀，神经病，好好的你哭什么？"

　　周末结束之后去公司上班，气氛有点儿诡异。

　　虽然每个人都在自己的位置上正襟危坐，但眼角眉梢那丝丝缕缕的八卦气息，那一脸欲盖弥彰的讳莫如深，都让我清楚地感觉到一定出了点儿什么事。

　　我在 QQ 上问苏沁：怎么了？

　　她说：你等一下，我把你拉进群来。

　　我 ×，居然特意建了个八卦群，你们对得起自己的工资吗？

　　我一进群就被那快速闪过的聊天内容给闪瞎了眼，怎么回事你们倒是把来龙去脉说一说啊，急死我了。

　　苏沁是个好人，负责给我科普：就是你请假的那天，Vivian 来公司跟齐唐大吵了一架，差点把齐唐办公室给掀了。

　　！！！！！！！！！——只有这个符号能表达我的感想。

　　苏沁接着说：我们也超级震惊好吗，那谁谁谁还假装报告工作特意去门口想偷听，齐唐打开门就是一顿吼，我进公司三年多了从来没见他发过那么大的脾气，吓死我们了！

　　其他人七嘴八舌地开始补充，同事甲说：好像是因为齐唐那天把手机忘在 Vivian 那儿了，叫她帮忙送过来，没想到送个手机会搞出那么大的动静。

同事乙说：我当时听到一点点儿，Vivian 在齐唐手机里看到了什么东西，她要齐唐解释给她听这不是预备劈腿是什么意思。

！！！！！！！！！——shift+1 都快被我摁坏了。

同事丙打字打得有点儿多，所以速度落后了别人：是 Vivian 在齐唐手机里看到一张照片，我听得清清楚楚的，她的原话是说，就算不是劈腿也是预备劈腿了，齐唐发火的点是 Vivian 未经允许查阅他的手机，他不是在国外留过学嘛，特别注重维护自己的隐私，但 Vivian 的意思是如果没做亏心事，就不怕她看，后来就越吵越凶了。

后来呢后来呢？我接着问。

苏沁又出来了：后来齐唐可能觉得在公司为这种私事吵架太难堪了，而且他打开门看到我们所有人都在围观啊，还怎么吵得下去啊，就硬拖着 Vivian 走了，我们总不能跟着去看热闹吧，反正那天他们走了就没回来了，不知道后来怎么样了……

精彩啊！我不禁扼腕叹息，好死不死我偏偏就在那天请假了，没能目睹这么精彩的戏码，真是太遗憾了。

正聊着天，一道阴影投射在我白色的办公桌上，我的双手像被钉在键盘上跳不动了。

有多久的时间？五秒还是十秒或者更久一点儿？我低着头，不敢抬起来。

我可没忘记自己那天请假时的态度有多恶劣，想来齐唐这么小心眼的人肯定也没忘记，我们俩就一直这么僵着，他不开口我也不开口，只是偷偷地把手挪到鼠标上，关掉群。

"叶昭觉，你进来一下。"声音听起来还挺正常的，接下来是什么情况就不知道了。

我硬着头皮站起来，关门之前冲着不远处的苏沁做了个愁眉苦脸的表情。

得到齐唐的允许之后我在他对面坐下来了，有点儿像第一次见面时的情形，他还是那个不苟言笑的老板，我依然是那个唯唯诺诺的求职者。

慢着——今天的他跟平时不太一样——我说不上来是哪儿不一样——但确实不太一样。

他为什么要这样牢牢地盯着我，又不是不认识，又不是以前没见过面，他这眼神是要在我脸上凿个洞出来还是怎么的？

齐唐慢慢地靠回到椅背上，脸上没有任何表情。

我起先还因为不好意思被他这样端详而故意四周乱望，突然之间我有点儿恼火，我有什么不好意思的，不就是请了一天假吗？又没杀人放火。

于是我把目光收回来，冷冷地看向他——比耐力？我会怕你？

齐唐还是很好看的，脑袋里突然闪过的这个念头吓了我一跳。

可平心而论，他的确是我见过的为数不多的能把正装穿得这么好看的男生，他高而且瘦，四肢修长，气质偏冷，不说话的时候就像是硬照上的模特。

"你那天干什么去了？"冷不丁地，他突然说话了。

"我的私事没有必要向你交代吧。"我冷冷地说。

他有点儿错愕，身体往前倾了倾，皱着眉头说："我以为……"

"什么？"

"我说，我误以为我们是朋友。"他耸了耸肩膀，自嘲地说。

他成功地唤起了我的愧疚感，我一下子为自己冷漠的态度而感到汗颜，顿了顿，我小声说："不好意思，最近有些事情弄得我心烦意乱，我不是故意要刺你。"

"还有，我心里也是拿你当朋友的。"

是错觉吗？在我说完这句话之后，我好像看到齐唐的脸上闪过了一丝笑，不易觉察，可我就是察觉到了。

有点儿错乱，一时间好像两个人都不知道该如何把对话进行下去了。

"嗯……你要不要喝水？"齐唐的神情明显比我刚进门的时候愉快多了。

无意义的寒暄过后，齐唐挑明了正题，跟工作无关，完完全全是一件私事："昨天我接了个电话，是清羽的爸爸打给我的，问我知不知道这丫头现在一天到晚在干什么，三天两头见不到人，有时候连电话也不接，短信也不回，这段时间更过分，都没说一声就跑到外地去了大半个月，音信全无，要不是信用卡消费记录可以查，简直都要怀疑她是不是死了。"

"我跟她爸爸说她近几个月跟我联系得很少，除了拜托我帮她一个朋友解决工作的事情之外，几乎都可以说没有联络，她一个钱包里装着三四张白金信用卡的无业游民每天到底在忙些什么，我实在也搞不清楚。"

邵清羽，我上一次见她是什么时候，在哪里？我真的完全想不起来。

"她爸爸的意思是——"齐唐看着我，神色诚恳，"如果我能打听得到一点儿什么，请一定要转告给他，毕竟他年纪越来越大，为人父母的心思，希望我们能够体谅。"

"你从我这里得不到任何信息。"我干脆利落地说，"这几个月来，我跟我家小区收发室的大爷说的话都比跟她说的要多。"

"齐唐，我没有瞒你，我真的什么都不知道。"

关于我请假的那天，我到底是去干什么，而齐唐和 Vivian 之间又发生了什么，我们都没有再以朋友的名义去窥探。

年纪大个几岁毕竟还是不一样，知道人与人的交往之中，分寸应当把握好，一旦没脸没皮地越了界，那就没意思了。

但我知道，齐唐心里依然存在着好奇。

坦白说，我也一样。

就在我和齐唐面面相觑时，消失了很久的邵清羽同学终于打开订机票的网站，开始查看航班信息。

尽管每天都涂了防晒霜，但高原上的紫外线可不是开玩笑的，到底还是晒黑了不少，她站在镜子前认真地看着自己，大局已定，没必要藏着掖着了，可以回去给所有关心自己的人一个交代了。

想到大家的反应，她还是忍不住有点儿头疼。

先斩后奏是她从小到大一贯的处事风格，但这次好像玩得有点儿过分了。

那天收到爸爸的短信，一句话，再不回家就永远别回了。

当时她看着手机屏幕发了很久的呆，打了一行字又删掉，再打一行，又删掉，最后她摁了一下锁屏的键，跟自己说就当作没看到。

不记得是从什么时候开始，她跟她的亲人、她的好朋友之间，已经无话可说了，任何人发来的短信她都不想回。

没有人真的希望我过得好，没有人真的在乎我开不开心，她没有意识到当她这样想的时候，自己的脸上浮现了一个冷笑。

父亲有他的妻子和女儿，叶昭觉有简晨烨，我呢，我只是有几张额度很高的信用卡而已。

房间的门被推开了，那个人提着稀粥、粑粑和玻璃瓶装的豆浆进来说："豆浆很凉，先放在热水里温一会儿再喝。"

她对他笑了笑："不着急，我看了一下飞机的时间，我们明天中午回去，正好可以在晚饭前到，你觉得怎么样？"

"我都好，听你的就行。"

邵清羽又笑了一下，不由自主地想起蒋毅，在一起那么多年，吵了那么多架，磨合了那么长时间，她青春年少时全部的爱和热情都给了他，可他从来没有像这个人这样，无原则地宠爱过自己。

哪有什么放不下的旧爱，不过是没遇到足够投缘的新欢——她叫他："那你过来确认一下身份信息，姓名，汪舸，身份证号码，你自己输一下。"

云南的天空有一种静谧之美，在这片土地上就连时间都流淌得格外缓慢。

回去就要面对一场狂风暴雨了，邵清羽心想，管他呢，该来的总要来。

她转过头去对着汪舸问："豆浆热好了吗？"

属于他们两个的时间，只剩下一天了。

　　我打开门就意识到不对劲，虽然跟往常一样是一片漆黑，但是沙发上有个人形的黑影。

　　我连忙摁下客厅灯的开关，那声到了嘴边的惊呼被生生压了下去，是简晨烨，我没忍住脾气："有病啊你，想吓死谁啊。"

　　他一动不动地看着我，不说话。

　　确实不对劲，我感觉到全身的肌肉都开始变得僵硬，那种强烈的不祥的预感又来了，我慢慢地走过去，看到摆在茶几上的空空的塑铝板，我的呼吸停止了——那是我前几天吃的药的包装，我明明扔进了废纸篓，还特意抽了几张纸巾盖住——我慢慢地坐下来，心中有战鼓般的声响。

　　怎么办？

　　"我前几天顺手把电费单子给扔了，今天突然想起来当时手机没电，抄了一个号码在上面，就去垃圾桶里翻了一下。"简晨烨的脸上没有任何表情，像一块坚冰。

　　"噢……那找到了吗？"我顾左右而言他。

　　"没有，不过找到这个。"他并不打算放过我，"叶昭觉，你瞒着我干了什么？"

　　我想我没有听错，简晨烨的语气里，有着咬牙切齿的恨意。

　　黑云压城城欲摧，巨大的压迫感像一把利刃抵在我的眉心，大事不妙！

　　人在最危急的关头总是会想起一些无关紧要的事情，我突然觉得我下午应该问问齐唐他跟 Vivian 到底怎么了。

大局已定，我反而镇定了下来。

"我怀孕了，我把孩子打掉了。"我平静地说，眼泪一颗一颗地顺着我的脸砸下来，可我懒得去擦。
破罐子破摔，那就索性大张旗鼓地摔出个动静来。

简晨烨慢慢地把脸转过来看着我，眼神像刀锋一样，我感觉到自己身上某些看不见的地方被一刀一刀地凌迟着。
但我依然很平静，连我自己都讶异于这种镇定："现在你知道了，又怎么样呢？"

茶几上的玻璃烟缸被简晨烨扫落到地面上，发出了骇人的碎裂声，我为之一抖，指甲掐进手心里都没感觉到痛。
我抬起头来怒视着简晨烨，有一团火从我的胸腔里烧了起来，如果说这个房间里有人有资格愤怒，那也应该是我——是我！
发泄出来吧，都发泄出来吧，我他 × 早就想发泄了！
我他 × 忍受了这么久，我受够了！

简晨烨脸色惨白，难以置信地盯着我，他好像忘记了自己要说什么，又好像是因为要说的话太多了，一时不知道该从哪一句开始。
"我知道你不会同意，所以我从一开始就没打算让你知道这件事，你的反应都在我预料之中。简晨烨，我告诉你，我那天差点痛死了，当时我很后悔没叫你陪着我去医院看看我那个样子，如果你看到我那天的鬼样子，你就会知道你今天根本没有资格站在这里谴责我！"

"你凭什么打掉孩子！"简晨烨像一头发狂的野兽。

"因为穷人没有资格生孩子！"

图穷匕见。

覆盖在我们生活之上那层薄薄的糖衣，终于在这个夜晚消失殆尽，露出了丑陋的，一直在腐烂的真面目。我们终于丧失了所有的耐心，对彼此，对自己，对这仿佛永远都不可能好起来的人生。

我们撕毁了之前所有努力粉饰的平和与温馨，拔出利刃，找准了对方最薄弱的地方狠狠地捅下去，带着同归于尽的决心，不是你死，就是我亡。

那些堆积在岁月中的温柔和缱绻，还有在风雨飘摇中一直苟延残喘的爱情，伴随着十七岁时学校走廊里静默相望的那对少年，在这个夜晚彻底死去。

我们依然站立着对望，中间隔着的不是阴凉的走廊，而是满地的碎玻璃碴。

我们终于从盟友，成为了敌人。

◇2◇

冰冻三尺，积重难返，疯了，我们都疯了，我们恶语相向，每一个用词都恨不得置对方于死地。

坦白说我心里其实被吓到了，我并不知道这么长的时间以来，对现状充满了不满和愤恨的并不只有我一个人，我并不知道，他恨我。

　　一个平日里温和无害的人，一旦爆发，能量要比一个往日里就爱絮絮叨叨的人强烈一百倍。

　　他指责我现实、自私、冷漠、不负责任、好高骛远，他说我变成了他最讨厌最看不起的那种人，把钱看得比一切都重要。

　　他说："你是从什么时候开始变成这样的，钱钱钱，除了钱还是钱，我每天听你说得最多的一个字就是钱，你知道吗？后来我甚至都不想看见你，我害怕跟你待在一块儿，你跟我聊天最多的话题就是邵清羽买了一个几万的包，又买了几千块钱的鞋子，现在多出来一个乔楚，你看看你身边的那些朋友，你问问你自己，你是不是从心底里想变成她们，你是不是发自肺腑地羡慕，甚至嫉妒她们？"

　　我的心里在淌血，可是我忍不住哈哈大笑："变成这样？简晨烨你他 × 是傻吗？从你认识我的那天开始我就是这个样子，自始至终我就是这么现实、自私、冷漠的一个人，你他 × 的今天才知道吗？"

　　"是啊，我羡慕乔楚，我嫉妒邵清羽，我做梦都想跟她们换个人生！至少她们不用为了每个月的房租水电煤气提心吊胆；至少她们不用等到商场打折季才敢进去逛逛，看看自己喜欢的东西；至少她们不用为了一份糊口的工作看人脸色，伏低做小，生怕出点什么差池捅了娄子就被老板炒掉；至少她们不用担心随时会被房东赶出去——你看不起她们，她们还未必看得起你！"

　　没有退路了，没有回转的余地了，每一个脱口而出的词语都是生生敲入心脏的铁钉，拔不下来了，拔下来也只会看到汩汩冒血的创口——

我们的感情，穷途末路，奄奄一息。

简晨烨瘫坐在沙发上，面如死灰。

可我还没有说够。

"你知道我知道自己怀孕以后第一个念头是什么吗？"我看到简晨烨原本紧缩的眉头皱得更厉害了，"这是个错误的生命，他不该来到这个世界。"

我慢慢地坐下去，奇怪地看着他："难道你一点儿都不能理解吗？如果这个孩子没有被打掉，十个月后顺利出生，你能想象我们的生活会变成什么样子吗？我自己过得辛苦就够了，我不要我的孩子跟着我一起辛苦，生命非他意愿而来，如果我什么都给不了他，那他就不如不来。"

简晨烨抬起头看着我，此刻他显得那样困惑："难道你的心里就没有一点儿良善的东西吗？叶昭觉，难道你会不爱自己的孩子吗？"

"爱？"我觉得自己马上又快要笑出来了，"爱有什么作用？买进口奶粉和童车的时候对别人说'我钱不够，可以拿爱抵吗？我很爱很爱我的孩子哦'，这样可以吗？不，简晨烨，我不要我的孩子像我一样在自卑中长大。"

"凭什么你这么武断地认为他一定会在自卑中长大？"

"笑话！别人有的他没有，别人穿名牌他穿地摊货，别人暑假去欧洲夏令营，他在家看《还珠格格》，这他 × 能不自卑吗？"

简晨烨安静了下来，事实上我说的每一句话他都不赞同，可是他无力辩驳，他终究是没有办法像我这么市侩地看待生活。

我用一种强悍到无可反击的姿态把他逼到了绝路，往前看已经是万丈深渊。

他的眼神里有一种孩童般的茫然，深深地刺痛了我。

我握住他的手，试图弥补尖刻的言辞所带来的伤害。"我有没有逼过你？我有没有给你施加过压力？我一直都希望你过得开心，不管我自己多艰难多不容易，我都希望至少你比我开心……"我的眼泪不断地汹涌而出，"但我也只是一个平凡人，饿了要吃饭，冷了要加衣，困了也想睡觉，刺一刀会痛会流血，我不是铁打的……"

简晨烨的嘴角微微抽动了一下。

"担负一条生命是一件远远比你想象的要复杂也要沉重得多的事情，我实在……我实在没有能力，照顾两个孩子。"

我不再逞强了，我承认自己已经无力支撑，当话说出口的时候，我有一种空前绝后的轻松的感觉。

简晨烨默默地把手从我的手中抽走，他已经完全平息了下来，眼眸里有着无穷无尽的悲哀。

我们看着彼此，知道某些事情已经到了尽头。

"昭觉，我曾经真的很想和你结婚，给你幸福，我曾经真的很爱你，想跟你有一个结果，可是现在……"他顿了顿，"我不知道了。"

我们终于都亮出了自己的底牌，这底牌就是，我们都已经不确定这段感情是否还值得继续。

只差那两个字了，我们静静地看着对方，想着会由谁先说出来。

"昭觉，我们分手吧。"他说了。

我的眼睛一闭，天塌地陷。

他起身慢慢地走向门口，我不由自主地叫了一声他的名字，他定住了，不知道要不要回头。

"是我把一切弄成这样的吗？是我吗？我到底做错了什么？"我没有意识到自己几乎是在咆哮了。

他回过头来看着我，像是看着荒野里唯一的一棵树，那目光中有悲悯，有痛惜，但没有了爱。

而他的声音是嘶哑的，像是大力嘶吼过后无法再正常说话那样乏力："你没有做错任何事情，不要怪自己。"

"曾经那么辛苦，我们都坚持在一起，为什么现在不行了？"我哭得喘不过气来，五脏六腑都被绞碎了一般。

"一件事情需要坚持才能继续下去，那它本身就是错误。"他打开了门。

我还想说什么，可是我说不出来了，空气像棉花一样堵在我的嗓子眼里。

我狠狠地咬住自己的手指，用尽全身的力气，眼泪和鼻涕在我的脸上糊成一团，然后我开始打嗝，身体完全不由自己支配。

当我意识到的时候才发觉自己跪在洗手间里，抱着马桶狂呕。

那种呕吐，像是要把心脏都呕出来才为止。

我独自待在这间公寓里，我们一起看中的公寓最后留下我一个人在这里。

这些漫长的、厚重的、令人窒息的一分钟又一分钟，比死亡还要寂静的一分钟接着一分钟，我感觉到——如果我还有感觉的话——身体里有什么东西在迅速地溃烂，像是被灌进了某种腐蚀性的液体，从喉咙开始一直往下，胸腔，腹腔，然后由内而外渗出来，四肢无力，头脑发蒙……

突然之间有敲门声，我竟一下从地上爬起来——我竟然还有力气爬起来——扑了上去，万分之一秒中我认定是他回来了。

真的是他，我欣喜若狂地看着门外的人，真的是他。

"我们重新开始好不好？"我高声尖叫着，那声音听起来有一种异样的凄厉，当我说完这句话便像被闷棍敲击了一般，绝望呛住了喉咙，我直挺挺地向前倒下。

乔楚伸出双臂接住了我瘫软的身体，小声地在我耳边叫着我的名字。

我不愿意睁开眼睛。

门外的人是乔楚，不是他。

◇3◇

从那天晚上开始，时间对我已经失去了意义，拉上窗帘甚至无法分辨白昼黑夜，乔楚一直陪在我身边，关掉了我的手机，也关掉了她自己的手机。

除了哭泣之外我不知道还能做点什么，大多数时候我们谁也不说话，只有电视的声音提醒我们外部世界依然在有序地运转。

乔楚不会做饭只会叫外卖，我没有一点儿胃口，就算她强迫我吃下了一份沙拉，几分钟之后也会被我吐得一干二净，我们躺在床上，像两个完全被世界遗忘了的人。

太累了，二十多年积攒下来的疲惫在此刻一次性倾泻而出，我心里有个声音在说：你还要去工作。我对她说：滚你 × 的，老子不干了。

我他 × 乐意就这么堕落了，怎么着。

外界发生的一切都与我隔绝开来，理所应当地，我不知道齐唐找我找疯了。

一贯有风度的齐唐，在那天的晨会上对我这种公然旷工的行为破口大骂："她以为她是谁啊，想请假就请假，想来就来，想不来就不来，连招呼都不打，她当我这里是什么地方！"

公司全体同事都沉默着，事实上确实没有任何人知道我在哪里。

齐唐显然对这种局面很不满意，头一个就迁怒于平时跟我走得比较近的苏沁："你！找过她吗？"

苏沁吓得一弹，连忙点头："找……找过的，手机都打爆了，她一直关机，QQ 也没上过线，不知道是不是出了什么意外……"

"意外？"齐唐一声冷笑，忽然又意识到这种可能性也是存在的，便收了声。

会议草草地结束了，同事们交头接耳，都在表达同一个看法：齐唐是疯了吧？

　　邵清羽乘坐的航班刚刚落地，她才一开手机就被振得不行，未接来电12个，全是齐唐，她刚准备回拨过去，马上又来了："这么久才开机，你找死啊！"

　　"你他×有病啊，你他×坐飞机不关机罔顾他人生命安全是吧！"邵清羽对齐唐一向都没什么好语气，"这么急着找我肯定没什么好事，我还是挂了吧。"

　　"别别别，是我不对……"齐唐的语气软了下去，"我找你有急事，叶昭觉他×的最近老是无缘无故地请假，这两天假都不请了，直接旷工，人是你介绍来的，你要负点责任吧？"

　　好一个先声夺人，邵清羽被噎得半天没说出话来，周围的乘客都开始起身拿行李了，她还坐着没动："到底你是她老板还是我是她老板啊，自己的员工旷工你倒是好意思怪我？"

　　"……"

　　"你现在在哪儿，有没有什么办法找到她？"

　　"齐唐……"邵清羽突然觉得有什么地方不太对劲，"昭觉是携款旷工吗？"

　　"那倒不是，怎么了？"

　　"怎么了？齐唐，你看看你自己的反应，正常吗？"

　　敲门声响起来的时候我和乔楚同时从床上弹起来，有那么一刹那我还是抱着幻想，会不会是简晨烨回来了？

　　然而这幻想在下一秒就破碎了，我清楚地听见邵清羽一边捶门一边喊："叶昭觉，你死了吗？没死就起来开门！"

　　乔楚看了我一眼，轻声问："要不要我去应付？"

　　长时间的哭泣和昏睡，加上房间里浑浊的空气都让我晕眩，尽管如此我还是很清醒地知道，邵清羽不是这么好打发的。

我摁住了乔楚，说："我自己应付。"

邵清羽的反应会很大，这个我在开门之前已经想到了，但我万万没有想到的是，她不是一个人来的，她的身后站着齐唐。

打开门的那一瞬间我有点儿后悔没去洗把脸，哪怕稍微整理一下仪容也好啊，也不至于这副不人不鬼的样子出现在他们面前啊，我站着没动，因为我根本不知道在这种情形下该给出一个怎样的反应才算正常。

邵清羽一把推开我就往里冲："靠！你是自己在家制作毒品还是怎么的，见不得光啊？这么阴森森的……哎，乔楚你也在啊。"

我还是站着没动，低着头，不敢抬起来看齐唐。

我们俩像两尊石像一样戳了半天，他才开口说："你手机关机了。"

我轻轻地嗯了一声："我知道。"

他又说："你没事就行了，那我走了。"

听到这句话邵清羽在我背后大声冲着齐唐嚷："喂，齐唐！我说你真的有病吧，之前在电话里火急火燎的不是你吗？这下你来都来了，不问问她为什么旷工，你就这么走了，我看你真是有病！"

一时间齐唐没说话，我也没说话，我们都被邵清羽弄得有点儿尴尬。

乔楚又适时地出来打圆场了："昭觉家里这么乱七八糟的，也不好意思请人进来坐，再说我们三个女生在呢，这位先生——齐唐对吧——齐唐夹在这里也不合适，他想回避就让他回避嘛，下次打扫干净了再请他来坐好了。"

我回头朝乔楚投去一个感激的眼神，要不是她给了我和齐唐这个台阶下，我真不知道该怎么收场。

"人没事就好。"最后齐唐就对我说了这么一句话。

我依然只是轻轻地嗯了一声，连对不起抱歉都没说，我连正视他一眼都不敢。

"分手了？！"邵清羽在听完来龙去脉之后再次不淡定地大叫，她根本不知道这两个字对我的刺激和冲击有多大。

乔楚白了她一眼："你别这么咋咋呼呼行不行，谁没分过手啊。"

"她啊！"邵清羽依然很激动，指着我，"她就没分过手啊！"

"现在也分了呀。"我笑了笑，不知道这个笑有多难看。

忽然之间，邵清羽整个人都塌了似的往沙发靠背上一倒，声音里竟然都有了哭腔："你们干什么啊？昭觉，你们俩干吗要分手啊？我以为你们一定一辈子都在一起的，你们这是干什么呀……"

说着说着她真的哭起来了。

我打了她一拳说："邵清羽，你干吗？你他 × 的才有病吧。"

说完之后，我也开始哭了。

在我们很年轻很年轻的时候，无论是我和简晨烨还是邵清羽和蒋毅，我们都没想过分手这件事，打从一开始我们都是奔着一辈子去的。

执子之手我们相信过，与子偕老我们也从来就没怀疑过。

当年我和简晨烨不在同一个城市上大学，高中毕业的时候有些女同学就说了，简晨烨到了大学绝对不会缺女孩喜欢，叶昭觉趁早做好被甩的准备吧。

这些话对我不是没有影响的，简晨烨上的是艺术院校，谁都知道艺术院校美女多，坦白讲，那个时候我有过一点儿担忧，不是欠缺对他的信心，恰恰相反，是因为对自己没有信心。

叶昭觉实在是太普通了，就像高中时那些女生说的，简晨烨怎么就看上叶昭觉了？

整整四年，我们每个月都见面，不是我过去就是他过来，舍不得坐飞机，攒了一盒子的火车票，我课间打零工的那点收入转头全贡献给了铁道部。

我很清楚地记得我二十岁生日的那天，不是周末也不是月末，很平常的一个星期三，下了课从教室里出来就看到简晨烨站在台阶上冲我笑。

没有玫瑰花没有巧克力，所有跟浪漫一词有关系的任何东西都没有，只有他自己和一张火车票。

我们在学校附近的快餐店一起吃了顿饭，我问他："怎么突然来了？"

他笑笑说："你生日嘛，就是来看看你。"

简晨烨曾经说过，一辈子只和一个人在一起，这不丢人，是啊，有可能会遇到更好看更优秀的人，但一个人不可以这么贪心的。

我们之间从来都没有什么天雷地火，可以讲出来骗人眼泪的情节，我们有的只是一份朴素的决心，一份无论将来怎么样我们都会在一起的决心。

我目睹过很多人很多事的改变，翻天覆地的改变，但我一直觉得我和简晨烨是不会变的，外面的世界兵荒马乱跟我们有什么关系，关上门，我还是叶昭觉，他还是简晨烨。

我曾经对这段感情有多笃定，而今对人生就有多灰心。

邵清羽哭了好一会儿，终于停下来了："他走了之后你没去找过他？"

我惨然一笑："他要回来自己会回来，我去找他做什么，跪下来认错吗？抱着他的大腿求他原谅我吗？我还没那么贱。"

一直闷声不说话的乔楚在这个时候，忽然缓缓地说："你做不到吗？"

我吓了一大跳，斩钉截铁地说："当然！！"

乔楚幽幽地看了我一眼，别过头去没再提这一茬。

很久之后我在她写的信中看到了关于这次对话的延续：

昭觉，当时我问你，你做不到吗？问出这个问题的时候我自己的内心受到了很大的震动，只是我没有敢流露出异样。

我被自己吓到了，因为这个问题的答案在我的潜意识里是：也许……我能做到。

你那么干脆果断地回绝了这种可能性，不禁让我扪心自问，在我和闵朗的关系中我已经陷入到了何种程度，才会觉得那么没有尊严的事情比起失去爱人来说，并不算什么。

我看着你毅然决然的样子，又想到自己，我知道我彻底没救了。

"昭觉，作为跟你们俩都认识了这么多年的朋友，我倚老卖老公平地说一句，这件事你有错在先，你怎么能连招呼都不跟他打，一个人就去打掉孩子呢？还有你——"邵清羽转向乔楚，"你也真是的，她是当局者迷，你应该旁观者清吧，你怎么能怂恿她这么胡来！"

关心则乱，邵清羽对乔楚说的话中分明有了责怪的意味，可这真不关乔楚什么事，她三番五次劝我不要这么鲁莽，是我自己置若罔闻。

我刚想开口替乔楚撇清关系，她便一声冷笑抢在了我前头："邵清羽，既然你为人处世这么周全，那昭觉需要你的时候，你人在哪儿呢？"

一句话就把邵清羽逼得动弹不得，我心里一颤，乔楚真是见血封喉。

"我……"邵清羽果然没法接下去。

"算起来，你跟昭觉比我跟她认识的时间要久得多，你跟简晨烨也比我跟简晨烨要熟得多，他们俩之间的事情，你该比我清楚，按理来说和事佬的角色，你该比我称职才对。"乔楚慢慢地喝了一口水，"那为什么那天晚上简晨烨是敲开我家的门，让我来陪昭觉呢？"

在乔楚说完这些话之后，邵清羽的脸色变得非常非常难看。

很久没有人这么不给她面子了，很久没被人堵得如此哑口无言了，气氛一下子变得剑拔弩张。

我看看乔楚，又看看邵清羽，本来思绪就乱七八糟，现在夹在她们俩之间更是左右为难。

"得了。"乔楚站起来，"我也两天没回家了，家里电视还开着呢，我先回去洗个澡休息会儿，晚上我们出去吃饭，你也该进点食了，正是身子虚的时候，别这么糟践自己。"

她说完就径直走了，看都没看邵清羽一眼。

只剩下我和邵清羽两个人了，我对于刚才发生的事觉得很抱歉，急忙转移话题："你这段时间忙什么呢？上次齐唐还说，你爸都找不到你，担心死了。"

"哼，担心个屁。"邵清羽明显余怒未消，"我爱在哪儿就在哪儿，我爱干吗就干吗，谁他×有资格说我。"她明显是在针对之前乔楚那番话。

我默默地低下了头，罢了，我自己的生活已经一团糟了，我没力气也没必要装出一副关心别人生活的善良模样，况且她说得也没错，她有钱有自由，谁有资格说她？

过了好一会儿，邵清羽大概是从那股郁闷中解脱出来了，又变成了平时正常的样子，握着我的手说："我去找找简晨烨吧，你们俩性格都这么犟，谁也不会先低头的。"

"不许去。"我依然嘴很硬，"等他自己想明白。"

"神经病。"邵清羽忽然大叫了一声，"最近是流行分手吗？"

"还有谁？"

"齐唐啊！刚刚来你家的路上，他自己说的。"

两天来头一次，我暂时忘记了自己的伤痛，被一个与我完全无关的事情吸引了注意力："具体怎么回事，你知道吗？"

"关我屁事啊，我才懒得问。"

"噢……"我说不上来心底里荡漾开的那点儿淡淡的失望是怎么回事，也真是奇了怪了，对于齐唐和 Vivian 之间那点八卦我怎么就这么放不下。

我想一定是因为我太讨厌那个女的了，想起她曾经当着全公司的人羞辱我，这口气一直卡在我的胸口没咽下去。

对的，我就是小人之心，我就是巴不得她和齐唐没有好结果。

"这样吧，元旦的时候我打算借我爸的别墅办个主题 party，到时候我把简晨烨也叫去，制造个机会你们再当面好好沟通一下，说真的，昭觉，七八年的感情，我不信你们说分就真的分了。"

邵清羽离开我家的时候握着我的手，特别诚恳地说了这些话，我心里木木的，一点儿知觉都没有。

邵清羽把事情想得太简单了，她以为我和简晨烨就是吵了一架，很严重的一架，就像那些年在她和蒋毅之间发生过无数次的那种吵架。

她是真的不明白，我打掉孩子这件事只是一个导火索。

追根溯源，是我们在对方身上已经看不到一个自己想要的未来。

有些人的分手是今晚原本想吃的那道菜售罄了，有些人的分手，是失去了一生中最重要的东西。

去辞职的那天早上我拉开窗帘才发现外面白茫茫的一片，原来半夜下了雪，我竟然一点儿都没察觉。

被雪覆盖的世界看起来如此洁白无瑕，有种童真的趣味，我从衣柜里拖出最厚的那件棉衣裹上，一脚捅进厚实的 UGG 里。

我没有化妆掩饰自己的憔悴，反正那天那么难堪的样子都被齐唐看见了，也没什么粉饰的必要了。

"你确定要辞职？"齐唐一脸出乎意料的表情。

"是啊，实在太不好意思了。"我低着头，羞愧是发自肺腑的，"本来就请了很多假，又无故旷工好几天，放到哪里都说不过去，与其让你炒掉我，还不如主动辞职比较好。"

"你也不算是无故旷工，清羽告诉我原因了。"我心里咯噔一下，邵清羽你这个王八蛋，我的隐私你也拿出来乱跟别人讲，好在齐唐又补了一句，"失恋嘛，哪个成年男女没经历过，我也分手了呀。"

"说到这个，你是为什么分手？"我一下子没忍住。

"那你又是为什么？"

"我不告诉你。"

"那我又凭什么要告诉你。"

我们俩互相瞪着，谁都没有要退却的意思，忽然之间都憋不住笑了出来，这一笑，笑出了我无限的感慨。

我没忘记第一次见到齐唐的时候，我有多不喜欢这个人，但为了这份来之不易的工作也只能仰人鼻息，在这间办公室里接受他那些变态的提问。

他问过我胸围是多少，还问过我能不能接受为了工作陪人上床这么让人恨不得扇死他的问题，那个时候我认定了将来他一定会在工作中百般刁难和折磨我。

事实证明，他没有。

虽然他表面上刻薄顽劣，但细细想来，我在他手下做事这么久以来，其实他一直对我很友善，不管是出于什么原因，也许只是看在邵清羽的面子上——我都真心感激。

"没想到到我离开的时候，我们反而能够心平气和地说话了。"回想起从前为了那些公事私事我们总是吵个不停，我脸上的笑意浓了些。

没想到，相处久了竟然也处出了点儿真感情。

"你真的可以不走的，我给你批假，调整好了再继续上班。"我看得出齐唐眼睛里那些挽留的意味是真的，可我怎么好意思接受他的好意。

"不用了，齐唐，谢谢你一直这么照顾我。"

"那好吧，我就不强人所难了……"齐唐站起来，绕过工作桌，我也顺势站起来伸出手准备跟他象征性地握一下，我没想到——是的，我没想到他会说，"抱一下？"

虽然很意外，但我却没法拒绝，已经不是上司下属的关系了，朋友之间拥抱一下，这也很正常。

于是我大大方方地说："好啊。"

于是齐唐就大大方方地抱住了我。

这是我们之间真正意义上的和解，肢体的触碰所带来的安慰要远远超过苍白的语言和文字，在我的记忆中，这个拥抱的时间最少超过了两分钟，我们都没说话，只是静静地拥抱在一起。

我没有去思考如果这一幕被别人看见了会作何感想，只是顺从着一种本能，像是身体自己做出的反应，我想要得到这个拥抱，全身的意志和血液都涌向我们的手臂和肩膀，有那么一瞬间，我觉得特别恍惚。

齐唐的衣服上有种特别特别好闻的香味，很淡可是很清晰，我有点儿沉迷，竟然脱口而出问了一句："什么香水？"

齐唐怔了怔："我不用香水，这是一款浆果气味的挂香，一直挂在衣柜里，所以衣服上沾了香气。

"哦，这样啊，很好闻啊。"我呆呆地说，随即回过神来，"好了，那我先走了，你继续忙吧。"

齐唐放开我，拍了拍我的肩膀："叶昭觉，有需要帮忙的事情尽管说，不要跟我客气，等你什么时候想通了，随时还可以再回来。"

直到这个时候我还是不明白到底发生了什么事情，我一头闷在自己的世界里不愿意抬起头来看看周围，从前是这样，现在也还是一样。

我太过专注地凝视着自己渴望的那些东西，害怕稍微一不留神就被分散了精力分散了心，我相信只有足够坚决的人才能实现自己的愿望，所以我打定主意走一条路的时候从来不会左顾右盼。

我以为，只有清楚知道自己的方向的人，才有力量。

跟简晨烨在一起的时候，我的眼睛里只有现实，而当他离开了我，我能看见的只有黑暗和痛苦。

我在跟苏沁他们一一道别的时候，没有回头看一眼齐唐的办公室，所以我是真的不知道，他看向我的目光中有那么多沉静的忧伤。

时间就这样枯燥地流逝着，我把每一天都过得像是同一天。

乔楚一直陪着我，有时候我过意不去也会跟她说："别老在我这儿待着，你想干什么就干什么去，去找闵朗也好。"

当我提起这个名字的时候，她的神态总不太对劲，语气也很低落，她说："不知道他最近怎么回事，好像很忙的样子，可是问他忙什么，他又不肯说。"

我心里一动，突然想起简晨烨那天说的那句话：徐晚来月底就要回来了。

是时候了，再不说就真的来不及了，我有点儿可怜乔楚，她真是什么都不知道啊，在她和闵朗之间隔着的不仅仅是时间造成的隔膜，还有一个活生生的、有血有肉的人。

"我有件事要跟你讲。"我终于说出来了，"我大概知道闵朗在忙些什么。”

乔楚慢慢地放下手中的 iPad，她显然是没有做好准备，连暂停键都忘了撤，一大串一大串的英语从谢耳朵的嘴里飞了出来。

“因为我一直不知道你和闵朗的事，所以就没有跟你提过一个人……”我被她的眼神弄得心里发毛，但还是硬着头皮继续说了下去，“闵朗和简晨烨是发小，这个你知道的，但不止他们俩，还有一个人，是个女孩子，叫徐晚来，他们三个人是一起长大的。”

乔楚的肩膀微微地塌了下去，脸上没有表情，但这更让我害怕。

过了一会儿，她说：“你继续说。”

我吞了一口口水，尽我所能吧。

关于徐晚来，我知道的事情并不算多，但有一点儿我特别清楚：在闵朗的奶奶去世之后，如果说这个世上还有一个人的话他肯听，那这个人就是徐晚来。

高中毕业之前我没见过徐晚来，她在另外一所中学，毕业那年暑假我们几个人大部分的时间都在白灰里待着，那时候闵朗已经不上学了，奶奶的身体也已经不太好了。

我第一次见到徐晚来，也就是在那里。

时间过去这么多年了，我还是记得第一次见到她的时候那种感觉，很清冷，很孤傲，有距离。

不同于乔楚给我的那种惊艳，徐晚来是气质超越了容貌的那种女孩子，穿一件白色衬衫，短头发，小小的脸，眼睛里有种很灵也很傲慢的东西，让人联想到……猫。

　　她是很难让人亲近起来的那种姑娘，我想正是因为这个原因，所以尽管那个暑假我们厮混在一起的时间那么多，最后也没能成为很好的朋友。

　　她对我一直很客气，但偶尔我们单独相处时总是不知道说什么。

　　很难归纳我对她的看法，喜欢或者不喜欢我都说不清楚，无论怎样，这就是我和徐晚来的关系，友好，却生疏。

　　闵朗喜欢她一直喜欢了很多年，这是简晨烨告诉我的。

　　其实根本用不着他说好吗，有徐晚来在的时候闵朗的精气神特别好，她一走他立马就蔫了，连他奶奶和他说话都爱搭不理的，只要不是个瞎子，谁还看不出来闵朗那点儿心思。

　　但徐晚来的态度，我确实一直看不明白，她那样冰雪聪明的一个人，不可能不知道闵朗喜欢自己。

　　可她总是淡淡的，像一杯温开水，如果有人拿他们俩开玩笑，她就会一直盯着这个人，眼神冰凉，既不说话也不发脾气，就是一直盯着，直到这个人自己都觉得自己无趣了为止。

　　事情的转机出现在我们大二的时候，闵朗的奶奶去世了。

　　简晨烨特意从外地回来，我和他一起陪着闵朗，但那几天闵朗一句话都不和我们讲，只管自己一个人闷在阁楼上，我们不敢上去，但又实在担心他。

　　最后简晨烨说："看样子只有等她回来再说了。"

　　他说的这个"她"，不言而喻，只有徐晚来。

我出去买饭的时候正好看到徐晚来提着旅行箱从巷子口进来，她一脸神色匆匆，一见面就问我闵朗情况怎么样。

我叹了口气说："我真不知道，你快去看看吧。"

徐晚来进去之后跟简晨烨打了个招呼，便噔噔噔地上了楼。

我们俩在楼下屏住呼吸听着上面的动静，他们说话的声音很小很小，根本听不清楚，过了好一会儿我们听见了一种声音，我和简晨烨对视着，在对方的眼睛里看到了和自己同样的震惊。

闵朗哭了。

这太让人难以置信了，我们一直都认为闵朗是那种你拿刀砍他，他也不会流一滴眼泪的人，包括他奶奶去世的时候，尽管他万分悲痛，可是脸上就是没有一点儿表情。

我能够理解他作为雄性动物的自尊和一个成年人该有的克制，但打死我也没想到，他会在徐晚来面前哭，这个女生到底是有什么魔力？

简晨烨抬起头看着阁楼，轻声对我说："唉，我们走吧。"

乔楚开始用力地揉搓自己的脸，像是要赶走某种鬼魅的情绪，力度大得我都担心她会把整张面皮撕下来。

她的呼吸变得非常急而且重，像某种动物垂死时所发出的声音。

过了好久好久，她才问："后来呢？"

除了他们自己之外，没有人知道那天的阁楼上闵朗跟徐晚来他们说了些什么，做了些什么。

后来我们三个人陪闵朗一起回了趟乡下，把奶奶的骨灰送回去安葬，在大巴车上的时候我瞥到闵朗握住了徐晚来的手，而她也没有挣开，只是有点儿不好意思地看了我一眼。

坦白讲，闵朗当时的神情就像一个终于得到了遥控飞机的小男孩。

离开乡下之前的那天晚上，我们顺着木梯子一起爬到房顶上，记忆中那晚的月亮特别大，特别白，一地清光。

我们坐在屋顶上看着远处，群山之中有星星点点的灯火，我靠着简晨烨说："×的，有点儿想哭。"

而坐在我们旁边的闵朗和徐晚来，却没有认真欣赏风景，而是在拉拉扯扯做一件怪怪的事。

我假装不在意，其实注意力全在他们身上。

闵朗手里拿着一个玉镯子拼命往徐晚来手腕上套，徐晚来就拼了命地躲，两人谁也不说话，就是沉默着反反复复地我拉你扯地折腾，当时那个状况看起来特别像闵朗非要徐晚来做童养媳。

最后还是简晨烨开口说："徐晚来，你就戴着吧，你不戴的话闵朗会去死的。"

那个玉镯子是闵朗奶奶留给他的，我猜测大概是老人家说过将来要送给孙媳妇之类的话，最后的最后，那个镯子戴在徐晚来清瘦白皙的手腕上，而闵朗的脸上，出现了那么多天来唯一的一次笑容。

往后这么多年，他身边的女孩子一个比一个有性格，一个比一个漂亮，但是——是女朋友也好，说得难听点是床伴也好，没有任何一个姑娘再让我看到过那个样子的闵朗。

乔楚站起来，走到冰箱前拉开门，直接开了一罐啤酒仰头就开始喝，我猜想那些冰凉的液体顺着喉咙到了她的胃里，大概会成为一簇一簇的蓝色火焰。

"很好……"她说，"很好。"她又开始喝。

我就这么眼睁睁看着她在一分钟之内把整罐啤酒就这么灌完了，现在，她好像缓过来了一点儿。

"昭觉，你接着说。"

已经没什么要说的了，徐晚来后来去了意大利学时装设计，而闵朗开了这个小酒馆，听说她在国外交了男朋友，而他的风流事迹更是人人皆知。

后来他们没有在一起，没人知道为什么，就像那个下午阁楼上的秘密。

乔楚回过头来看着我："你为什么突然向我提起这个女人？"

我望着她："乔楚，徐晚来就要回来了。"

距离 party 还有一个星期的时间，我收到了邵清羽群发的信息：主题定好了，女生全部要穿黑色礼服裙，涂红色唇膏，着装都给我统一啊，不然不准入场！

群内哀鸿遍野：

作死啊，这么冷的天你要老娘穿裙子！冻死了你赔不赔啊！

就是啊，要是夏天你这么玩也行，他×的现在是冬天啊，神经病！

……

我看着那些消息在手机屏幕上连番滚过去，没有一个人说我想说的话：冷，这不是我的问题。

我的问题是黑色晚礼服。

邵清羽这个神经病，她真是完全没有考虑过我的处境，如果是平时，我或许还可以求助一下乔楚，可是眼下她刚刚被徐晚来和闵朗的事冲击得整个人都不好了，我实在不好意思再去给她添麻烦。

似乎只有一个办法了。

我给邵清羽单独发了一条信息，我说：清羽，我就不去了。

打电话过来的人不是邵清羽，而是齐唐，他那边有点儿嘈杂："我和清羽在一起吃饭呢，你为什么不去？"

我干干地笑了两声："不想去不行吗？"

"我也会去啊，去嘛，就当分手了散散心，说不定能认识更帅更优秀的男人呢。"

"齐唐你说话怎么跟个大婶似的……"我顿了顿，低声问，"你旁边有人吗？"

过了片刻，那点嘈杂的声音消失了，齐唐的声音传了过来："现在没人了，我走到了一个安静的地方，好了，你有什么难言之隐就说出来吧。"

"齐唐，我不知道为什么我会跟你说这些，其实我应该直接跟清羽说的，但是我不知道为什么，我觉得我对着她会说不出口……"莫名其妙地，一种很委屈很委屈的感觉充盈在我的心里，眼泪开始无声地流下来，"我不想去，齐唐……我觉得那个场合跟我没关系，就算我能借到礼服裙，站在那里也只会像个格格不入的小丑……可能我这么说，你也没办法理解，但总而言之，我不想去……你帮我跟清羽说说，好吗？你帮帮我……"

他沉默了很久，最后他对我说："叶昭觉，你别哭，我会帮你的，你相信我好吗？你别哭。"

他的声音非常非常轻，就像春天里纷飞的柳絮，有一朵，落在了我的掌心。

被快递叫醒的那天早上距离新年只有三天了，快递单上没有寄件人的地址，我有点儿纳闷，最近根本没买东西，联想起平时看到的那些社会新闻，我真害怕这里面是一个炸弹。

坐在沙发上，我拆开快递最外面那层的盒子，里面还有一个黑色的盒子，上面简单地印着 VALENTINO 这行字母，那一刻，我的心脏仿佛停止了跳动，就连两只手也不由自主地开始颤抖。

就算是傻子也猜到里面是什么了。

盒子上有一个白色的信封，我急忙打开来看，卡片上是很简短的几句话：

> 按照你的身高我选了 8 码，如果不合身的话，尽快联系我，可以换。
> 陈汀送你的那枚胸针可以拿出来配了。
> 你再也不是没有晚礼服的女孩。

落款那个名字是：齐唐。

我慢慢地把那张卡片放到一边，慢慢地揭开了盒子，很奇怪，这些动作好像都不是由我自己完成的，这种感觉真是无法形容。

当盒盖完全被打开的时候，我看到了一条黑色的裙子被整整齐齐地叠在盒子里，我连碰都不敢碰它，因为这一切实在是……太不真实了。

我颤抖着打通了齐唐的电话，他一接起来，我马上就说："我不能收这条裙子。"

齐唐没有作声，我接着说："我请你帮帮我并不是这个意思，我的意思是……"

"你的意思我很明白。"齐唐直接打断了我，"但这是我的意思，上次你接下陈汀那个项目，完成得那么好，我连一句表扬的话都没公开说过，这是你应得的奖赏，不算欠我人情。"

"可是，这也太贵重了……"我知道他只是找了个借口，让我穿起来心安一点儿，"齐唐，我真的很谢谢你这份心意，可是我怎么好意思。"

"叶昭觉，如果我是你的话，就不会这么小家子气，难道你认为你这辈子都没有可能回赠我等价的礼物？再说，这点钱对我来说又算什么。"

我被他说得哑口无言。

"别啰唆了，去试试大小。"他说完之后就直接把电话挂掉了。

这真是一条很美很美的裙子，当我穿着它站在浴室温暖的黄色灯光下，看着镜子里的自己时，我忽然明白了为什么之前我不敢碰它。

我不认识自己了。

我不认识那个穿着奶牛斑纹睡衣的叶昭觉了。

潜意识里，我知道，我一旦穿上了它，就不可能舍得脱掉，尽管我知道自己不配。

　　乔楚倚着门框看了我半天，忽然轻声笑了："昭觉，你记不记得我跟你说过，齐唐和他那个作死的女朋友长不了？"

　　我呆呆地转过去看着她，不明白这话里的含义是什么。

　　"那天他和邵清羽一起来找你，我看到他看你的时候那样子，就知道自己的推测一点儿都没有错。"

　　"那个人，他喜欢你啊。"乔楚拿着齐唐手写的那张卡片，轻声说。

　　仿佛有一万个原子弹在我脑袋里爆炸了。

　　不知道为什么，我的心有一种强烈的被刺痛了的感觉，乔楚的这句话中有某些模糊的东西，刺痛了我的心脏。

Chapter 7

我像一粒小小的尘埃，飘浮于浩瀚的宇宙，
我生在水里，我长在树上，我从来没有这么自由过。

◇

　　"好了，把披肩披上，手包拿着，下去吧。"乔楚替我把一束碎头发拢到耳后，那眼神跟看着出嫁的女儿似的慈祥，"别让齐唐等太久了。"

　　我拉着她的手："你真的不跟我一起去玩吗？"

　　"不了。"乔楚笑得很疲倦，"我想去白灰里，我有很久没见过闵朗了。"

　　终于到了跨年的这一天，下午的时候齐唐发来短信说晚上会顺路过来接我，叫我提前做好准备。

　　自从那天乔楚平地起惊雷之后，我现在一想到齐唐就觉得胆战心惊，虽然我从心底里就不相信乔楚说的那句话，但一想到要面对他，难免还是有些心情复杂。

　　不管怎么说，齐唐对我的关心和照顾，确实已经超过了普通朋友。

　　走出单元门口便看到齐唐站在车前等我，按照邵清羽对男生们提出的要求，他穿了白色的衬衣和深蓝色的西装，神采奕奕，笑容非常温和。

"挺好看的。"他说。

我有点儿心虚："披肩和包都是乔楚借给我的，她说做戏要全套。"

"她很细心，是我不够周全，只给你准备了裙子，你们女孩子的事情还是女孩子更擅长。"齐唐替我拉开车门，"叶小姐，出发了。"

车行驶过张灯结彩的大街，圣诞时的装扮还没来得及撤下，又多了许多传统型的装饰，我侧着头看窗外，人真多啊，每个人看起来都是那么高兴的样子，真好，虽然我并不属于其中，但隔着车窗玻璃沾点儿喜庆也觉得好。

邵清羽说过今晚会请简晨烨一起来，这是我们分手之后第一次见面，想到这里，我不禁紧张得打了个冷战。

齐唐始终目不斜视地看着前方，我拿眼角余光偷偷地瞄了他一眼，他神色自若，我丝毫看不出他对我有乔楚说的那种意思。

乔楚一定是被徐晚来和闵朗的事给刺激得发神经了，我暗暗想。

我和齐唐到达邵清羽父亲的别墅时，party 并没有开始，但已经到了不少人，粗粗一看，绝大部分我都不认识，只觉得他们一个个光鲜靓丽……怎么说，就是跟我有很大的区别。

出于本能吧，我有点儿怯场，只想找个没人注意的角落安安静静地待着，等到 12 点的时候象征性地跟着喊一句新年快乐，就算交了差了。

可是我没想到，我没能如愿。

就在我准备溜的时候，邵清羽挡住了我，发出了一声惊叹："我靠！昭觉，你今天好漂亮！"

她这大嗓门一叫，立刻引起了周围不少人的侧目，我原本就是个上不得台面的家伙，"唰"的一下脸红得都嫌腮红多余。

"咦……"她细细地打量了我一番，目光狐疑，"这条裙子，LANVIN的吗？"

我的脸更红了，这一刻我真的非常后悔自己出现在这里，我确实不应该来的，鬼迷心窍神使鬼差地来了，现在好了吧，尴尬了吧，想死了吧。

"是VALENTINO——邵清羽，你退步了。"齐唐停好车之后不知道从哪里冒了出来，站在我身后，一副摆明了要给我撑腰的样子。

邵清羽眼里那点狐疑更浓重了："你怎么知道，难道……是你送的吗？"

要是地上有条缝，我现在就钻进去了。

"是员工福利，辛勤工作的人才能获得。清羽，这么多客人你不去招呼，有点儿主人的样子吗？"齐唐不急不忙地把话说完，轻轻拉着我的手臂把我从困境中解救了出来。

这真的不是我叶昭觉该待的场合，我觉得我就应该待在那种左边一桌麻将，右边一桌斗地主，每桌旁边各围着一圈人押注的地方。

"齐唐，我想回家。"在没有人注意的角落里，我感觉自己马上就要哭出来了。

×的！这是怎么回事，我叶昭觉什么时候变得这么敏感、这么脆弱、这么矫情玻璃心了？我真恨不得甩自己两个耳光，装什么柔弱啊你！

齐唐皱着眉头，语气有点儿严厉，很像昔日面试我的时候的局面：

"搞什么啊你，刚来就说走，她不就是问了一下你裙子的事吗？平时你不这样的啊，你这是怎么了？"

是的，他问到了我的痛处，平时我真的不是这样的，可现在我，失恋，失业，穿着来历不明的裙子，披着乔楚的披肩，拿着乔楚的包，自尊心岌岌可危，一碰即碎。

是的，我别扭，我做作，我局促不安，恨不得这一切都没有发生过。

"既来之，则安之。"齐唐说。

我没说话，只是在心里骂了一句"×"，也不知道是骂他还是骂我自己。

与此同时，乔楚在化妆台前化完了妆，她今晚选的唇膏是CHANEL42号色，娇艳欲滴。

她凝视着镜子里的自己，再挑剔的人面对这张脸也无话可说，她知道自己美，从来都知道，曾几何时这张脸就是她去换取理想人生的最大筹码。

可是现在都没有意义了，她看到自己脸上浮起了一抹无奈的笑，这一切都他 × 的没意义了。

那个女生，那个叫徐晚来的女生，昭觉说她并不是倾国倾城的大美女，气质，呵呵，气质算什么东西，我乔楚从来就不缺，可是……

想到闵朗竟然会在她面前哭，那个冷冰冰的闵朗，像一把刀似的闵朗，竟然会在她面前哭。

还有那个玉镯子，乔楚想起这件事就浑身发抖，她发誓这辈子要跟全天下戴玉镯子的女人势不两立！

这些愤懑的、激烈的情绪淤积在胸腔里，散发着腐败的气息，就好像有一条毒蛇在她心里爬来爬去，嗖嗖地吐着芯子，随时会冲她的心脏咬一口。

不能再继续一个人待着了，这寂寞快把她逼疯了。

她踉踉跄跄地站起来，从衣柜里随便扯出一件黑色的呢子大衣，她要赶紧去白灰里，去见闵朗，见到人就好了，所有的疑问和隔阂就会不攻自破，她就会镇定下来，恢复常态。

什么大风大浪我没见过，乔楚一边把脚捅进靴子里，一边安慰自己，这点事根本就不算事。

可是这路上的人和车怎么这么多，这红绿灯怎么这么慢！

坐在出租车里的乔楚不耐烦地拍打着自己的腿，胸中的那团火焰马上就要喷薄而出了，烧死这些耽误她的时间的神经病！所有挡在她去见闵朗的路上的人，一个都不能活！

司机有点儿害怕地看了她一眼，她立刻意识到了，狠狠地瞪了回去："看前面，绿灯了！"

她从来没有这么失态过，再严峻的场面她也稳得住自己，可是现在全乱了。

生平第一次，乔楚发觉原来自己的骨子里，自己内心最深最深的地方，竟然还保留着这样纯真的力量。

因为纯真，所以慌乱，所以才这么不得章法。

闵朗，闵朗，我一滴酒都没有喝，可我已经觉得醉了，我想念你，我如此想念你，我想和你在一起，如果你知道我为了和你在一起付出了怎样的代价，那么你不可能不爱我。

乔楚用指甲狠狠地掐进自己的皮肤里，她没有意识到自己的眼眶里聚满了泪水。

这种毫无缘由的颤抖是怎么回事，仅仅是因为我想到了你。

我一直以为你天生冷漠，不会爱人，如果真是这样，那我也不强求更多。可是不是这样，并不是这样，原来你也爱过，你有爱人的能力，你只是……不爱我。

眼泪顺着她的面颊流淌下来，无声无息地淹没在黑夜里。

Party 开始了好一阵子之后，我紧绷的神经才有所缓解。

人越来越多了，粗略地估计也有三四十个，自助餐区的食物上了一份，马上就空了，厨师和服务生们忙得片刻都不能休息。

从中午开始我就没有再吃东西，此刻只觉得饥肠辘辘，饿得都快站不稳了，即便如此，我还是默默地站在角落里，尽量不引起任何人的注意，我甚至希望我能够越变越小，从宾客们的脚下面逃掉。

我做得很成功，确实没人搭理这个角落里沉默寡言、面目模糊的叶昭觉，就连训练有素的服务生在路过我时，也没有停下来问一句："小姐，你需要来杯酒吗？"

很好，保持下去，等到简晨烨来了，就可以走了。

这大概是我来参加这个 party 的唯一原因，在我的内心深处，是如此渴望能够见到他。

我了解自己的性格，又犟又固执，而简晨烨，我说过，他的自尊心是我的升级版。

从那天他离开公寓之后，我们就再也没有过哪怕一丁点儿联络，坦白说，我心里真的觉得，哪怕是不共戴天的仇恨，也不至于要这么决绝。

可是我们就是僵着，耗着，谁也不肯先让这一步，好像让这一步就等于丧权辱国。

有别于别的情侣，我们之间已经不是单纯的爱或者不爱的问题，而是谁的意志力更加坚强的问题。

如此，我便只能像一个木偶一般，在这里傻傻地等着，等着那个我自己也不能确定会不会发生的见面。

我的心就像明明灭灭的信号灯，进来一个人，便亮一下，发现不是他，便灭了。

这种滋味不好受，我承认，真的不好受。

就在此刻，邵清羽站在厅中间喊了一句什么，闻声而动，所有人都开始往中间拥，男的女的都往中间拥，像浪潮一样，只有我不仅没上前，反而一直退，一直退，退到一脚踩到齐唐。

他扶住了我，递给我一个白色瓷盘，上面有一块芝士蛋糕。

我太饿了，连句谢谢都没说便开始狼吞虎咽。

齐唐并不在意我难看的吃相，他兴致勃勃地看着那群人说："清羽今晚有大动作啊。"

下一分钟，齐唐的话便得到了验证。

邵清羽挽着一个男生，脸上洋溢着藏不住——可能根本也没想过要藏起来的幸福笑容，那男生个子很高，皮肤偏黑，轮廓分明，脸上没什么表情，但你能明显地看出来这份镇定是虚弱的，他的眼睛里闪着没法掩饰的紧张。

这很正常，邵清羽这架势弄得换了谁都会紧张，但我的注意力不是落在这里，我觉得——这个男生，我似乎，好像，大概，可能，曾经在哪里见到过。

可我就是不太想得起来。

"是她新交的男朋友。"齐唐小声跟我讲，"我去机场接她的时候，打了个照面。"

"这么说，清羽果然不是一个人出去玩的。"我想起之前在她微博上看到的那张照片上那双不太引人注意的鞋子。

过了这么久之后，我的猜想终于被坐实了。

就在这时，我听见邵清羽的声音穿越层层人墙，抵达我的耳朵："这是汪舸。"

×的！五雷轰顶！我全想起来了！

要不是齐唐拉着我，我应该已经扑过去抓住邵清羽一顿狂揍了。

这叫什么事啊？这他×叫什么事啊！你他×就那么缺爱吗？连你好姐妹的仇人都不放过？是不是对你来说，是个男的就行？

我的脸色实在太难看了，齐唐这样聪明的人不可能看不出点儿端倪。

就在大家都围着邵清羽，恭喜她从劈腿男蒋毅的阴影中走出来，涅槃重生的时候，没什么人注意到我跟齐唐之间那动作幅度大得跟打架似的，末了，还是他赢了。

我被他硬生生地拖到了二楼。

也不知道这是谁的房间，空调都不开一下，乔楚借给我的那条披肩根本不足以御寒，我冻得瑟瑟发抖，牙齿打战的声音都听得清清楚楚。

齐唐皱着眉头，二话不说脱下了自己的外套披在我肩上，实在太冷了，我也懒得跟他客气，连忙把衣服裹得更紧了一点儿。

"叶昭觉，你他 × 怎么回事啊，今晚上跟中了风似的。"

印象中这好像是齐唐第一次当我的面讲粗口，我有点儿惊讶，但转瞬就回到了先前那种愤怒的状态："你知道那个男的是谁吗？我那次车祸，就是害我丢了工作的那次，就是被他撞的！"

齐唐一愣："什么？那清羽怎么会？"

"就是啊！神经病！"我愤恨极了，像是被人踩了尾巴似的，更难听的话我都说得出口，我只是强忍着不说。

齐唐的神情更困惑了："你一直不知道这件事吗？"

"我知道个屁！从我去你那里工作开始，不不不，从我去你那儿面试那天开始，邵清羽他妈的就跟我玩捉迷藏，发短信总是不回，打电话永远不接，接了永远只说两三句话……呵呵，我他妈今天算是明白为什么了，我他妈到今天才明白是为什么——她也知道对不起我。"

我越说越气愤，一腔怒火不知道该往哪里发："神经病，你们这些有钱人都是神经病，完全不把别人的感受当回事，心里只有自己，还口口声声说是好朋友，最好的朋友。哈哈哈！我真是要笑死了。"

"喂，我哪里对不起你了？"齐唐无奈地问。

我本来还想说点什么，可齐唐这句话把我问倒了。

我穿着他送给我的裙子，坐他开的车来这里，披着他的西装外套，像个怨妇一样在他面前释放负能量——他问得对，他是哪里对不起我了。

　　我捂住了脸，从指缝里渗出一句："不好意思，齐唐，我太激动了。"

　　冷静下来之后，我有一种深深的乏力感，齐唐拍了拍我的肩膀，像从前在公司里安排工作任务给我似的："我们下去吧，这毕竟是别人家私宅，躲在这里被人撞见了，会引起误会的。"

　　他的语气很温和，也很轻缓，像是在哄劝一个完全不懂道理的小孩。

　　回到一楼大厅，人群已经散开了，只看见邵清羽和汪舸宛如新婚夫妇一般在挨个跟宾客们干杯，合影，真是其乐融融啊。

　　可是我一丝笑意都挤不出来，我从来没有像现在这样后悔过到某一个地方，我也从来没有像现在这么不愿意看到邵清羽，哪怕是陪她去酒店捉奸的那天。

　　有些什么东西真的变了，不管我愿不愿意正视，我都必须要坦率地承认，真的变了。

　　在不知不觉之中，在我懵懵懂懂尚未察觉之际，它不是一朝一夕之间发生的变化，而像是滴水穿石，那些我说不清楚的东西，像缓慢却不间断的水滴，在我一直以为坚实的友情上慢慢地凿穿了一个洞。

　　我远远地看着她笑靥如花，邵清羽，我最好的朋友邵清羽，她让我觉得有一点儿陌生。

　　或许是因为我和齐唐站在台阶上太过显眼，邵清羽的目光扫过来了，像射灯一样毫不留情地扫过来，我的一举一动都被她尽收眼底，就算我想逃，现在也逃不掉了。

躲不过去了，我看到她端着酒杯，朝我们走过来了，那一刻我的脑海里突然冒出一句很诡异的话——"她像一头狼一样，冲着我来了。"

"昭觉、齐唐，你们鬼鬼祟祟干什么呢？"她还是一贯的语气，换作平时我只当她是开玩笑，可是此刻我有种说不出来的怪异的感觉。

她身边的汪舸，眼神一与我对接，立马别过头去假装对什么东西产生了极其浓厚的兴趣，我心里一声冷笑：呵呵，也知道不好意思啊。

"昭觉，刚刚一直找不到你，没机会跟你说，简晨烨说他今晚有其他事，就不来了。"

……

她居然到现在才说，她居然就这么轻描淡写地说了，仿佛是一句"芝士蛋糕没有了"似的，如此不以为意，我整个晚上的期待，流窜在血液里的焦灼和紧张，到头来就是一句——他就不来了。

我冷冷地看着邵清羽，这个得意忘形的家伙，她知道我现在想杀了她吗？

从她的反应来看，显然是不知道。"我跟你们说，我真的很久很久没有这么高兴了……"因为兴奋或者酒精的原因，邵清羽的面孔上飞起一片绯红，"你们陪我喝一杯啊！"

我是用尽了全身的力气，才控制住自己没有把酒杯打翻到地上，或者是，砸到她头上。

酒杯在我的手里握着，里面是冰镇过的香槟，淡黄色的液体里充满了芬芳的气泡，玻璃上蒙着一层薄薄的雾，我端着酒杯，满眼杀气，进退维谷。

"昭觉，你怎么这么不给面子？"邵清羽有点儿不高兴，她是真的忘乎所以，竟然没察觉到我这么强的敌意。

"太冰了，我不喝。"我也没客气，硬邦邦地冲她甩了这句话。

"哎呀——"邵清羽突然瞪大了眼睛，脱口而出，"我忘了你刚打过孩子，不能喝酒！"

一根针掉在地上的声音，我都能听见。

曾经有一次，简晨烨一个办话剧社的朋友送过我们两张他们自己的剧场票，因为不要钱，所以我就跟着一起去了，当作生活调剂。

确切地说那些演员都不是专业的话剧演员，只是一些爱好文艺的小青年，我很清楚地记得有一场戏是女主角的独白，观众席上鸦雀无声，所有的灯光都暗了，只有舞台正中间的顶上，一束强光落在女主角的身上。

那一刻我并没有被文艺腔的台词所吸引，而是在想，她怕吗？

我闭上眼睛，设身处地地想，如果是我的话。

当我睁开眼睛的时候，便真的站在了舞台中间，周遭一片寂然的黑暗，我在唯一的光源里，连头发丝都被别人看得一清二楚。我不敢动，怕仪态不够端庄；不敢说话，怕颤抖中露怯；不敢有任何表情，怕连嘴角的抽动都显得那么狰狞。

于是我就那么直挺挺地站在我的臆想里，承受着想象的压力。

我一直都觉得，被那么多双眼睛看着，那一定是非常可怕的事情。

这真是一件非常可怕的事情，手里的那杯酒真的很冰很冰，可是我的心，比这杯酒还要冰冷数十倍，一百倍！

我慢慢地放下酒杯，慢慢地笑了起来。"×。"我骂了一句。"我×。"我又骂了一句。

齐唐看着我，汪舸看着我，周围听到邵清羽那句话的人都看着我——就连邵清羽，她也看着我。

我的眼神失了焦，落在邵清羽的脸上，却只看到一团模糊，像是经过了某种特殊滤镜的处理，我眨了一下眼睛，没有用，还是模糊。

应该不是我的眼睛出了问题，应该是这个世界出了问题。

我从来，从来，没有，这么伤心过。

我到底是做错了什么，这个世界要这样对我。

邵清羽怯怯地叫了我一声，还只发出一个"昭"的音，我便伸出手来，用食指指着她。

我有很多很多话想说，在这一瞬间，眼泪却怎么都止不住，太丢脸了，我心里知道，这次丢的脸，就算以后中了一张五百万的彩票，也挣不回来。

我的食指还指着邵清羽，她好像被我的反应给吓傻了，一动不动地盯着我的手指，连大气都不敢出。

我紧紧咬着牙关，末了，我一边流泪一边笑着，慢慢地，慢慢地转过身去。

接下来我是怎样离开别墅的，我几乎都不记得了。

当然我知道这不现实，一个智商正常的成年人在没有醉酒、没有服用任何致幻剂的情况下，怎么可能忘掉自己的行动，唯一的解释，是因为自我保护机制的缘故。

因为，实在是太难堪了，所以大脑自动规避掉了这一块记忆。

这个夜晚的记忆，是从齐唐握住我的手那一刻开始，恢复正常的。

好久之后我才知道，在我转身之后，齐唐没有片刻的犹豫，在所有人沉静的目光里紧跟着我一起走出了那个大厅，邵清羽开口叫了他一声，也被他狠狠地给瞪了回去。

当时我并不知道我身后发生了什么，我只有一个念头，赶紧走，要哭也要走到一个没有人的地方，再哭。

后来齐唐跟我讲，当时他跟在我后面，看着我深一脚浅一脚地踩在尚未完全融化的积雪里，因为披着他的外套，有点儿大，有点儿空，所以背影看起来更是分外单薄。

那一瞬间他清晰地想起第一次见这个姑娘时的情形——不是面试的那次，是更早的时候。

她站在学校门口，拖着两个巨大的黑色塑料袋，年轻的脸上有种不符合年纪的沉静和倔强。

那是曾经的叶昭觉，那个扎根在我心里，明明势单力薄却总是装得穷凶极恶的叶昭觉。

在这个并不温情的世界中，那个曾经的自己，睡觉的时候能闻到床头书包里廉价小零食的气味的那个女孩，那个会为了简晨烨脸上的瘀青而流泪的女孩，已被层层盔甲掩盖了起来，没有任何人看得到，就连我自己也忘掉了。

万千人之中，就只有齐唐看见，并记得。

"我当时没有别的想法，只知道一定要追上你，因为，如果连我都放手了，那这个女孩就彻底消失了。"

很久很久以后，齐唐坐在我的面前说出这句话的时候，我没有忍住眼泪，也顾不上那可笑的尊严，痛痛快快地哭了一场。

他快步追了上来，用命令的语气对我说："你别动，我去开车过来。"

几分钟之后他替我拉开车门，让我坐了上去。

车在来时的那条路上缓缓地前行着，我们谁也没有说话，车内的暖风风干了我的眼泪，奇怪的是，真到了没人的地方，我反而哭不出来了。

我的手无意识地搭在自己的腿上，车开出很远很远之后，我才开口说话："为什么她要那样做？我从来没有伤害过她，为什么她要伤害我？"

其实我自己也不知道我这是在问谁，齐唐还是我自己。

齐唐没有说话，只是用一只手握着方向盘，专注地开着车，而另一只手，很自然地落在了我的左手上。

◇②◇

我居然还是见到了简晨烨，在这个我以为不可能会见到的夜晚，在这个我狼狈得像个贼的夜晚。

　　不是在那衣香鬓影的别墅里，不是在觥筹交错的 party 上，而是在我们最熟悉的地方，我们住的这个小区，我们住的这栋公寓的楼下。

　　齐唐的车还没停稳，我就已经屏住了呼吸，福无双至，祸不单行，真是有这么回事的。

　　简晨烨拎着一个鼓囊囊的白色旅行包，穿着深灰色的呢子大衣，站在单元楼楼口一动不动地看着我，隔着车窗玻璃，隔着物是人非，看着这个盛装之后哭花了睫毛膏的我。

　　我难以置信，为什么偏偏是现在，为什么偏偏是这里？

　　我下意识地看了一眼齐唐，他也看了我一眼，接着把目光投向了简晨烨。

　　傻子也知道这是怎么回事了。

　　好几分钟的时间，我坐在副驾驶座上没有动，我连拉开车门下去向简晨烨解释的勇气都欠奉。

　　这么多年，从来没有哪一刻我们如同现在这样，我们像身处在两条不同的河流，怀揣着各自的心事，冷漠而隔绝。

　　黑夜这样黑，可我却如此清楚地在他的眼睛里，看到了诀别。

　　时间仿佛凝成了一块坚冰。

　　我不知道这沉默的对峙进行了多久，简晨烨终于转身了，就在这一刻，我意识到我必须做点什么，如果不做点什么，恐怕我这辈子都会活在懊悔中。

　　于是我打开了车门追了上去，完全顾不得还有齐唐坐在车里看着，我知道自己此刻就像一条丧家之犬，而所谓自尊心，早就一点儿都不剩了。

"你什么意思？"我追上去，一把拉住简晨烨，声音里的颤抖不知道是因为慌张还是因为冷。

"你放开。"简晨烨丝毫退让的意思都没有。

他越坚决，我心里就越乱："你说清楚，你这是什么意思？"

"这么明显了，还用得着说吗？"简晨烨十分不耐烦，"趁你去参加party，我来拿走我的东西，省得撞见了尴尬。"

"你到底想怎么样！"

"什么怎么样？我们已经分手了，你装什么傻？"

我相信简晨烨说这句话的时候并没有想清楚，我也相信他只是看到我坐在齐唐的车里，一时气愤才口不择言，但无论如何，他深深地伤害了我。

我不认识他了，真的完全不认识了，一夜之间，我的世界土崩瓦解。

我慢慢地放开了手，忽然，我开始狂笑，这笑声连我自己听来都觉得毛骨悚然。

区区一夜的时间，我就领略到了什么是翻天覆地，沧海桑田。

我生命中最熟悉最亲近的两个人，先后用他们最恶毒、最残酷的那一面对待我，我到底是犯了多么不可饶恕的错，才招致这样的惩罚？

过去二十多年来，我矢志不移地相信着的东西，我和他的爱情，我和她的友情，在顷刻之间就这样灰飞烟灭。

我蹲了下来，像小区里常见的流浪猫和流浪狗那样，卑微地蹲在地上，嘴里发出骇人的呜咽声。

我的一生，到现在为止，美好的事物并不多，而我最最珍视的这一部分，就这样被他们毁掉了。

我哭起来很丑，这我知道，可是我真的管不了这么多了，我应该哭啊，哭自己的愚蠢和自以为是，哭那些经历波折却从不泯灭而今终于幻灭的憧憬。

我一定是这个世界上最蠢的，最蠢的人。

我终于哭累了，再哭下去倒不如干脆死了算了。

在简晨烨和齐唐两双眼睛的注视下，我慢慢地站起来，双腿麻得无法动弹，简晨烨终究还是动了点儿恻隐之心，想来扶我，我却一把打开他的手："你滚吧。"

在我们分开的这些日子里，尽管我一直逞强，但内心深处我并没有彻底放弃希望。

可是今晚发生的一切，他脱口而出的那句话，都让我想起那个著名的故事——第二只靴子，终于掉下来了。

我没有回头看他。

熬得过这一夜，我就熬得过这一生。

在这个夜晚，崩溃的不止我一个人。

　　出租车停在白灰里的巷子口，乔楚付完车费之后慢慢地下了车，在巷子口站了足足十分钟。

　　这条路对于她来说实在是太熟悉了，多少次锦衣夜行，怀抱着人生中最浪漫的幻想和诚挚的期待，一步一步走进去，去见她喜欢的人。

　　可是今天，她站在巷子口，多走一步的勇气都没有。

　　这十分钟里不停地有路人拿眼睛瞟她，男的女的都有，纵然心力交瘁，虽然眼睛里全是焦灼，但她依然是无法被忽略的美女。

　　这十分钟的时间里她在脑海里无数次地演练待会儿见到闵朗时的情形，这么长时间没见面，该说点什么好呢？该从哪儿说起呢？

　　这么冷的夜里，乔楚却清楚地感觉到自己手掌心里氤氲着一片潮热。

　　终于，她开始慢慢地朝 79 号走去，路过那馄饨店的时候她没有注意到，闵朗正坐在靠里边的位子玩手机，他们擦肩而过却不自知，只有神看到一切。

　　到了 79 号门口，情况大大出乎乔楚的意料。

　　酒馆的门紧闭着，寂然无声，门可罗雀，一个客人都没有。

　　这不太对劲，一般这种节日都是酒馆生意最好的时候，没理由这么冷冷清清的啊，乔楚一边纳闷一边左右打量了一下，这才看到门口的小牌子上写着"近期不营业"几个字。

　　很明显，这是闵朗自己的意思。

　　酒馆的门虽然是关着的，但并没有落锁，从窗口看进去还能看到吧台里亮着灯。

乔楚迟疑了几秒钟，轻轻地推开了门。

命运就在门后静静地等待着她。

有种难以言明的情绪在她心里慢慢地晕开，她轻轻地叫了一声闵朗的名字，没有人应她。

一楼确实一个人也没有，只有墙上老式挂钟里的指针发出声音。

她抬起头来看着小阁楼，亮着温暖的黄色灯光的小阁楼，直觉告诉她上面有人，直觉同时还告诉她，不要上去。

可是有一种凌驾于她意志之上的力量在把她往阁楼上推，她没法控制自己的身体，迈出的脚步一步比一步更坚决，脚步声在寂静的酒馆里显得格外诡异。

就在这时，一个身影出现在二楼楼梯口，一个女孩子。

那是一个素昧平生的女孩子，但乔楚的目光落在她脸上的第一秒，就已经知道她是谁。

这个陌生的女孩子，有一双冷漠的眼睛和一张冷漠的脸，确实会令人联想到猫。

她穿一件白色的衬衣，裹着一件大红色的针织披肩，很简单率性的打扮，大街上很多女生也这么穿，但说不清楚为什么她这么弄就显得特别好看。

"是找闵朗吗？"她的语气里有一种很傲慢的东西，连一句"你好"都懒得说。

乔楚没有说话，她的目光落在这个女孩的手腕上。

这个女孩子的手腕上，戴着一只玉镯。

"晚来，我回来啦！"酒馆的门突然被撞开，闵朗人还没进门，声音已经传了进来，光是听到他的声音也能感觉得到他的喜悦和快乐，"帮你买了馄饨，多放辣椒不要香菜，没错吧！"

这一声"晚来"彻底击溃了乔楚，她慢慢地转过头去，看到了闵朗极度震惊的脸。

手机响起的时候我像是被针刺了一下，在此之前我一直趴在沙发上，不想开灯也不想说话，这么贵的裙子被弄得皱巴巴的我也懒得管。

我以为自己会哭，可是趴了半天，一滴眼泪也没有，心如死灰无非也就是这样了。

电话是乔楚打来的，声音特别特别低沉，像是从嗓子眼里挤出来的似的："你在哪里？"

"在家。"我知道我的声音也没有动听到哪里去。

"开门。"

"好。"

打开门之后，我看着乔楚，她手里拎着一瓶白葡萄酒，还有两只玻璃杯，她也看着我，很默契的是我们的眼妆都花了，一人一双熊猫眼，看起来特别滑稽。

过了好半天，我们都笑了。

昭觉：

　　我见到了那个女孩——徐晚来，我想我这辈子都不会忘记这个名字了。

　　她的样子跟你所形容的差不多，并不是特别漂亮，但是很有特点，让人看一眼就能够记得住，对了，那个玉镯子她还戴着。

　　闵朗进来的时候提着两碗馄饨，用一次性纸碗装着，就是在那次他带我去的那家店买的。

　　我回过头去看着他的时候，笑容还没有从他的脸上消退，虽然很快就转变为了诧异，但我永远都记得那一刻他的眼神。

　　他是真的快乐，真真正正，发自肺腑地快乐。

　　他和我在一起，和其他任何人在一起的时候，他唱歌的时候，喝酒的时候，甚至是收钱的时候，都没有那么快乐过。

　　我觉得我的心都碎掉了，昭觉，我的心都碎了。

　　随后他马上向我们介绍对方，他说："乔楚，这是徐晚来，她前几天刚从米兰回来。晚来，这是乔楚，我一个朋友。"

　　再也没有比这句话更伤人的了，我难以置信地看着他，那一刻我只差那么一点儿就要问出口了：闵朗，对你来说，我就是一个朋友？

　　徐晚来从楼梯上走下来，淡淡地对我说了一句"你好"，我也很勉强地回了她一句"你好"，闵朗看看她又看看我，气氛真是尴尬到了极点。

　　徐晚来一定心知肚明这是怎么回事，我们三个人就那么僵硬地站在一块儿，心照不宣，可是谁也没法把话继续说下去。

　　我看着那两碗馄饨，是的，两碗，没有我的份。

　　谁是多余的那个人，谁是这里不受欢迎的那个人，一眼即明。我像是被人摘掉了眼罩，世界的真相在我面前一览无余。

我走出来的时候，闵朗还是追出来叫住了我，我没有搭理他，还是继续走我的路。

他追上来拉住我，这个时候我才发觉自己在流泪，我简直不敢相信我居然会流泪，我觉得更加没脸面对他了，因为这等于在宣告——我玩不起。

"乔楚，你别这样。"他对我说，"你别这样好吗？"

他说这句话的时候我觉得心里更痛了，我不这样，我能怎么样呢？难道我连哭一哭的资格都没有吗？

我看着他，毫不掩饰自己的伤心和难过，我一直哭一直哭，哭到他终于不耐烦了。

"差不多就得了，别闹了。"最后他对我这样说。

巷子里的人还是很多的，我知道从我们身边路过的人多看我们一眼，闵朗的耐心就减少一点儿。

我不傻，我也不愿意让那些无聊的人看戏，于是我走了，连bye bye 都没说。

我很庆幸自己穿的是 5 厘米的高跟鞋而不是 8 厘米的，不然我的脚一定已经断了，我一直走啊，一直走，不知道自己走了多远，当我抬头的时候，看到了一个麦当劳的招牌。

我从来没有觉得那个黄色的字母 M 这么亲切过，于是我就进去了，馄饨没我的份，我自己买东西给自己吃还不行吗，我总得吃点东西吧！

我真的很久没吃过麦当劳了，广告牌上的那些食物对我来说很陌生，等我前面那个顾客走开了之后，我对服务员说，我要跟那个人一样的。

那个人好像是点了一个什么套餐，服务员说了，但我没记住，她是个很年轻的姑娘，找钱给我的时候她对我说，美女，新年快乐。

我这才意识到，原来已经是新年了。

我坐在靠窗的位子开始吃汉堡，很机械地往身体里填充食物，好像那个爱的伤口能够用食物填满似的。

那个汉堡撑得我的胃很痛很痛，但胃痛的时候，我觉得我的心好像就没那么痛了。

透过玻璃我看着外面的行人，大多数都面貌平庸，那些女孩子穿着一看就知道是淘宝上山寨的女明星同款，劣质的UGG，挽着跟她们一样又土又矬的男朋友，可是他们笑得很灿烂。

我看着自己的包，香奈儿2.55，是的，我有正版香奈儿，可是那又怎么样呢，我还不是一个可怜兮兮坐在麦当劳里啃汉堡的可怜虫？

我决定离开那里，我想回一个能被称为家的地方。

可是我没有家啊，昭觉，当这句话从我的脑袋里冒出来的时候，我感觉天旋地转。

昭觉，你曾经跟我说过，闵朗的奶奶去世之后，他在这个世界上就没什么亲人了。

那时候我想，他跟我很像啊，我的父母有他们各自的家庭，后来他们又有了各自的孩子，我也是孤零零的一个人，活在这个世界上。

有一天，阁楼的灯泡坏掉了，我举着手电筒看着他踩在凳子上换灯泡，灯光重新亮起来的时候，我想，闵朗，从此我们都有亲人了。

　　当我想起这件事的时候，我站在马路中间，所有的车灯都照向我。

　　我终于知道了孤独是什么意思。

乔楚

"你说，为什么邵清羽要当着那么多人，那样对我？"我喃喃不清地问。

乔楚带来的那瓶白葡萄酒早就喝完了，我们又打电话叫小区超市的老板送了几瓶二锅头上来，这么混着喝，当然很快就神志不清了。

乔楚比我喝得更多，基本属于我喝两口她喝半瓶的节奏，可是她酒量比我好啊，喝得比我多还能井井有条逻辑清晰地为我分析疑问："你傻啊，这有什么想不明白的，她嫉妒你啊。"

哈哈哈哈，酒喝多了真是听什么话都觉得好笑，况且这句话真的很好笑。

"你傻了吧，邵清羽嫉妒我什么啊，我才嫉妒她呢……"我开始酒后吐真言了，"她那么有钱，想买什么就买什么，想去哪里就去哪里，我做梦都想过那样的生活……"

"只需要一个机会，你就可以得到那样的生活。"乔楚把一个空酒瓶子扔进了垃圾桶，发出了一声很响的声音，"正如你所说，邵清羽有钱，这些我们都可以看到，可是她缺什么呢？她内心最渴望得到的东西是什么呢？你知道吗？"

"我知道，是爱。她一直都希望有人爱她，不是因为她家有钱，而是爱她本身。"我很平静地说。

"没错，可是她得到了吗？没有。她前男友——你说那个跟别人去开房的那个——他花的都是邵清羽的钱吧？我不是说他一定对她没有爱，但这个爱的动机不得不让人怀疑。"

我闭上嘴，开始专心听乔楚老师给我传道解惑，指点迷津。

"他们分手了，在一起那么多年，到头来还是分手了，甚至捉奸都是你陪她去捉的，你仔细想想，她堂堂一个千金小姐，要风得风要雨得雨这么多年，最难堪最丢脸最不愿意被人知道的事情，你全部都知道，换了是你，你心里好过吗？"

我听乔楚老师的话，仔细想了想，确实挺不好过的。

"可是我和简晨烨也分手了。"我觉得还是有哪里不对。

"那天她坐在这里哭——"乔楚拍了拍沙发，正是邵清羽来我家兴师问罪时坐的位置，"我不怀疑那一刻她是真的因为你们分手而遗憾，毕竟你们几个人是这么多年的朋友，人非草木……她应该是真情流露，但是——但是当她走出这里，冷静下来，她会意识到现在很公平了。"

"我相信这些年，邵清羽在你面前一直有一种优越感，这也不怪她，天生握了一手好牌……正是因为这种微妙的优越感，所以你们之间的友情才得以平衡。当她分手了之后，这种平衡被打破了，所以她躲着你，不愿意见到你，因为她一见到你，就会感到不公。凭什么同样是校园恋情，她的破碎了，你的却完整地保持了下来？

"可是现在你和简晨烨也分手了，她失去的东西，如今你也失去了，她曾经丢掉的面子，现在你也丢掉了——但是，她仍然比你多一个优势——她有钱。"

我默默地听着乔楚说的这些话，不知道是我醉了还是她真的讲得很有道理，我觉得自己已经被她说服了。

"看起来你们俩之间，她还是那个更风光一些的，她现在又交了新男朋友，在你最失意的时候，她春风得意，你没有的她都有，按道理说她不用再嫉妒你了。"

对啊，我现在没了男朋友，还没了工作，人生简直一败涂地，那她为什么还要那样做呢？

乔楚哈哈笑了两声，像个神婆："因为齐唐啊，蠢货！"

"我都能够想象邵清羽今晚看到你的时候心里有多震撼，她一定认为你只会穿着最多几百块钱的那种，就是网上那种所谓的定制的礼服裙，结果居然是 VALENTINO 哈哈哈……再加上齐唐那句差不多相当于'就是我送的'，好啦，优越感瞬间变为了危机感。

"其实真的很简单，昭觉，只有你自己不明白。

"我说了，只需要一个机会，你就能过跟邵清羽一样的生活，而这个机会，就是齐唐——恐怕她最难接受的是，偏偏齐唐还是她介绍给你认识的，这个机会，是她自己送到你手中的。"

夜越来越深，酒越喝越多，可是我却越来越清醒。

乔楚说的都是真的吗？我觉得这一切已经超越了我的智商所能够理解的范畴，难道这么多年，我和邵清羽之间的感情，是假的？

不不不，杀了我也不能相信这一点儿，这绝对不行。

我依然记得她住院的那个下午，她躺在病床上跟我说的那些话，还有她说那些话的时候的神情。

那时我们还都是小姑娘，不明白"命运"到底是怎么一回事，也不知道将来我们会遭遇什么，她只是单纯地想要将心事讲给一个人听，我只是单纯地想要和她成为好朋友。

一切都从那时开始。

如果乔楚所说的这些都成立，那命运挖的这个陷阱未免也费时太久，太久了。

我不能再顺着乔楚的话深入思考了，再想下去我的头一定会爆炸，管他们呢，他们爱怎么样就怎么样。

只要我倒头睡上一觉，当我醒来的时候我会发现什么都没有改变，世界还是原本的模样。

对此我深信不疑。

"你和闵朗，打算怎么办？"我依稀记得这是我睡着之前说的最后一句话。

"我也不知道。"那个能言善辩的乔楚突然泄了气，一句话也说不出了，那模样窘得让我想笑，医不自治，果然是真有这么回事。

最后我们举起酒瓶子碰了一下，乔楚说："新年快乐，敬这个浑蛋的晚上。"

我说："还有他 × 的尊严。"

我醒来的时候是凌晨五点，外面还是黑漆漆的一片，我头痛欲裂，口渴得要命，身上还穿着那条黑色的礼服裙。

它已经皱得像一团梅干菜，真可惜，我这下知道了什么叫暴殄天物。

我站起来，跨过乔楚的一条腿——她以一个极其扭曲的姿势睡在沙发和地板之间——走到了洗手间里，浴室灯打开的那一瞬间，我差点被镜子里的自己给吓死了。

镜子里的那个女人，头发乱得像个鸟窝，睫毛膏和眼线晕得不成样子，粉底也掉得七零八落，整个面孔看起来像一面斑驳的墙。

唇膏早就花了，可是因为没有卸妆的缘故，还有一些红色残留在干裂的嘴唇上。

无论怎么看，镜子里的这个女人，都是一个 loser（失败者）。

手机上有好几条短信，其中两条是齐唐发来的，有一条是邵清羽发来的，还有一条来自简晨烨。

我最先打开的是齐唐那两条：如果知道我为什么分手会让你开心一点儿，那下次见面的时候我告诉你。

叶昭觉，新年快乐。

我心里没有任何感觉。

我接下来看的是邵清羽的这条：对不起，昭觉，我真的是糊涂了，你知道我一喝了酒就容易发神经的，我不是故意的，请你原谅我好吗？看到短信请跟我联系，我不敢打电话给你，对不起，真的对不起。

我还是没什么感觉，大概酒精的作用还没有过去吧。

最后，我打开简晨烨发的那条，他说：你曾经问我，你那么努力，难道你不配得到更好的生活吗？昭觉，你当然配。如果我给不了你的东西别人能够给你，我也为你高兴，你穿那条裙子很漂亮，真的。

我机械地往化妆棉上挤卸妆油，狠狠地擦掉脸上的残妆，我的大脑中一片空白——只有，只有一个声音——这一切并不是我的梦境。

我是真的，真的失去他们了。

◇3◇

有时候我走在大街上，看到那些只有上半身的残疾人拿着话筒唱歌，旁边放着一个音质粗糙的音响，面前摆着一张经历了风吹日晒的布或者纸，上面写满了他们心酸坎坷的生平。

无论真假，那的确让人不忍直视。

每次遇到那样的景象，我总是会快步地走过去，有时候会在箱子里放下一些钱，更多的时候不会，但我一直在心里问自己，如果是我，我还能不能活下去。

简晨烨、邵清羽，对于我来说，他们的意义不亚于我一条手臂一条腿，而今我都失去了。

可我还是要活下去，不然呢，难道真的去死吗？

网上总是流传着很多励志的句子——那些没有杀死你的只会让你变得更强——是吗，是真的吗？适用于每一个人吗？难道大多数人不是自欺欺人地继续苟活于世吗？

我了解我自己，我不可能变得更强，光是活下去，已经耗费我全部的心力和精力了，我承认自己不是个做将军的料，我只是个残兵。

这些年有过很多时刻，生活给我准备了很多转折，有些是惊喜——比如我和乔楚，有些是巨大的挫折——比如很多很多，还有一些我分不清到底是什么——比如齐唐。

新年的第二天我便把那条裙子送去了干洗店，我跟老板说，请一定小心。

我很少送衣服去干洗，因为大多数都是便宜货，没有必要这么讲究，但这条裙子，我确实珍而重之，尽管我知道我以后再穿它的可能性是微乎其微了。

我原本可以放任自流，继续像分手初期那样和乔楚一块儿窝在家里，累了就睡个昏天暗地，饿了就打电话叫外卖，闷了就上上网或者看看电视，反正这个世界对我也没多好，我用不着出去搭理它。

但我从干洗店里取回那条裙子的时候，我看到它那么平整那么优雅的样子，我忽然觉得有点儿鼻酸。

这些日子以来我哭得太多了，实在哭不出来了，这种鼻酸仅仅是因为感动——生命中还有些美好的东西，确实不多，所以更加不该辜负。

在这个时候，我接到了齐唐的电话，他的语气有点儿小心翼翼，像是排雷似的："你……愿意，出来见个面吗？"

我握着手机，好半天不敢说话，回想起跨年的那天晚上，从头到尾我的表现，我实在是没脸见他。

"如果你不想见，就等你想见了再说。"

我想了想，说："好。"

再见到齐唐，有种恍如隔世的错觉。

可能是这阵子发生的事情太多了，而我受到的刺激也太大了，所以正常人的 24 个小时到了我这里就好像被延长了好几倍似的。

他约我在一个咖啡馆见面，我看地址倒是在闹市区，可到了那条路上找了好半天也没找到，只好打电话给齐唐求助。

几分钟之后不知道他从哪个角落里突然冒了出来，只穿了一件浅灰色的毛衣，这个颜色衬得他整个人显得特别干净。

我这才想起来，他的外套我还没还给他呢！

我半是惭愧半是好奇地跟在他身后绕了几圈，终于看到了咖啡馆的招牌，看到招牌的时候我心里就知道了，这家店的老板开这家店根本就不是为了赢利——不然为什么要把招牌做得这么不起眼，好像生怕被别人发现呢？

齐唐回过头来向我解释："朋友的店，只招待熟人，我贪这里清静。"

我"哦"了一声，也不知道该说什么好，就在这时，他伸手拍了一下我的头："进来吧。"

这种感觉真是……怪怪的，我们之间好像……没有这么亲密吧。

如他所说的那样，确实很清静，大厅里摆了很多盆植物，走进去犹如走入了热带雨林，而仅有的五张咖啡桌就隐藏在这些植物当中。

我们坐下来，省略了那些不必要的寒暄，齐唐没有问我想喝什么而是直接帮我点了黄金曼特宁。

从这时开始，气氛便有些微妙了。

他仔细地端详我，那目光让我怀疑自己脸上是不是有些什么不干净的东西，很多次他都这样看着我，但从前我都毫不畏惧，可是这次，我躲开了。

自从那天晚上他握住我的手开始，潜意识里我知道在我们之间有些什么东西已经发生了变化，尤其是后来我还当着他的面跟简晨烨来了那么一出，想到这里，我实在觉得丢人。

"你还好吗？"他忽然问我。

几乎是自然反应，我嗤鼻一笑，紧接着我意识到这太不礼貌了，无论怎么样，在这段不如意的日子里，齐唐是少数几个没有给我的生活带来破坏性的人之一。

他一直对我很好，分内事他做了，不是他分内事的他也做了，实在不该被这样对待。

"问得太空泛了。"我连忙说。

"听起来是假大空，但未必就不实在。"齐唐笑了笑，一副懒得和我计较的样子，"一直很担心你，很想见你，可又不好打扰你，今天是实在憋不住了，你要原谅我。"

我一向不是个腼腆的人，可是面对如此呼之欲出的暧昧之情，就连我也忍不住脸红了。

"叶昭觉，你做好准备，我有些话要跟你说。"

在服务生把曼特宁端过来放下之后，齐唐的身体往前倾了倾，他的面孔离我那么近，一切就要被戳穿了，那些确实存在但我一直故意忽略不想直面的东西，就要浮出水面了。

　　我想要阻止他——不管他要说的是什么，现在都不是时候，那一刻我几乎想要拔腿就跑，可是我被他用眼神摁住了，坐在沙发上动弹不得。

　　"你问过我为什么会和 Vivian 分手，我当时不肯讲，因为你也不肯告诉我你为什么会分手，而现在我知道你的原因了，为了公平，我也告诉你我的。"

　　我并不想知道了，齐唐，你别说了。我在心里默默地说了这句话。

　　"你最后一次请假的那天，Vivian 来公司找我一起吃饭，这个你可能还记得。那天我看到你在马路对面上了公交车，其实很想问问你到底是要去做什么，如果可以的话我想送你去。第二天早上我到了公司才发现手机在家充电忘了拿，于是就打电话叫 Vivian 帮我送过来。"

　　齐唐不知道，这些其实我都知道。

　　"我没想到她会查看我的手机，我一直觉得她是那种不太聪明的女孩子，心思全放在吃喝玩乐上的那种女孩子——你懂我的意思吗？"

　　我当然懂，但查男朋友手机……恰恰就是那种不是特别聪明的姑娘才喜欢干的事，我轻轻叹了口气，齐唐你根本就不懂女人好不好。

　　"我的手机里，有一张你的照片。"齐唐终于说了。

　　狂风暴雨劈头盖脸地打了下来，让我没有任何喘息的余地。

当时在群里跟苏沁他们一块儿八卦的时候，我做梦，做梦也没想到，那张照片居然是我的。

我要收回我之前说过的一句话——齐唐并不属于少数没有给我的生活带来破坏性的人之一——他是压死骆驼的最后一根稻草。

事已至此，我却也不想躲避了，这种心情很像那天简晨烨把塑铝板摆在我面前的时候——我就这样了，你能把我怎么样？

"那次你发烧，我陪你去医院吊水，你跟我说了很多很多心里话——你不用骗我说不是，我这么大个人了，真话假话我分得清楚——我想可能那些话你从来没有对任何人说过，如果不是因为时机恰好，你也不会对我说，这点自知之明我还是有的。

"后来你睡着了，我一直坐在那儿看着你，你连睡觉的时候都显得很疲倦，眼皮绷得很紧，好像随时都准备睁开眼睛，我不是个矫揉造作的人，但当时我看着你的脸，觉得很心疼。"

我牢牢地盯着齐唐，他到底知不知道自己在说什么，他到底知不知道这些话说出来，后果是什么。

"我平时看到的你，不管是真的还是装的，总之都是神采奕奕，好像随时都可以撸起衣袖上战场。我头一次看到你那么松懈，没有戒备的样子，于是我就拍了一张你的照片，没有任何猥琐的目的，只是想把你当时的样子保留下来。

"我没想到会引起那么大的麻烦，Vivian在我办公室跟我吵翻了天，我也有点儿恼羞成怒，指责她窥探我的隐私，而事实上，我是心虚。

"后来我把她拖走了，我不想让其他人知道到底是怎么回事，为了我自己也为了你。Vivian 说要分手，我想了一下，同意了。"

"她就这么轻易地同意了？"这是在他的叙述过程中，我第一次开口。

"本城有很多 Vivian，我想你比我更了解她们，她那么漂亮，追她的人一直很多，她并不是非我不可。"

我们都不再说话了。

晚一点儿的时候，乔楚也收到了闵朗的短信：有时间吗？见个面？

那天晚上的一切都还历历在目，乔楚盯着手机上那个名字发了好半天的呆，最终她回了几个字：好，你说时间。

这是新年过后乔楚第一次再来白灰里，回想起那天晚上发生的一切，她心里仍然有一种深深的屈辱感。

这次没有其他人了，只有他们俩。

正是傍晚，乔楚抬头看了一眼黄昏的天空，顶上是越来越深渐变的蓝，再往远一点儿的地方看去，是温暖的黄，更远一点儿，便是残阳似血。

她恍惚地看着天空，自己也不知道自己在想些什么。

闵朗倒了一杯水给她，在他们平时的座位上，一时间谁也不知道该说点什么好，只有老挂钟一分一秒地走着。

他们面面相觑，多么让人难受的感觉，乔楚暗暗地想：我们曾经那么亲密，这是怎么了。

过了好一会儿，闵朗说话了："对不起。"

他从来没跟任何姑娘说过这句话，这么多年了，乔楚是头一个。此时此刻他是真诚的，这句话也是真诚的，但他在乔楚的眼睛里没有看到谅解，只看到讥诮。

"谢谢。"乔楚说这句话的时候脸上没什么表情，但语气是生硬的。

她并不领情，想到那天晚上他说的那句话——一个朋友——她就感到恶寒。

闵朗有些困惑了，这是怎么回事，她以前没这么刺啊，她在他面前永远是温柔的、体贴的，自己困得不行了也会陪着他一起熬夜，直到最后一个客人起身离开，没有半句怨言啊。

他是真的不懂，她从来都不是一个性情柔和的姑娘，她从粗粝的一生中榨取的所有温柔，那么矜贵的温柔，通通不剩全都给了他一个人。

他是真的没见过她对待其他男人有多冷酷多粗暴，他根本就不明白自己得到的是怎样的殊荣。

这些年喜欢他的女孩子太多了，争前恐后前仆后继地往他怀里倒，他不用花一点儿心思就能得到她们的感情，或者身体，而当他一旦意识到她们想要索取更多的时候，他便会眼睛都不眨一下地将她们隔绝在自己的世界之外。

他以为，乔楚也是一样的，千万个中的一个，并没有什么不同。

直到那天晚上他追上去，看到她哭了。

那一瞬间，他极度震撼而又极度自责——这是前所未有的事情。

"乔楚。"闵朗叫了她一声。

"嗯？"

"我自己也知道自己不是个什么好人，我承认我有过不少姑娘，虽然没有对任何人做出过承诺，但可能某些时候还是给了她们一些错觉，而我总是会在刚刚发觉不对劲的时候，就做出一些反应，要么直接拒绝，要么不再联系。"

乔楚静静地听着，端起桌上的杯子喝了一口水，又慢慢地放下。

"但是，你跟她们是不一样的。"闵朗说。

还没放稳的杯子轻轻晃了一下。

乔楚慢慢地抬起头来，看着闵朗，眼泪慢慢地在她的眼眶里凝聚，该死，那种脆弱的感觉又回来了！

她终于开始说话了："那徐晚来呢？"

听到这个名字，闵朗明显地怔了一下，他没想到乔楚会这么直接这么干脆地把这个问题抛出来，像一把明晃晃的刀一样抛在他的面前，把他的虚伪捅穿了一个洞，毫不留情。

局面再次僵持住了。

这一次主动开口的是乔楚了："我知道你们的故事，你不用管我是怎么知道的。青梅竹马两小无猜的确很美好，我猜想没准你泡过的姑娘身上多多少少都有点儿她的影子，这样才符合爱情故事的逻辑，否则按照世俗的标准来看，你就是铁板钉钉的渣男。你有多自私，伤害了那么多人，你毫无愧意，到头来你还想做个好人，你要在她面前扮演一个深情的人，你甚至还要对我说，我和其他人不一样——哪里不一样？格外蠢一些吗？"

她说得极快，整张面孔闪耀着一种异样的光彩，这些话不是一气呵成的，这些话从那天晚上开始就在她的心里发酵，酝酿了这么多个日日夜夜，终于一次性喷发了。

闵朗呆住了，他从来没见过乔楚这样。

他起身坐到了乔楚的身边，轻轻地抱住她："我不是这个意思。"

乔楚的眼泪流下来了，她死死地咬紧牙关，生怕自己露出一点儿呜咽声。

"我很讨厌说我爱你这句话，我也确实从来都没说过，但是，乔楚，我是爱你的。"闵朗说。

她没动，也不说话。

闵朗又说："但是你别把这句话放在心上。"

乔楚用力地把他推开，她实在没法忍受了："× 你妈！"

这个人，在同一个地方，连续侮辱了她两次。

她累了，攒了这么久的力量几分钟之内就用光了。

她真是没力气再继续跟闵朗闹了，她从来没觉得自己这么虚弱过，像一个临危之际的老太太，呼吸一口气都能要了命似的。

"我没有骗你，我有什么必要骗你。"闵朗的耐心不是很多了，但他还是强压着怒火，尽量用平稳的语气跟乔楚讲话，"我跟别的姑娘，除了上床也没别的了，跟你至少下了床还能讲讲话，乔楚你不要逼我，我们以后做好朋友不行吗？"

"什么样的好朋友？"乔楚笑起来了，"吃吃饭喝喝酒，偶尔也能上上床的那种？"

"随你高兴，只要你高兴就行。"闵朗以为真的把她哄住了，他心里松了一口气。

"那你跟徐晚来呢？也是这样的好朋友？"乔楚并不打算就这样放过他。

闵朗看着她，好像第一次真正认识了面前的这个人，她确实跟那些女孩子不一样啊，她像一面诚实的镜子摆在你面前，照得你无处遁形。

"乔楚，你注意一下分寸。"他的耐心用完了，现在他又恢复了平时的冷漠。

"我偏要问，你们睡了吗？"乔楚的心跳得太快了，她简直都能听见自己心跳的声音——就在那层薄薄的皮肤底下。

"睡了。"闵朗抬起头来看着她。

心跳声停顿了一拍，乔楚听见一个失真的声音："那她会和你在一起吗？"

"关你什么事？"

"回答我，会吗？"

"不会。"

"那么——"乔楚听见自己一字一顿地说，"她，就，是，个，bitch。"

邵清羽的电话来得让我非常非常意外，齐唐看到了我的手机屏幕上的名字，试探性地问我："不接吗？"

我真的不想和她说话，自从新年 party 那件事之后，我再也没有跟她联络过，而她好像也一直在等我主动交出我的原谅似的那么沉默。

可是今天，在这么特殊的时刻，她突然冒出来了。

我看着齐唐，齐唐也看着我，手机响了一会儿便静止了，正当我放下心来时，齐唐的手机响了——还是邵清羽。

见我没明着表态，齐唐便接通了，我听见邵清羽在那头的声音非常急切："你能找到昭觉吗？我有很重要很重要的事情跟她说，是关于简晨烨的！"

就像是平静的水面被人扔了一块巨大的石头，我心里咯噔一下，看向齐唐的眼神瞬间就僵住了。

他明白我眼神里隐藏的含义，他知道我想知道那是什么事情——于是，他轻声地说："她现在和我在一起。"

邵清羽在电话那端明显是呆住了，我想那一刻她一定觉得自己一点儿错都没有了，事情确实如她所预料的那样——叶昭觉借着她介绍工作的机会，趁机捞了一个高富帅傍身。

从此之后，她穿的衣服叶昭觉也穿得起了，她背的包包叶昭觉也能背了，如果一切顺利的话，如果叶昭觉跟齐唐发展到谈婚论嫁那一步的话——从此她们就是一个阶层的人了。

婚姻是女人二次投胎的机会，所有人都这么说，所有人都懂这个道理——叶昭觉，她没理由不懂。

我从齐唐手中接过电话，邵清羽的声音里有种很微妙的东西，只有女生才会明白的东西："打你电话不接，打齐唐的你又肯接了。"

"简晨烨的事情你快说吧。"我懒得跟她废话，直奔主题。

"你不会真的什么都不知道吧？简晨烨跟法国的一家画廊签了协议，要去里尔开展了，今天晚上的飞机去法国。"

天崩地裂一般。

有一双无形的手，从我的胸腔开始撕裂，我无法呼吸，整个人像是堕入了某个黑洞，没有底，我一直往下落，一直落，落了那么久还没到底。

我眼前的一切都开始转圈，我眼冒金星，喉头发甜——是血的味道，我快要死了，我马上就要死了。

"昭觉，昭觉，你听得见我说话吗？"邵清羽在那端焦急地喊我的名字。

我想回答她，可是我发不出声音，为什么，为什么，为什么会这样？

他跟我在一起的时候，什么好事都没有发生过，他一离开我，立刻飞黄腾达——哈哈哈，我听见自己又开始笑了，还是那种毛骨悚然的笑声，在这个清静的咖啡馆里，连服务生都被我吓到了。

齐唐坐到了我的旁边，从我手里一把将手机拿过去，我没听见他跟邵清羽说什么，我整个人都已经崩溃了。

齐唐抱住我，他抱得太用力了，好像要把我嵌进他的身体一样，以至于我连气都喘不过来。

我的头埋在他的胸口，我又闻到了那种很好闻的浆果的香味，很奇怪，那一刻我忽然想起了一件毫不相干的事情。

我有一次在电视里看一个纪录片，是讲非洲的旱季。

大象们平时饮水的那片水塘已经干涸了，它们被迫要去到另外一个地方，跟其他的动物分享水源，这些动物中包括了凶猛的狮子。

有一天晚上有头大象落单了，饥饿的狮子们一拥而上，旁白说，一共有 30 多只狮子，这头大象必死无疑。

然后我看着那个长镜头一直没有断，大象笨重的身体后面拖着一群狮子，有的咬着它的后腿，有的已经爬到了它身上，但是它还是在跑啊跑啊，很徒劳的样子，但是它还是在跑，然后画面一转，30多只狮子在分食它的尸体。

看到那一幕的时候我忍不住哭了，我觉得那真是太绝望了。

我趴在齐唐的胸口，感觉自己就像是那头被狮子们分食的大象。

两个小时之后，简晨烨在国际出发的大厅里办理值机，排在他前面的是一个织着满头脏辫的姑娘，很瘦很瘦，穿着厚毛衣也能看出来的那种瘦。

她嚼着口香糖，耳朵里塞着耳机，手里捧着一本不知道是什么名字的书在看，前面走一个人，她就用脚踢一下自己的行李箱，根本看都懒得看周围一眼。

排到她的时候她的脸还埋在书里，值机的工作人员喊了一句"这位小姐，请过来办理登机牌"，她没反应，工作人员又叫了一声，还是没反应。

简晨烨只好拍了拍她的肩膀，她抬起头来看向他——顷刻之间，简晨烨心里有点儿震动。

那不像是一双成年人的眼睛，清亮，而且黑白分明。

"轮到你了。"简晨烨指了指柜台。

这女生转过头去，手忙脚乱地把书塞进了随身背的包包里，掏出护照往柜台上一拍，接着便费劲地把旅行箱往传送带上拽——那箱子真大，看起来简直能把她自己装进去。

简晨烨实在是看不下去了，便上前帮了她一把，她看了他一眼，挑了一下眉头，却连谢谢都没说。

工作人员把她的护照和登机牌一起放到柜台上，简晨烨无意中瞥到了登机牌上的名字：辜伽罗。

"先生，到你了。"工作人员示意简晨烨上前一步。

等他办妥手续之后，那女孩早已经不见了。

安检处的队伍很长，简晨烨一直在回头张望着，有意无意地搜寻着什么。

他一直把这个消息捂得很严实，没让任何人知道，他不是个轻狂的人，事情没有等到尘埃落定之前他是不会声张的。

元旦之前他收到邵清羽的短信，说要开什么新年 praty，邵清羽特意强调了一点儿——昭觉也会来。

那天晚上他是想过去见个面的，那么多人在，就当凑个热闹好了，可是他转念一想，正是因为那么多人在，又有什么必要在那种场合相见？

他决定先回公寓去收拾一些需要带去法国的东西，等叶昭觉回来了再跟她分享这个好消息。

他刚收拾完就接到了邵清羽的电话，对方在那头像是火烧眉毛一样焦躁："昭觉到家了吗？我说错诂了，我真该死！你见到她叫她别生气好吗，你叫她开机给我回个电话！"

他甚至来不及问是什么事情，挂掉电话他就拎着包冲出了门，冲进了电梯，他想去接她——虽然不知道具体是什么事情，但一定不是好事——去接她回家，就像从前她下了班，去小区门口等她一样。

就有那么巧。

他远远地就看到了那辆车，缓缓地驶过来。

他看到叶昭觉坐在副驾驶座上，旁边坐着她的老板。

他的意志力是在那一刻溃散的，分手那天晚上叶昭觉说的那些话又卷土重来了——"我们这么穷，有什么资格要孩子。""我也是个人，我也想有人照顾我，关心我，我不是铁打的。"

原话是这样吗？他有点儿混淆了，差不多就是这个意思吧。

他想转身走，可是她下了车，追了上来，呵，穿着黑色的礼服裙，披着别人的西装外套，这太滑稽了。

他记得自己对她说的那句话：都分手了，你装什么傻。

他说完就后悔了——可是来不及了，出于自尊，还有一些愚蠢的理由，他没法当着外人跟她说对不起。

他看着她蹲在地上哭，那一刻如果可以的话，他愿意拿自己的生命去换她不要那么难过——可是，来不及了。

想到这里，他便轻声地笑了笑，算了，难道还真指望邵清羽能把她带来吗？

她不会原谅我的，简晨烨心里想，这么多年了，难道你还不了解她的个性吗，她永远都不会原谅你的。

带着这个念头，他头也不回地走进了安检通道。

登机之后他从背包里拿出《十一种孤独》，理查德·耶茨的作品，用十一个小故事来阐述孤独，他不用泛泛地描述，而是用具体的故事来说明。

就在这时，他听见一个女孩的声音对他旁边的人说："这个位子是我的，你怎么乱坐啊。"

旁边那个中年男人用商量的语气说："我的位子是里面靠窗的，你们女孩子不是喜欢坐在窗户边？"

"大伯，你别啰唆了，我要我自己的位子，上厕所方便。"女孩很干脆，不容商量。

当她坐下来的时候，简晨烨抬头看了一眼，是她——辜伽罗，这个姓和这个名字都太特别了，他就看了一眼，可他就记住了。

空姐开始挨个检查乘客是否系好了安全带，辜伽罗又把耳机塞进了耳朵，她伸手摁了一下属于自己的那盏读书灯，从包里把那本没看完的书拿出来，找到之前看的那页，又开始读。

她是那样悠然自得，仿佛天塌下来也不关她的事。

这次简晨烨看清楚了，她手里的那本书，蓝绿色的封面，大 32 开，跟他手中的这本一模一样——理查德·耶茨的《十一种孤独》。

他把目光收回来，没察觉到自己嘴角那点儿浅浅的弧度，像一个淡淡的笑。

飞机隐没在夜幕之中，对于地面上的人来说，那就是一颗遥远的小小星球。

此刻，他的旁边坐着一个跟他阅读同一本书的陌生女孩，这真是一件有意思的事情不是吗？

同一时刻。

乔楚走出 79 号，这一次闵朗没有追出来拉住她，从她说出那句话的那一刻开始，他们的关系已经不可能再回到从前了，她恨上他了，他也恨上了她。

而最可笑的是，她一面恨他一面又不能停止爱他。

邵清羽整个晚上都呈现出暴走的状态，她用了多大的气力才克制住没有去找齐唐问个究竟啊，× 的，齐唐你什么意思，大街上那么多姑娘你不泡，你非得泡叶昭觉，你让我怎么面对你们的关系！

而齐唐仍然坐在那家咖啡馆里，老板是他的哥们儿，一脸啼笑皆非地问："今天那姑娘……新欢啊？"

他笑了一下，半是玩笑半认真地说："是旧爱。"

我回到公寓，摁下墙上的开关，可是屋内还是一片漆黑。

我突然想起来，因为那些乱七八糟的事情，我忘了按时去交这个月的电费，一定是断电了。

印象中听谁说过，电卡反着插入电表可以预支几度电，我知道有这么回事，但我的身体却不由自主地挪到沙发上坐了下来。

我们家的沙发多舒服啊，坐下了就舍不得起来。

于是我就这么心满意足地靠在沙发上，我又饿又累——可是我心满意足。

外面灯火通明，室内无边无际无形的黑暗包裹着我，很快我就成了黑暗的一部分——我就成了黑暗本身。

没有人知道我在干什么，没有人找我，一切喧嚣都以光速远离我，整个世界都清静了。

谁知道以后还会发生什么？

我像一粒小小的尘埃，飘浮于浩瀚的宇宙，我生在水里，我长在树上，我从来没有这么自由过。

你经历过的事，
你必再经历

时隔三年，我再写长篇小说，一切像是世道轮回。

换了一台电脑，换了一个房间，在这期间甚至喜欢过的人都换了几个，没有改变的是 word 熟悉的页面，还有通宵达旦的失眠。

人生中与你最久的只有自己，我曾经讲过这样的话，但现在我要加一个后缀——还有那些选中了你的事情。

我用了一些时间领悟这件事。

十六岁在杂志上发表了第一篇短篇小说，一直到现在，十年过去了，我还在写，并且因为这件事我的生活发生了翻天覆地的变化。

我走的路跟大多数与我同龄的人都不相同，曾经我以为是我选择了写作，而今我相信某种意义上来说，是写作选择了我。

命运强于意志，我年纪越大越相信这一点儿。

十年的时间里我做了一些什么事情，在这个夜晚我想要详尽地回顾一下，却只感觉到了迷茫和徒劳。

当然我确信自己能够找到很多证据，只要我愿意的话。

硬盘里几十上百万字的文档，几十 G 的照片，还有类似于多少支唇膏、多少瓶香水、多少件冬天的大衣和多少条夏天的裙子，我在某航空公司的累计行程，甚至是淘宝上的购买记录——我的意思是——如果我愿意认真统计的话，这十年间的一切或多或少是有迹可循的。

但这些事物之外，还发生过什么，只有命运知道。

2009 年的时候我出了第一本书，《深海里的星星》让很多人认识了我。当年的勒口上放的是一张我戴着鸭舌帽的自拍照，圆鼓鼓的脸，有些傻气的笑容和眼神，还有那一大段作者简介的文字——如今看起来简直不忍直视。

当年，啊，当年，我是把叛逆当标签贴在身上招摇过市的少女，生怕别人不知道我有多特立独行，生怕别人不知道我和别人不一样——哪怕那种不一样是刻意为之。

那样的轻狂和肤浅，令我汗颜。

直到现在，我依然还在做着自己喜欢也让自己煎熬的事情，我还是很相信爱情，虽然一直没有遇到一个能做我的后盾的人，但我自己能给自己充分的安全感，疲惫的时候没有肩膀靠，但我相信自己这双手。

是的，十年过去了，我从不良少女变成了大龄文艺女青年，但叛逆这回事，已经从表面渗透到了我的血液里。

有时我疑心，或许我的一生都将这样下去——自由而孤独。

　　我曾无数次回忆过去，像一个垂暮的老人，不厌其烦地把人生迄今为止所经历过的那点儿事反反复复地拿出来品尝，咂巴着嘴，试图每一次都品出一点儿不同的滋味。

　　《一粒红尘》完稿之前的一个星期，我与一个很久未见的朋友见了一面，当然，不是普通朋友。

　　我们的相识和分手都充满了戏剧性，那时候的我，情感饱满，天真赤诚，也曾说过希望将来能够嫁给他之类的蠢话。突然有一天，他从我的生活中彻底消失了。

　　我没问过原因，也不知道这其中有没有被我这种激烈的表达所惊吓的成分，又或许这就是全部原因？

　　从此我们天各一方，再无往来——直到，这个冬天。
　　出现像消失一样突然，我们都变了，但，我们又都没变。

　　我们认识的时候，我刚出了第一本书，重逢的时候我的第六本书即将完结。

　　我们装作若无其事地聊天，企图对于中间这空白的四年只字不提，这样很好，我一直希望能够与其平等对话，我告诉自己沉住气，不要激动，不要有怨怼之词。

　　我做得很好，像个成年人该有的样子。

　　直到，我说——你并不知道这几年我都做了些什么吧？
　　他看着我，眼神诚恳，言辞真切，他说："我当然知道。"
　　他说："你做了些什么事情，我都知道，我只是觉得，你不用知道。"

生命中所有的缺失都会得到补偿，无论是以何种方式。

你失去的那些都会以另一种方式重新回到你的人生，如今我真的愿意这样相信。

写这个故事的时候我已经过了 26 岁，十年前我一定想不到自己 26 岁的时候依然还是孑然一身。

在大多数少女的幻想中，这个年纪，踩着七彩祥云而来的盖世英雄应该早已经出现，白色的婚纱和钻戒应该都及时登场，一刻也不会迟到。

幻想我也有过，那是在我很年轻的时候，在我对自己的认知并不足够清晰的时候。

而今我双脚踏在坚实的土地上，诚恳地面对生活的真相。

真相就是：快乐和悲伤五五分，哪一样都不比另一样多点。

现在，我的年纪到了一个有点儿尴尬的阶段，逢人便会被问"你为什么还不结婚"。

有时候我会说出原因，更多的时候我只是笑一笑，懒得讲话。

我有不少好朋友，掏心掏肺的、喝酒吃肉的都有，他们分布在世界各地，随时等着我心血来潮的探访。

我有私交甚好的闺密，闲暇时我们一起逛街，看电影，互赠礼物，记得对方的生日和生理周期，一盒炒饭分着吃，偶尔也会相约一起去相近的城市玩几天。

我们都不是有太多物质欲望的人，所以也就能半开玩笑半认真地说："为什么要急着嫁人？我们什么都不缺。"

关于爱情的理想，如果说我还有的话，那么，我希望最后我能和我最喜欢的人在一起。

否则，婚姻对于我也没有任何意义。

这十年里，我做了一些事情，但同时我也浪费了很多的时间，人生总会有一些偏移和错失，大概每个人都是如此。

我不能说这些年里我一点儿遗憾都没有，但我知道在我遇到的每个关口，我都全力以赴了，毫无保留，即使时间倒回到十年之前，我也不敢说我能做得更好。

如同我写这个故事一样，我确实，尽我所能了。

这个故事快要结尾的时候，我回到长沙，住在一个很老的小区里，楼下有很多消夜大排档，很多个凌晨，他们陆陆续续地收摊，伴随着啤酒杯互相撞击的声音，继而，一片寂然。

那些时刻，我觉得整个世界就像一望无际的旷野。

所有的人和事都离我那样遥远，只有这个文档是真实的，只有手指敲击在键盘上的触感是真实的，而我，是一头沉默的骆驼，在沙漠里寻找水源。

这种感觉并不陌生，每隔一段时间我都必定会重温一遍，若说孤独，颇为矫情，若说这不是孤独，我又不知道该称它为什么才好。

我每天都在朋友圈里洋洋洒洒写很多东西，一大篇一大篇的文字，过两天又删掉。

文字的痕迹只需要动动手指便可悉数删除，可是内心的褶皱中裹藏着多少隐秘，就连朝夕相处的人也未可知十分之一二。

你经历过的事，你必再经历。

十年过去了，我依然还在写小说，那些支离破碎的情绪和长夜不眠的寂寞，都有了一个最稳固的载体。

有一天晚上，我和一个好朋友在咖啡馆里聊天，他是我认识的为数不多的，活了一把年纪还保持着一颗赤子之心的成年人。

他问我："舟舟啊，你现在还有什么理想吗？"

我想了想，说："我希望自己能成为一个真正意义上，自由的人。"

事实上，十年来，这一点儿从来没有改变过。

独木舟

像一棵树一样生长

阿乔走的时候，留给我一件她的懒人服，水泥灰的颜色，很宽松，我再长胖二十斤也能穿，很长，一直遮到脚踝。

她说："我觉得你穿这个特别好看，留着吧。"

她说的这种"好看"跟一般意义上的"好看"不同，我穿着这件衣服的样子就像一只企鹅，傻头傻脑的，换作别人，大概只会觉得好笑。

但阿乔说好看，我就相信是真的好看。

这是我们认识的第三年。

我第一次见到她的时候，是 2012 年，在青海湖旁边的一家小宾馆里，是我二十四岁生日的前一天下午，她骑着自行车，绑着一些行李进藏，织着满头的小辫子，见到我说的第一句话是"咱们现在就出去拍吧"。

没有过多的寒暄，省略了所有不必要的客套，直奔主题。

那天我穿着大红色的 T 恤，在下着雨的公路边上来来回回地走着，跑着，冰冷的雨水落在我的脸上、头发上、身上，我冷得发抖，她当然知道，但她还是拿着相机跟在我的旁边狂摁快门，一边摁一边喊："跑起来！"

《我亦飘零久》的第一版封面图，就此诞生。

她用我的笔记本修片，导进自己的 iPad 看颜色，同步的时候不小心把一些我写的关于阿里那段旅程的片段也一起导了进去。

后来我们在北京见面，她跟我讲这件事，在我写到的那些地方看我写的那些文字，她说在那种情形之中，她明白了我当时的心情。

我当然也跟别的摄影师合作过，但我总是很紧张，没法放松。

对我来说，他们的镜头像一杆枪，快门声是子弹。

我知道，我得解决这个问题。

唯一的办法，是让自己百分之百、毫无保留地去信任镜头后面那个人。

那个人必须能够给我足够的安全感和归属感，当我看向他的时候，要像看向一面镜子。

于是我说，请让阿乔来拍我吧。

她在接到我的邀请之后，构思了一系列的设想，我们在微信里给对方发大段大段的语音，聊得唾沫横飞，热血沸腾，两个人的语速都是那么快那么急切，虽然还没正式开始拍摄，但我觉得，拍摄已经开始了。

她对自己说，练明乔，你要把葛婉仪当作另外一个自己来拍。

我长吁一口气，问题解决了。

[2]

她来长沙的那天，航班晚点了三个小时，原本应该夜里十二点到的飞机，凌晨三点多才到，在她登机之前，我们一直在进行拉锯战，我提出要去接她，她死活不肯。

关于倔强这一点儿，我们谁也不输给谁。

她的态度因为过于强硬而显得单薄，于是我试图去梳理这其中的逻辑，我猜想她应该是怕麻烦我，就像我在过去漂泊的岁月里也曾经无数次担心自己会给别人添麻烦。

只有敏感的人，才能真正去理解另一个敏感的人，只有一个小心翼翼生活过的人，才能真正去理解另一个人的小心翼翼。

也许别人不明白，但我明白，所以我做出了让步。

凌晨四点半，出租车停在小区门口，我去接她，老远就听见她喊："葛婉仪，你有没有十块钱零钱？"

我走过去，朝她摊开手掌，她从一堆被揉成团的钞票里拿走了十块钱。

我们躺在床上聊天，聊了很多，我问她："这一两年除了骑摩托横跨欧亚大陆之外，你还做了些什么事情？"

她说："就经常自己跟自己聊天，你呢？"

我转过去面对着墙壁，仔细想想，我花了很多时间来做自我反省和自我修复，当我年纪过了二十五岁，我开始意识到，一个人所遇到的所有事情，都是有原因的，而他自己就是原因。

我希望能够越来越了解自己，表象和潜在的，内心最深处，或许是我一直想要逃避的，企图要去粉饰的那些，哪怕很丑陋，我也希望我能够诚实地去面对。

这种诚实很不容易，需要极大的勇气。

但一个人只有了解了他自己，才有可能了解他所遇到和经受的一切。

阿乔问我："你知道炼金术吗？"

我说："不太清楚。"

她说："其实我也不太懂，不过我知道，点石成金是因为炼金师跟石头说同一种语言。"

同一种语言，我反复地重复着这句话，我们说同一种语言。

[3]

去花卉市场的那天下着雨，有一家店门口摆着很多盆粉色的高山杜鹃，雨水从花瓣上滚落，我蹲下来用手机拍下它们盛开的样子，而阿乔则在一旁拿着相机拍我。

"你养过宠物吗？"阿乔问我。

"没有。"

"不喜欢？"

"只是害怕承担责任。我整天东奔西跑，自己都活得乱七八糟的，怎么能好好照顾它们。"

回家的时候我抱了一盆杜鹃，转过身跟阿乔讲，可能今天我们来这里，只是为了带它回家。

在一座钢铁桥下等出租车，大颗的雨滴从钢板与钢板的缝隙里砸下来，我仰起头看着头顶几十米高的桥梁，不知为何，那一刻我想到命运。

[4]

我把化妆包打开，里面二三十支唇膏滚落在沙发上，我问阿乔："我可以涂颜色很艳的唇膏吗？"

她耸了耸肩膀："为什么不可以，只要你喜欢，你喜欢怎么样就怎么样，只要你开心。"

那是拍摄的第二天，阳光大好，我对着镜子涂一支丝绒质感的复古红色唇膏，她在旁边拧开别的，一支一支地拧开，又一支一支地放回去，像个小朋友一样惊讶："葛婉仪，你居然有这么多唇膏。"

我哼了一声："没点颜色，怎么做女人。"

她又盯着我用过的那支看："我 × ！这个颜色好棒！"

我立马说："送给你！"

话音还没落，她就吼了一句："我不要！"

我们俩有很多相同点，这是其中之一。

在北京时，我去她居住的地方看她，小小的卧室里堆满了各种新奇的玩意儿，衣橱里的一条披肩落在我眼里，我刚说了一句"好美哦"，她马上接"喜欢吗？送给你"。

我没有要她的披肩，她也不肯要我的唇膏。
都是这么别扭的性子。

她找朋友借了摩托车，载着我去郊区拍照，黑色的圆形头盔戴在她头上显得很滑稽，我一边笑得像疯子，一边问她："你知道泡泡兵吗？哈哈哈哈！跟你一模一样。"
她的声音在风中散开："我不知道，我才不想知道！"

走走停停，笑笑闹闹，忽然她把车停下来，我们两个人同时看向田埂边上，那里突兀地生长着一棵光秃秃的树，水面上倒映着它伶仃的模样。
彼此对视了一眼，心照不宣。

这些年，我拍过不少这样的树，生活中，旅行中，这些在群落之外的生命，沉默而隐忍地生长。
没有别的缘故，大概就是觉得，它们和我一样孤独。

那天傍晚的时候，我们准备回城，阿乔在被我们俩压坏的几株萝卜缨那儿埋了五块钱，她这个举动让我想起另一件事。

在途中我养过一只蚂蚁，把空的矿泉水瓶放上平整的泥土，扔一点儿白糖，系在车头最显眼的位置，并对着它说："小蚂蚁，我要带你走了，去你耗尽一生都到不了的地方。"你听起来可能觉得我很傻，但我真的就做了一件这样的傻事。

这是她当年进藏时写在博客里的一段话。

我每天出门的时候，在关门之前都会对着屋子说："我出去了，你们自己好好的哦。"

第一天阿乔问我："你跟谁说？"

我说："就是冰箱它们啊。"

我很多朋友都说我是神经病，但阿乔不会，她说："嗯，我明白。"

[5]

凌晨四点半的解放西路上，夜市排得很长，年轻人从夜店里出来，三三两两地抱着挽着，我们避开那些人，往安静的地方走。

她在地上捡到五块钱，举起来炫耀给我看，我说："这应该是你埋在萝卜地里的那五块钱投胎回来找你了。"

她立马很配合地说："对哦，长得也一模一样。"

我们去麦当劳买咖啡，打扫卫生的服务员说："这个点怎么会有咖啡。"

但下单的服务员说："你们等五分钟就有了。"

坐着等咖啡的时候，我环顾四周，看到最少有七八个年轻人趴在桌子上睡觉。

我对阿乔说："他们让我想起了过去的自己。"

二十出头的时候，喝完酒或者是唱完歌，天还没亮，站在街头无处可去，身上没有多少钱，不像现在可以去睡酒店，唯一能够接纳贫瘠青春的地方，便是不打烊的麦当劳。

我总是没法忘记那些赤贫荒芜的岁月，没法忘记天一点一点亮起来的过程，没法忘记一天中最早的那班公交车。

纵然后来我得到了那么多，但我没法忘记，那个年轻时候的自己，饱满的情感，还有无法排遣的忧伤。

我并不认为所有的青春都要以这样的方式度过，我只是觉得，以这样的方式度过的青春，我比别人了解得更多。

而后，天光大亮。

[6]

阿乔回到北京的一个星期后，收到我寄去的快递，里面有一支雾面质感的红色唇膏。

倘若有可能，我希望下一个十年的时候，我还在写字，她还愿意给我拍照，我们还说着同一种语言，很多事都变了，但我们都没变。

记得那天在田埂里，我回头跟她讲："嘿，将来我拿诺贝尔，你拿奥斯卡，我们再合作，出一本集子，卖一万块，只出一百本，棒不棒？"

她举着相机，对我说："好。"

图书在版编目（CIP）数据

一粒红尘·昭觉：独家纪念版 / 独木舟著 . —长沙：湖南文艺出版社，2017.4
ISBN 978-7-5404-8020-2

Ⅰ . ①—… Ⅱ . ①独… Ⅲ . ①长篇小说 – 中国 – 当代 Ⅳ . ① I247.5

中国版本图书馆 CIP 数据核字（2017）第 057469 号

上架建议：长篇小说·青春文学

YI LI HONGCHEN · ZHAOJUE : DUJIA JINIAN BAN
一粒红尘·昭觉：独家纪念版

作　　者：独木舟
出 版 人：曾赛丰
责任编辑：薛 健 刘诗哲
监　　制：毛闽峰 赵 萌
特约策划：钟慧峥 刘 霁
特约编辑：周子琦
营销编辑：贾竹婷 雷清清
封面设计：果 丹
版式设计：潘雪琴
封面插图：@ 视觉中国
出版发行：湖南文艺出版社
　　　　　（长沙市雨花区东二环一段 508 号 邮编：410014）
网　　址：www.hnwy.net
印　　刷：北京中科印刷有限公司
经　　销：新华书店
开　　本：640mm×915mm 1/16
字　　数：260 千字
印　　张：21
版　　次：2017 年 4 月第 1 版
印　　次：2017 年 4 月第 1 次印刷
书　　号：ISBN 978-7-5404-8020-2
定　　价：38.00 元

质量监督电话：010-59096394
团购电话：010-59320018